Soul Followers

Harish K

Made with ❤ on the Notion Press Platform

www.notionpress.com

पेट्रा आपका बहुत धन्यवाद आपकी वजह से यह लिखना संभव हो पाया, आपसे प्रेरणा मिली और लिखने का यह सफर अच्छा रहा।

Petra thank you very much because of you it was possible to write this. Got inspiration from you and this writing journey has been good.

Petra Herrmann, Germany

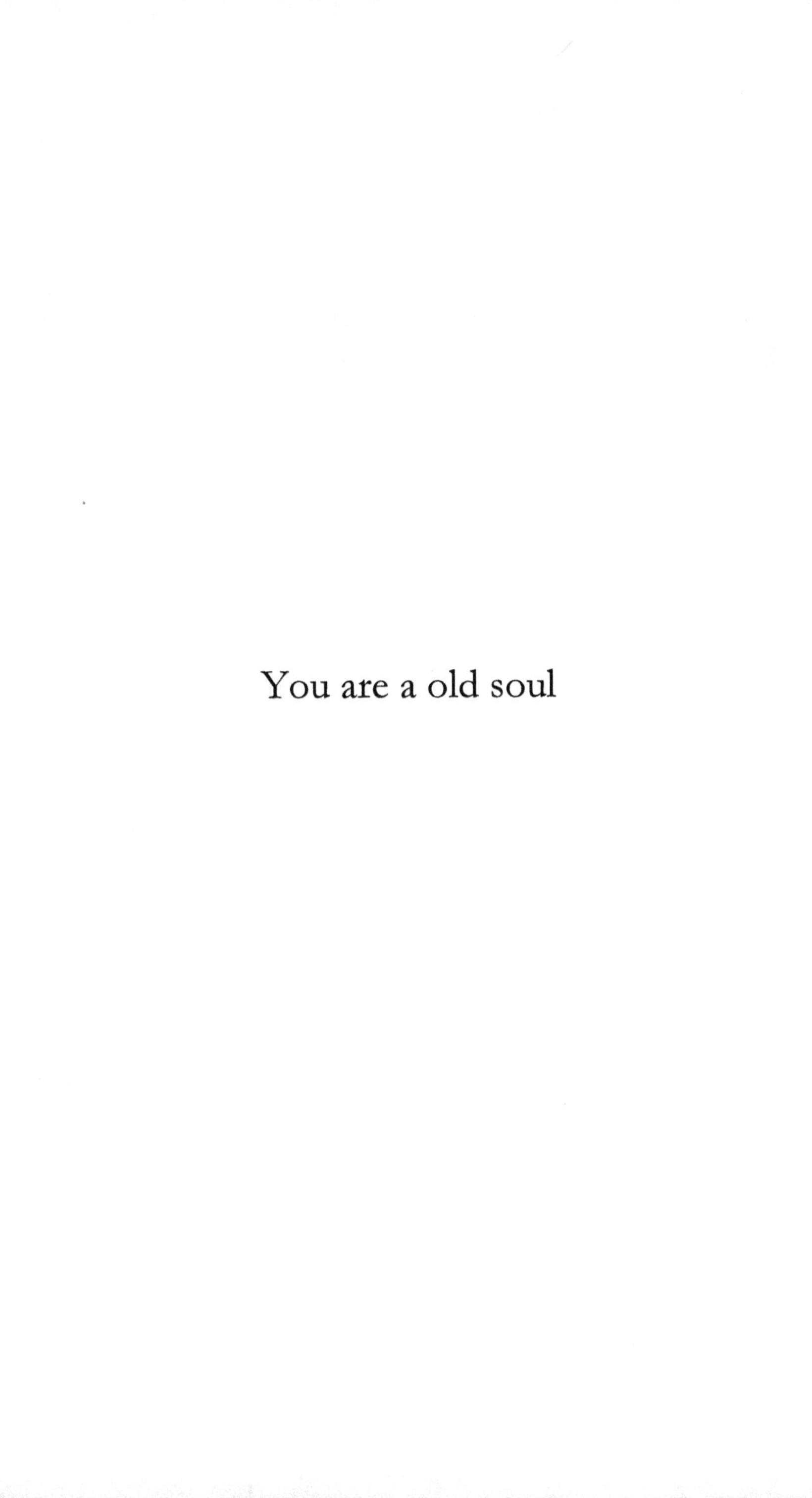

You are a old soul

उन सभी के लिए जो इस सफर में साथ है।

जन्मदिन

समय का चक्र पुरा होने में एक युग लगता है, एक सदी लगती है, एक वर्ष लगता है, एक महीना या एक दिन, फर्क नहीं पडता क्योंकि इसी ब्रह्मांड में हो सकता है एक युग या सदी जितना एक दिन ही हो, तो बस हम इसमे कितने समय के लिए है इससे फर्क नहीं पडता, असल में हम जीवन में अपने आप को कितना जान पाए इस बात का ज्यादा महत्व है और इससे भी जरूरी इस शरीर में बसी इस आत्मा को जान पाए या नहीं यह बात मायने रखती है।

यह ब्रह्मांड अनन्त है जिसमे कई जहांन है और जहां में कई जीव और उनकी आत्माऐ ।

इसी ब्रह्मांड में एक छोटी सी जगह है पृथ्वी, जहां पर बहुत से जीव रहते है उन्हीं जीवो में एक है इंसान जो अपने आप को बहुत बुद्धीमान समझता है, पर अपने अन्दर बसे उस शख्स को नहीं जानता जिसे आत्मा कहते है।

शायद इस लिए कि आत्मा को जानने के लिए बुद्धी की जरूरत ही नहीं होती, हम अपने अन्दर झांके या ना

झांके आत्मा हमसे कभी ना कभी बात अवश्य करती है, कभी सपनो में तो कभी ख्यालो में, आत्मा को किसी भी तरह का मोह नहीं होता ना खूबसूरती का, ना धन का, ना ही किसी और का। उसे बस वही चाहीए जो उसका है या यूं कहे जो उसे सही मायने में खुशी दे, आत्मा हमें राह दिखाती है, अगर हम उसकी राह पर चलते है तो यह हमें अपनी मंजिल तक ले जाती है, और इसकी राह पर चलने वाले लोग हमेशा हुए है और होते रहेंगे।

ऐसा ही कुछ हुआ था जब भारत को हिन्द कहा जाता था। और यहां से हजारो मील दुर जहां आज जर्मनी है, रोमन साम्राज्य था, रावेन्सबर्ग के आस पास उस समय इसकी सीमा थी।

हिन्द में एक लडका रहता था, लडके का नाम केशव था पर सभी उसे केशा कहकर पुकारते थे, आज के राजस्थान के उदयपुर के आस पास एक छोटा शहर था असल में यह एक गांव ही था पर वहां कुछ स्थाई और अस्थाई दुकानें लगती थी और आस पास गांव से लोग वही सामान खरीदने आते थे तो यह कुछ शहर जैसा लगता था बाकी सब कुछ गांव जैसा ही था और यह एक गांव ही था। गांव में एक मुख्य गली थी, गांव की यह गली ही पुरा बाजार थी, कुल लगभग बारह से पंद्रह दुकाने होगी और कुछ लोग खुले में सामान बेचा करते थे, बाकी गांव वालो के घर थे जो की इस गली के आस पास ही थे। तीनों तरफ छोटी पहाडियों से घिरा यह गांव जिसके पश्चिम की तरफ सामने खुली जगह घास का मैदान है जहां गांव की गाए और अन्य पशु चरते है, मैदान से दुर आगे बडे पहाड है और गांव के पुर्व में एक छोटी पहाडी है उसके नीचे एक

माता का मंदिर है, यही से गांव का मार्ग है, यही मार्ग उत्तर में मुख्य मार्ग से मिलता है और दक्षिण में आगे छोटे गांव है और पुरा मार्ग घने जंगल से घिरा है, इसी मार्ग पर कुछ मील पर एक नदी है जहां नदी के किनारे बहुत से खेत है। गांव और नदी के बीच कुछ छोटी छोटी पहाडियां है और एक पहाडी के पास हनुमानजी का मंदिर है, मंदिर इस मार्ग से थोडा जंगल के अन्दर की ओर है पर मार्ग से नजर आता है। ऐसा ही एक मंदिर गांव के अन्दर बाजार वाली गली खत्म होते ही है, इसी गली में केशा की एक छोटी सी दुकान है, जो उसे अपने पिता और उनको उनके पिता से मिली थी, वह खाने पीने की चीजें बेचा करता है दुकान छोटी है और सामाना बहुत कम, दुकान में ग्राहक नाम मात्र के ही आते है और ज्यादातर उधार वाले, फिर भी उसके लिए यह काम ठीक है वह लगभग अपने काम से खुश है।

केशा लगभग छः फिट से कुछ कम लम्बा और छब्बीस साल का युवक है और उसका रंग सामान्य है। केशा हमेशा धोती और कुर्ता पहनता है और पैरो में चमडे के चप्पल, उस समय बस ऐसे ही कपडे लगभग हर कोई पहनता था या सिर्फ धोती और उपर का शरीर खुला और गले में गमछा डालते थे।

केशा का कुछ दिनों पहले जन्मदिन था। केशा को इस बार जब उसका 26वां जन्म दिन याद आया तो उसे बडा अजीब लगा हालांकि उसने अपना जन्मदिन नहीं मनाया था ना ही किसी ने उसे शुभकामना दी थी, उसे तो याद ही नहीं की अपनी मां के अलावा उसे किसी ने शुभकामना दी हो और अब तो उसकी मां को मरे भी चार साल गुजर चुके है।

पर उसके अजीब लगने का कारण कुछ और था।

"मेरे इस जहां में आए कितना समय बीत गया पर मैं अभी भी कितना अकेला हूं। मेरे आस पास जो मेरे हम उम्र दोस्त थे वो तो कब के शादी कर चुके शायद मुझे भी कर लेनी चाहिए थी, पास वाले काका भी अक्सर कहा करते है कि बेटा उमर निकल जाएगी शादी करलें पर शादी करना शायद अभी के लिए तो मुमकिन ही नहीं है। जिस लडकी को मैं पसंद करता था वह भी तो शादी से इन्कार करती है क्योंकी मेरी आमदनी इतनी नहीं कि उसको खुश रख सकूं और ऐसा एक बार और भी हो चुका है। पर आखिर यह अकेलापन कब तक।"

वह ख्यालो में खोया हुआ ही था की किसी ने दुकान में कदम रखा और वह ख्यालो से बाहर आया।

होनी को जब कुछ और मंजूर हो तो वह हमें उसी राह पर ले जाती है जहां मंजिल हो।

मुझे अकेला छोड़ दो

केशा के घर से हजारो मील दुर आज के जर्मनी के रावेन्सबर्ग के आस पास कही बहुत से खेत है, उन्हीं में से एक खेत है जहां वेदरा नाम की एक औरत रहती है। खेत में एक पत्थरो से बना घर है, जिसकी छत ढलान वाली है, जैसी वहां के घरों की हुआ करती है। एक बडे कमरे के साथ दो छोटे कमरे है और एक रसोई, एक इंसान के लिहाज से यह घर बडा है। इस घर का मुख्य दरवाजा पश्चिम की ओर है, सामने जानवरों का बाडा है जो लकडी से बना है और उसकी छत को घास से ढका गया है। उसके पीछे खेत। कुछ और खेतो के बाद बहुत बडा पहाड है और पुरा जंगल है। घर के कुछ ही पास एक आम रास्ता है जो आगे किसी गांव में जाता है। दुसरी तरफ शहर है, बाजार है। आस पास बहुत से खेत है। खेत के अन्दर आने का रास्ता घर के ठीक सामने जानवरों के बाडे के पास से है, बाडे और घर के आस पास कुछ बहुत पुराने बडे पेड है। इसी जानवरों के बाडे के पास एक लगभग पांच फिट नौ इंच, सामान्य शरीर वाली, जैसा किसी किसान का होता है, लम्बा गाउन पहने जो घुटनो से थोडा नीचे है, पैरो में लम्बे बुट और रूमाल से सर को ढके औरत खडी है, इसके भुरे बाल रूमाल से बाहर लटक रहे है और उसकी हल्की

नीली आंखें घोडे को देख रही है, वह अपने घोडे को नहला रही है, और उसका दोस्त उसके पिछे खडा है। वेदरा पिचले दो महीनो से इस आदमी से मिल रही है, और आज. ....

''आखिर तुम अपने पास मुझे क्यों नहीं आने देती हो हम रोज मिलते है, बातें करते है। तुम आखिर चाहती क्या हो?''

वेदरा ने कुछ भी नहीं कहा बस अपना काम करती रही।

''तुम जानती हो इस उम्र में तुझे अकेले रहना कितनी बडी मुसीबत में डाल सकता है। मैं तो एक तरह से तुम्हारी मदद ही कर रहा हूं, मेरे पास सब कुछ है मेरे जैसा तुझे कोई नहीं मिलने वाला।''

''मुझे तुम्हारी या किसी की मदद नहीं चाहिए मुझे अकेला छोड दो।'' वेदरा ने कहा।

''तुम क्या चाहती हो? तुम चाहती हो की मैं...।''

''हां, मैं चाहती हूं कि तुम यहां से जाओ।''

वेदरा का इस तरह जवाब उस आदमी को खला और वह चिड कर बोला ''तुम सपनो की बातें करती हो, सपनो जैसी कोई चीज नहीं होती, पागल मत बनो तुम सपनो में जीना छोड दो।''

''तुम यहां से जाओ'' इस बार वेदरा ने जोर से कहा।

''तुम यहां इस खेत में बस सपने देखा करो'' उस आदमी ने भी जोर से कहा।''

''हां मैं यहां अपने सपनो की दुनिया में खुश हूं। पर तुम्हारी यहां कोई जरूरत नहीं है'' वेदरा ने कहा।

''तुम भाड में जाओ '' वेदरा ने मन में कहा, और किसी तरह यह बात जुबा पर आने से रोकी।

वह व्यक्ति चला गया।

पर वेदरा उस आदमी के जाने के बाद कही खो गई।

''पता नहीं मुझे कोई अच्छा क्यों नहीं लगता, पहले तो सब ठीक ही था। मेरी शादी के बाद में अपने पति के साथ खुश थी, बस कभी कभी ऐसा लगता था जैसे कुछ अधुरा है फिर भी जिंदगी सही चल रही थी, पर एक रात वो सपना आखिर उसका मतलब क्या है सपने तो कही आते है, पर वो क्या था जो बार— बार मुझे कही ले जाता है और अब तो उनकी मौत को भी सात साल हो गए पर वो जब थे तब भी यह सपना आया था, मैंने इसके बारे में बात नहीं की सोचा पता नहीं वो क्या कहेंगे, पर अब तो पिछले दो सालो में तो यह कितनी बार आया वो अंजान रास्ता और...वो...वो....लडका....आखिर वो लडका कौन है जो मुझे सपने में दिखता है। और उसकी वो आंखें। वो तो मेरी सीधे मेरी आत्मा में झांकती है, आखिर मतलब क्या है इस सपने का। क्या हो सकता है।''

पिछले दो सालो में अक्सर ऐसे होता रहता है वह अक्सर ख्यालो में खो जाती है।

होनी को क्या मंजूर है, यह तो वही जाने।

वह औरत कौन है?

शाम हो चली है केशा का मन आज न जाने क्यों कही खोया है, अक्सर शाम का वक्त खाली और अकेलापन लेके आता है। उसने जल्दी से दुकान बंद की।

''आज तो दुकान में इतना काम भी नहीं था फिर भी लगता है थक गया हूं'' केशा ने मन में कहा। उसने जल्दी से खाना खाया और सो गया। पर जब मन बेचैन हो नींद भी आती कहां है करवट बदलते बदलते काफी समय हो गया पर कोई फायदा नहीं, आधी रात हो गई है पर आज न जाने क्या बात है। वह उठ के बैठ गया, काफी देर घर में टहलने के बाद आखिर उसे रात के चौथे पहर नींद आ गई।

किसी जगह....कोई खेत है। एक औरत जो घोडे को पकडे चली आ रही है, और उसके आस पास बहुत से घोडे खडे है, बहुत सी गाय पास से गुजर रही है, अब वह ठीक सामने खडी है, वह तो मुझे देख रही है, क्या मैं इसे जानता हूं ? शायद हां जानता हूं। मैं बात करना चाहता हूं, पर वो तो बस देखे जा रही है, मैं तुम्हे जानती हूं, उसने कहा नहीं पर शायद केशा को महसूस हुआ ।

बाहर किसी तेज आवाज से केशा की नींद खुली।

जब वह उठा धुप निकल आई थी। और बहुत देर हो गई थी।

उसने उठते ही आंखें मलते हुए सोचा ''आखिर यह कैसा सपना था?'' और वह औरत कौन थी। और वे आंखें वे तो मुझे जानती है, शायद हमेशा से। पर मुझे सिर्फ आंखें ही याद है वे नीली आंखें उसकी। वह कौन थी और अरे मुझे तो कुछ भी समझ में नहीं आ रहा।

आज केशा ने जो अहसास किया, जो महसूस किया ऐसा ही कुछ वेदरा कही बार कर चुकी थी।

अब केशा के जीवन में कुछ अलग हो गया था। उसे कुछ नया और अनोखा लग रहा है।

आज दुकान में उसका मन नहीं है, हो भी कैसे सकता है अब से तो बस उसका शरीर यहां है।

######

समय जैसे चलता है, चलता रहा। पर उसके साथ ही केशा को वह सपना बार बार आता रहा। पहले पहल तो लगा जैसे कोई बात नहीं सपना ही तो है उसे यह आम बात लगी, पर जब यह दुसरी और तीसरी बार हुआ तो वह इसमे उलझ गया और अब तो उसका जैसे यह सपना दुश्मन हो गया हो, केशा को कुछ भी समझ में नहीं आ रहा है की आखिर यह हो क्या रहा है।

''सपने तो मुझे कई और कितनी बार आते है, पर आखिर इसका मतलब क्या है? मैं क्या करू के सब सही

हो जाए। यह सब आखिर.... ऐसा भी कभी होता है, जब किसी सपने की वजह से.... किससे बात करू जो समझ सके। मुझे तो कोई दिखाई नहीं देता, पर इसकी वजह से में कुछ भी सोच समझ नहीं पा रहा हूं। बस वह औरत और उसकी वे आंखें, यह सब क्या है?''

''और अब तो दुकान में जो कुछ ग्राहक आते थे वे भी कम हो गए है। खैर वह भी ठीक है, पर मैं आखिर कुछ समझ भी तो नहीं पा रहा हूं। कही मैं पागल तो नहीं हो रहा, अरे नहीं ऐसी तो कोई बात नहीं है।''

केशा अपने ही ख्यालो में खोया था तभी बाहर किसी ने दस्तक दी।

''अरे काका आज आपको अपनी दुकान से समय कैसे मिल गया।'' केशा ने अपनी हैरानी और उलझन को चुपाते हुए कहा।

''मुझे तुम्हारे एक ग्राहक ने आज बताया की तुम आज कल काम में ध्यान नहीं देते हो। बस कही खोए रहते हो। वह तुमसे सामान मांगता रहा और तुमने ध्यान ही नहीं दिया, और अब भी मैंने देखा तुम कही खोए हुए थे।'' अंतिम बात काका ने ऐसे ही जोड दी।

''ऐसी कोई बात नहीं है काका, मैं तो बस ऐसे....ही..... वो......मैं तो....वो......'' केशा समझ नहीं पाया काका से क्या कहे।

''अरे कोई समस्या है तो बताओ मुझे। तुम जानते हो मैं और तुम्हारे पिता भाई होने के साथ दोस्त भी थे।''

''मुझे तो कभी लगा नहीं'' केशा ने मन में सोचा।

काका बोलते रहे ''बेटा मैं जानता हूं तुम्हारी शादी की उम्र हो गई है। और वो दो बार लडकीयां भी मना कर

चुकी है।'' काका सीधे मुद्दे पर आए असल में पुरी गली वाले दुकानदार जानते है केशा के बारे में ।

काका ने आगे कहा ''पर तुम चिन्ता ना करो बस थौडे पैसे जमा कर लो मैं खुद लडकियों की लाइन लगा दुंगा।'' काका और भी कुछ बोलने ही वाले थे की केशा ने कहा ''नहीं काका ऐसी कोई बात नहीं है।''

''तो फिर क्या बात है, बताओ। ''काका ने कुछ नाराजगी चुपाते हुए कहा।

केशा कुछ देर खामोश रहा।

''असल में मैं थोडा परेशान तो हूं, पर आपको कैसे समझाऊं।''

''अरे बेटा मैंने भी दुनीया देखी है।'' बताओ मुझे।

''मुझे जहां तक याद है, मुझे नहीं लगता काका कभी इस शहर से बाहर भी गए हो'' केशा ने मन में कहा ''पर खैर यह तो एक कहावत है।''

''कहा खो गए, बताओ क्या हुआ?'' काका ने हाथ से इशारा करते हुए कहा।

''काका मुझे कुछ, इन कुछ महीनो में एक ही तरह का सपना बार बार आता है। और मुझे सपने में बार बार एक औरत दिखती है।'' केशा चाहते हुए भी पुरी बात नहीं बता पाया।

''ओह। तो सपने में औरत दिखती है।'' काका ने सर खुजाते हुए कहा, फिर अपनी दाडी में उंगली घुमाते हुए थोडा उपर देखा और कुछ विचार करने के बाद बोले...

''यह सब तो तेरी उम्र की वजह से हो रहा है। फिर भी तु चिन्ता ना कर, मैं एक ऐसे महात्माजी को जानता हूं जो तेरी समस्या पल भर में दुर कर देंगे। मैं तुझे कल ही

उनके पास ले चलता हूं, ठीक है।'' काका केशा का कन्धा थप थपाते हुए चले गए।

केशा को समझ नहीं आया कि आखिर सपने और महात्मा जी से क्या लेना, पर अब देखना तो पडेगा ही, आखिर कब तक ऐसा चलेगा।

शाम हो चली है और शाम हमेशा की तरह खालीपन लेके आई है। उदासी और बढ गई है।

''मैं आखिर ऐसा क्या करू जिससे यह सब ठीक हो जाए, मेरे जीवन का कोई मतलब भी है या बस ऐसे ही जीवन कट रहा है, और मैं देख रहा हुं। कुछ समझ नहीं आता कि आखिर मुझे क्या करना चाहीए जिससे मुझे अच्छा लगे। और फिर यह सपने की बात। मैं ऐसी बात के लिए परेशान हूं जिसपे किसी को यकीन ही नहीं है। कल मैंने अपनी बात अपने सबसे पुराने दोस्त को बताई, उसने भी मेरा मजाक बना लिया।'' केशा ने अपनी बात अपने कुछ और दास्तो से भी करी थी।

केशा के विचारो का सिलसिला जारी रहा ''और कहा की वह तो रोज किसी ना किसी को सपने में देखता रहता है। यह तो आम बात है। पर अगर यह आम बात है, तो फिर वही सपना बार बार क्यों? और इतनी बेचैनी आखिर किस लिए, शायद सपनो पर यहां कोई यकीन ही नहीं करता। मैं भी कहा करता हूं या शायद करता था। शायद मुझे काका के साथ कल जाना चाहिए शायद कुछ फायदा हो जाए'' वह मन ही मन विचार करता रहा।

जब केशा रात को नींद के इन्तजार में बिस्तर में करवटे बदल रहा था, उसे वो आंखें याद आई जो उसने सपने में देखी थी। ''उन आंखो में कुछ तो था काश असल जिंदगी में उन्हे देख पाता, उस औरत को और उन आंखों को। पर आज इतनी बेचैनी भी तो इन्हीं की वजह से है। और फिर जीवन भर क्या यही काम करना है मुझे? बस दुकान में बैठे रहो और कुछ ना करो, क्या जीवन सिर्फ यही है? क्या सच में सपनो का कोई मतलब होता है? आज तक मैंने ऐसा कभी नहीं सुना, ना देखा की किसी को सपनो की वजह से परेशानी हो रही हो। अरे मैं क्या बकवास कर रहा हूं और यह सब क्या सोच रहा हूं।''

और इसी तरह के सवाल जवाब के साथ वह सो गया। पर जो होना था वह तो कुछ ऐसा अनोखा ही था।

सुबह का सुरज उम्मीदें और संभावनाएं लेकर आता है। यह हर किसी के लिए है। चाहे वो इंसान हो या दुसरा कोई भी प्राणी।

काका के चमत्कारी स्वामीजी

सुबह जब केशा उठा, उसे सबसे पहले यही ख्याल आया कि आज काका के साथ जाना है, और पुरा दिन उसने यही सोचा कि उन स्वामीजी से कहेगा क्या।

"क्या वे समझ जाएंगे यह सब क्या हो रहा है। आखिर यह एक सपना ही तो है शायद और थोड वक्त लगे और यह सामान्य हो जाएगा पर इस बात को आज इतना समय हो गया आज तक यह सामान्य होने के बजाय और मेरे दिलो–दिमाग पर छा रहा है। मुझे अब इंतजार ही करना चाहिए। पर उन स्वामीजी से भी तो मिलना है चलो यह भी कर के देख लेते है।

काका शाम को आ गए केशा तैयार ही था।

शहर से थोडा बाहर मुख्य मार्ग की ओर एक छोटी पहाडी पर एक मंदिर है। और वही मंदिर के पास में स्वामीजी का निवास है, उनकी कुटीया है। कुटीया पत्थर और लकडियों से बनी है और काफी लोगो के बैठने की व्यवस्था है यहां पर, इसी कुटीया में स्वामीजी अपने चेलों से मिलते है। स्वामीजी अपने सभी चेलों को बच्चा कहकर

बुलाते है। स्वामीजी की जगह ऐसी ही है, जैसी आमतौर पर हुआ करती है, वही हवन कुण्ड और वही चारी चीजे वेसी ही कुटीया और सब कुछ...।

अंधेरा होते होते काका केशा के साथ वहां स्वामीजी की कुटीया में आ गए, स्वामीजी अपने आसन पर पालटी लगाए बैठे है, और कुछ लोग सामने हाथ जोडे बैठे है।

''कहो बच्चा कैसे आना हुआ?'' स्वामीजी ने काका से अपना हाथ आशीर्वाद की मुद्रा में उठाते हुए कहा।

स्वामीजी ने बिना रूके कहना जारी रखा ''आज किसी विशेष कारण से आना हुआ है, हम देख रहे है.....'' बाबाजी ने अपनी आंखें बंद करते हुए कहा।

''हां स्वामीजी आप तो सब जानते है। बस आपकी चरण में आए है। बस आप ही सब ठीक कर सकते है।'' काका ने हाथ जोडकर सर झुकाते हुए कहा।

स्वामीजी ने आंखें खोली और आशीर्वाद देने के लिए दोनों हाथ बच्चो की तरफ किए।

काका ने केशा को स्वामीजी के चरण छूने का इशारा किया।

केशा को थोडा अटपटा सा लगा। केशा जिन्हें इसके काबिल समझता था, सिर्फ उनके ही चरणो में झुकना चाहता था। असल में उसने बहुत ही कम लोगो के चरण स्पर्श किए थे।

पर यहां तो माहौल ही कुछ और है। तो उसे वह करना पडा जो काका ने कहा।

दोनों स्वामीजी के चरण स्पर्श कर सामने बैठ गए।

''बच्चा परेशान लगता है। वैसे तो हम जानते है, पर फिर भी तुम बताओ क्या परेशानी है।''

''जब आप जानते हो तो मैं क्या बताऊ'' केशो ने मन में कहा।

''स्वामीजी को बताओ तुम्हारा मन काम में नहीं लगता है।'' काका ने केशा को धीरे से कान के पास मुह लाकर कहा।

''मुझे कुछ दिनो से एक ही तरह का सपना आ रहा है'' केशा ने कहना शुरू किया ''मुझे सपने में दिखाई देती है.....मुझे वो....मुझे एक औरत दिखाई देती है।''

स्वामीजी ने केशा को रूकने का इशारा किया और आंखें बंद करके ध्यान मुद्रा में बैठ गए। कुछ समय बाद धिरे धिरे अपनी आंखें खोलते हुए कहा...

''हम देख रहे है तुम्हारी समस्या क्या है, औरत दिखती है यह सब तुम्हारे पूर्व जन्म में किए कर्मो की वजह से हो रहा है। और इस जन्म में तुम्हारे विवाह के संबंध में भी समस्या आ रही है।''

''हां स्वामीजी यही बात है इसकी अभी तक शादी भी नहीं हो पा रही है, स्वामीजी आप तो अंतर्यामी है सब जानते है।'' काका ने पुरी तरह झुकते हुए कहा।

''हो भी कैसे सकता है पूर्व जन्म का कर्म है, इसे इस जन्म में सता रहा है। जो लडकी इससे मिलेगी उसे वह मिलने नहीं देंगी।''

''हां स्वामीजी दो बार इसका रिश्ता होकर टुट गया'' काका ने थोडा जोडकर कहा।

''रिश्ता कब हुआ?'' केशा ने मन ही मन कहा और काका की तरफ हैरानी भरी निगाह से देखा।

काका ने केशा की तरफ ध्यान दिए बगैर कहना जारी रखा ''स्वामीजी आप तो सब जानते है, यह बहुत दुखी है।''

स्वामीजी ने अपने आसन पर हल्की करवट ली और बोलना शुरू किया ''हम देख रहे है की पुर्व जन्म में तुमने उस औरत को सताया था, इसी कारण वह इस जन्म में तुम्हे चैन से रहने नहीं दे रही है। तुम्हारा बुरा हो रहा है। हर काम उल्टा हो जाता है। तुम्हारा मन नहीं लगता, यह सब इसी कारण हो रहा है।''

''अरे काका मुझे यहां मेरी समस्या दुर करने लाए है या डराने'' केशा ने मन में कहा।

स्वामीजी ने अपनी थोडी सी आंखें खोल के केशा की तरफ देखा और फिर आंखें बंद कर ली और बोलना जारी रखा...

''अब तुम यहां आ गए हो अब तुम्हे चिन्ता करने की आवश्यकता नहीं, हम सब ठीक कर लेंगे, हम उपाय कर लेंगे, हम खुद उससे बात करेंगे, उसे समझाएंगे हम। तुम्हारे लिए हवन करेंगे और उसके बाद सब सही हो जाएगा, तुम्हारा व्यापार बहुत अच्छा हो जाएगा, तुम्हे एक सुन्दर लडकी मिल जाएगी और तुम्हारी शादी हो जाएगी। बस हमारे हवन करने की देर है।''

''स्वामीजी यह शुभ कार्य कब होगा?'' काका ने लम्बी सांस ली ''स्वामीजी यह जितना जल्दी हो उतना अच्छा है।''

''नहीं बच्चा ऐसे कार्य के लिए सही वक्त होता है, और सही सामग्री'' स्वामीजी ने मन ही मन कुछ सोचा और अपनी आंखें खोली।

काका बडे ध्यान से स्वामीजी के और पास सरक गए।

स्वामीजी ने जारी रखा ''ऐसे कार्य के लिए ग्रह नक्षत्रो का सही योग होना आवश्यक है। सही समय पर किया

गया हवन ही सफल होता है। हम कुछ समय अंतर्ध्यान होके सही समय का मुहुर्त खोजते है।'' स्वामीजी ने फिर आंखें बंद की और अंतर्ध्यान हो गए।

लगभग पांच मिनट बाद स्वामीजी ने आंखें खोलते हुए कहा ''हमने ग्रहो की सही दिशा देख ली है, यह शुभ कार्य हम अमावस्या के दिन करेंगे।''

काका की तरफ देखते हुए स्वामीजी ने कहा ''बच्चा हवन सामग्री और सही मुहूर्त का समय हम अपने बच्चे को (स्वामीजी का चेला) बता देते है, वह तुम्हे समझा देगा। अब आप कुछ समय बाहर इंतजार करो।''

केशा और काका के बाहर जाने पर स्वामीजी और उनके तीन चेले आपस में चर्चा करने लगे उनके हाव भाव से वे बडे खुश नजर आ रहे थे।

कुछ समय बाद एक चेला बाहर आया ''स्वामीजी चाहते है हवन अमावस्या की रात के तीसरे पहर में हो, काम बडा खतरनाक व डरावना है, आम इंसान वहां नहीं आ सकते उनको खतरा हो सकता है, यह काम स्वामीजी अपने खास बच्चे के साथ करेंगे इसलिए आप सामान अमावश की शाम को हमें दे जाना बाकी सब हम देख लेंगे।''

''सामान मैं आपको बता देता हूं क्या क्या लाना है।''

''पांच तरह के फल, सुखा मेवा, नारीयल'' और सब के साथ चेला उनकी मात्रा भी बताता गया।

''और हां, एक जिन्दा खरगोश यह सबसे जरूरी है।'' चेले ने अपनी खुशी चुपाते हुए कहा।

''और इसके अलावा कुछ भी नहीं लाना, आपको तो पता ही है स्वामीजी कभी किसी से कुछ भी नहीं लेते है,

स्वामीजी तो सिर्फ लोगो की मदद करते है, इस लिए जिस सामान का प्रयोग होना है सिर्फ वो ही और कुछ भी नहीं।''

''ठीक है आपका बहुत धन्यवाद हम सामान देने अमावस्या की शाम आ जाएंगे'' काका ने कहा और प्रणाम करके वहां से दोनों पैदल चल पडे, केशा से ज्यादा खुश काका लग रहे थे।

काका पुरे रास्ते चलते हुऐ स्वामीजी के चमत्कारो के किस्से सुनाते रहे...

पर केशा चुप रहा, उसका ध्यान कही और था, कही बहुत दुर ।

#####

स्वामीजी से मिलकर आए आज तीसरा दिन है, अमावस्या को अभी दो दिन बाकी है। काका आज दोपहर को याद दिलाने आए थे कि दो दिन बाद वहां जाना है, सामान तैयार कर लेना और मदद चाहिए तो बताना।

शाम अभी बस ढली है और रात की शुरूआत है, केशा आज घर जाने के बजाय एक छोटी पहाडी पर आया है।

शहर के नजदीक ही यह पहाडी श्रृंखला है उसी में एक छोटा पहाड है जहां से शहर और सूर्यास्त दोनों दिखते है। यहां लगभग कोई नहीं आता जाता। कुछ समय से केशा को एकांत अच्छा लगने लगा है, उसे ऐसी जगह अब लुभाती है, जहां लोग ना हो या ना के बराबर हो, इससे

उसे मन में शांति महसूस होती है। और शांति से अपने आप को समझने में मदद मिलती है।

केशा असल में शाम को सूर्यास्त से पहले ही आ गया था और अब सूर्यास्त हो चुका है, पर उसे घर जाने की कोई जल्दी नहीं है केशा तो बस अपने ही ख्यालो में खोया है।

वैसे तो केशा के दोस्त बहुत कम ही है पर जो दो या तीन थे वे भी अब उससे दुर हो गए, क्योंकि वह अक्सर अकेला और गुमशुम रहता है।

अंधेरा बढने लगा है शहर में दियो की हल्की रोशनी होनी शुरू हो गई है, पर उसका ख्याल कही ओर है....

''आज से कुछ महीने पहले मैं कितना खुश था, दोस्त थे, काम भी सही चल रहा था, कोई लडकी भी मिल ही जाती, पर अब क्या? आज ऐसा लगता है कितना अकेला हूं मैं, यहां कोई ऐसा नहीं जो मेरी बात समझ सके, मुझे समझ सके, दोस्त तो अब अजनबी लगते है। उनसे बात करते वक्त भी अब वो अपनापन नहीं रहा। यहां तो बस धन की बात करो तो ही सबको समझ आती है, सपनो का तो यहां मुल्य ही नहीं है, शायद लोग सपने देखते ही नहीं है और कुछ सोचना ही नहीं चाहते, मुझे लगता है लोग कुछ चाहते ही नहीं, बस चल रहे है, कोई सपने नहीं। पर मैं क्या करु कोई तो होगा जो सपनो की बात करे और हां वो जो मुझसे सामान लेने आते है, शायद महल में कोई नौकरी करते है वे उम्र में भी इतने बडे नहीं है और नेक भी लगते है, पर उनके विचार भी कैसे है बोल रहे थे की धन कमाओ तो सब ठीक हो जाएगा, दोस्त बनेंगे और शादी भी हो जाएगी। मैंने बस इतना कहा कि धन से दोस्त और

बीवी आएगी तो प्यार कहा रहा, फिर क्या बस बिगड गए बोले इसका मतलब हमारी बीवी हमसे प्यार नहीं करती सिर्फ पैसो की वजह से शादी की है, अब उन्होने खुद ही दोनों बातें बता दी पर नाराज मुझपे हो रहे थे।''

केशा ने अचानक से अपना सिर झटका ''अरे मैं भी ना कहां से कहां चला गया। भुख लग रही है पता ही नहीं चला कब रात हो गई घर चलता हूं देर हो गई है।''

वह खडा हुआ, और पहाडी से धिरे धिरे नीचे उतरने लगा।

रहस्यमय दोस्त

जब हिन्द में रात हो गई है तो वहां वेदरा के देश में शाम हो चली है। वह अभी अपने काम में व्यस्त है, शाम का वक्त किसान के लिए ज्यादा मेहनत भरा होता है, वैसे किसान के लिए तो पुरा दिन मेहनत भरा होता है।

वेदरा अपनी गायो और घोडो को बाडे में डाल रही है, अंधेरा बस हो ही रहा है, तभी किसी औरत की आवाज आई, उसकी भाषा तो वही थी जो वेदरा की थी पर लहजा अलग था शायद वह कही दुर से आ रही थी।

उसके पास घोडा है, पर वह पैदल ही चल रही थी शायद खेत में आकर उतर गर्इ हो, उसकी वेशभुषा कुछ मर्दो जैसी थी पक्के तौर पर उसने वेस बदला था।

उसने कुछ दुर से आवाज दी...क्या मैं आजाऊ?

''क्या बात है?'' वेदरा ने पुछा।

''मुझे रात रूकने के लिए आपकी मदद चाहीए'' उसने कहा।

''पर आप है कौन?''

''मैं सब समझा दुंगी, पहले मुझे और मेरे घोडे को सुरक्षित जगह ले चलो।''

''पर मैं....?''

''कृप्या करके जल्दी करे, मुझ पर विश्वास करे मेरा पीछा किया जा रहा है, मुझे खतरा है, वे लोग किसी भी वक्त यहां आ सकते है।''

''कौन लोग आ सकते है, कौन लोग तुम्हारा पीछा कर रहे है।'' वेदरा कहने ही वाली थी पर चुप रही और रास्ता दिखाने के लिए आगे बढ गई।

उस औरत ने नजदीक आकर कहा ''वे धार्मिक कट्टर लोग है।''

वेदरा को ऐसा लगा जैसे उस औरत ने उसके मन की बात जान ली हो, पर इस वक्त उसका ध्यान उसे कही चुपाने में था।

वेदरा उसे जगह दिखा कर आ गई साथ ही यह भी समझा दिया कि बात बिगडने पर किस रास्ते से भागना है।

वेदरा का काम समाप्त होने ही वाला था तभी वहां कुछ लोग आए।

तीन सैनिक, बाकी ग्रामीण थे। कुछ लोग पास के गांव से भी थे, वेदरा दो को जानती थी और वो कोई नेक लोग नहीं थे कुछ अनजान थे और वे लोग भी उसी औरत के लहजे में बात कर रहे थे, शायद वे भी वही से थे जहां से वह औरत थी।

उन्हीं में से एक ने कहा ''सुनो तुमने यहां किसी औरत को देखा है, वह घोडे पर थी और वह काले कपडे पहने है।''

दुसरा आदमी बोला ''कपडे शायद बदल दिए हो पर घोडा हमेशा उसके साथ रहता है। क्या तुमने......?''

तभी पीछे से आवाज आई ''वह चुडैल है। तुमने देखा है तो बता दो वरना हम सब पर आफत आने वाली है।''

जिस आदमी ने पहले बात की थी वह बोला ''वह औरत खतरनाक है हम सब के लिए, हो सकता है वह यहां आई हो, कुछ गांव वालो ने उसे इसी रास्ते पर आते देखा है।''

''मुझे तो कोई नहीं दिखा, मैं कब से यहां बाहर ही काम कर रही हूं'' वेदरा ने कहा।

''तो तुमने किसी को नहीं देखा शायद वो बाहर रास्ते से गुजरी हो'' सैनिक ने कहा।

''हो सकता है, यहां से काफी लोग गुजरते है, और वैसे भी मेरा ध्यान तो काम में था।''

''तो क्या हम तलाशी ले सकते है'' एक लम्बे आदमी ने कहा जिसके एक हाथ में मशाल थी, और जो कब से अपना सर खुजा रहा था, वह पास के ही गांव से था उसका लहजा साफ था।

''हां क्यों नहीं ले लो, मेरा भी डर दुर हो जाएगा कही वो चुडैल यहां चुपी हो तो।'' वेदरा ने सीधे सैनिक की आंखो में देखकर कहा।

कुछ लोग तलाशी के लिए आगे बढे तभी सैनिक बोला ''चलो यहां से, आगे देखते है कही और दुर ना निकल जाए वह चुडैल।''

जब सारे लोग जाने लगे उसी भीड में से वेदरा के पास एक औरत आकर बोली ''बडी खतरनाक है वह, सुना

है बहुत बडे दांत है उसके, और वह कोई भी रूप अपना सकती है।''

इतना कहकर वह तेज कदमो से चलकर भीड के साथ हो गई, बीना पीछे मुडे, मुडती तो वेदरा को हस्ते हुए देख लेती।

भीड के जाने के कुछ समय बाद...

''वे लोग जा चुके आजाओ।''

''तुम्हारा शुक्रिया'' उस औरत ने कहा।

''चलो अन्दर चलते है'' वेदरा ने अपने ढलान वाले घर की और इशारा करते हुए कहा।

वे दोनों अब बैठने वाले कमरे में है, वेदरा ने रसोई की ओर जाते हुए कहा...

''क्या तुम चाय पीना चाहोगी?''

''हां'' उस औरत ने छोटा जवाब दिया।

''तुम अगर नहाना चाहो तो....? तब तक मैं चाय बना लेती हूं।''

वह औरत नहाने चली गई। उसे सही में इसकी आवश्यकता थी।

जब वह सामान्य कपडो में वापस आई, वेदरा ने उसे ध्यान से देखा।

वह लगभग वेदरा की हम उम्र है और देखने में खूबसूरत।

''मुझे तो तुम किसी भी तरह से चुडैल नहीं लगती और ना ही तुम्हारे दांत बडे है।''

उस औरत ने पहले तो बडी हैरानी से वेदरा की तरफ देखा फिर दोनों ही जोर से हंसने लगी।

''चाय तैयार है'' वेदरा ने चाय का कफ उसकी तरफ बढाते हुए कहा।

अभी तक दोनों के चेहरे पर मुस्कान थी।

दोनों ऐसे बात कर रही थी जैसे पहले से एक दुसरे को जानती हो।

''यह चुडैल वाली बात क्या है?, वो भीड में लोग बोल रहे थे'' वेदरा ने पुछा।

वह बोली ''यह जो लोग मेरा पीछा कर रहे थे या इनके जैसे लोग चाहे तो तुम्हे भी दो दिन में चुडैल साबित कर सकते है''

वह औरत सही थी, ऐसा वेदरा ने होते देखा भी है और वेदरा यह भी समझ गई की यह औरत अपने बारे में ज्यादा बातें करना पंसद नहीं करती, पर आखिर आज रात वह यहां है तो बात तो करनी पडेगी, पर शायद वही सवाल जो जरूरी हो।

वह औरत वेदरा की तरफ देखकर थौडा सा मुस्कुराई।

''क्या यह मेरे मन कि बात समझ सकती है''वेदरा ने सोचा।

पर वो तो मुस्कुराए जा रही है।

''क्या तुम मन की बात जान लेती हो?'' वेदरा ने सीधा प्रश्न किया।

''तुम्हे ऐसा क्यों लगा'' उसने कहा।

''मुझे महसूस हुआ''वेदरा ने कहा।

''वह निर्भर करता है।''

''किस पर?''

''आत्मा पर।''

''मतलब?''

''जिसकी आत्मा साफ हो सिर्फ उसका।''

''तो क्या तुम जादु...?''

''नहीं'' वह वेदरा के बीच में ही बोल पडी, शायद यह शब्द उसे अच्छा नहीं लगा।

''मुझे जादु या जादुगर से कोई तकलीफ नहीं है, पर मैं ना जादु जानती हूं ना जादुगरनी हूं। बस मैंने अपनी आत्मा से बात करने का तरीका ढूंढ लिया है और इसी से मैं उन लोगो की मदद भी कर लेती हूं जिनको सही में मदद की जरूरत होती है, और कुछ लोगो को यह अच्छा नहीं लगता और वे उसे चुडैल समझते है और जिन्दा जलाना चाहते है, उसका कई मीलो तक पीछा करते है, उसे कई दिनो तक भुखा और प्यासा भटकना पडता है बस इस लिए के वो सिर्फ नेक आत्मा को ही समझ पाती है अगर लोगो की आत्मा नेक नहीं है तो क्या इसमे मेरा कसूर है।'' उसकी आंखो से आंसू गिरने लगे और वह फिर से थकी नजर आने लगी।

दोनों चुप थी कुछ देर ऐसे ही कोई नहीं बोला बाहर से जानवरों के पेरो की घीमी आवाजे आ रही है।

उसने फिर कहा ''वे चाहते है मैं उनका भविष्य बताऊ और उनका लालच पुरा हो ऐसे सवालो के जवाब दु, पर उनकी आत्मा इतनी मेली है कि मुझे कुछ ना दिखाई देता है और ना सुनाई देता है।''

काफी देर चुप रहने के बाद वह धिरे धिरे शांत होने लगी।

वेदरा ने कुछ देर चुप रहना ही ठीक समझा।

कुछ समय बाद वेदरा ने कहा ''चलो मैं खाना बना लेती हूं तुम आराम करो।''

''नहीं मेरी दोस्त, मैं भी मदद करूंगी।'' उसने कहा।

''और वैसे भी मुझे खाना बनाना अच्छा लगता है।''

दोनों रसोइ में चली गई...।

''शायद हम अच्छे दोस्त बने'' वेदरा ने कहा।

''हम बन चुके है। और वह भी तब से जब मैंने तुम्हारे खेत में प्रवेश किया था।''

वेदरा फिर उलझन में पड गई।

''मेरी दोस्त हम तो हमेशा से दोस्त है, बस मिले आज है।''

''मेरी दोस्त तुम मुझे और उल्झा रही हो'' वेदरा ने कहा।

''मैं कहा उल्झा रही हूं, तुम खुद उलझ रही हो'' उसने कहा।

''और वो कैसे'' वेदरा ने कहा।

''बस अपने मन की सुनो, अपनी आत्मा को जानो सब समझ आजाएगा।''

उसने दोनों हाथो से वेदरा का हाथ पकडा और कहा ''तुम और मैं हम दोनों जानते है हम नहीं मिले पर एक अहसास तो हो ही जाता है, मुझे वह अपने पन का अहसास जब मैं यहां तुम्हारे खेत के लिए मुडी तभी हो गया था।''

''वह अहसास जो अपनो के लिए होता है, प्यार के लिए होता है। आज नहीं तो कल वह अहसास तुम्हे भी होगा।''

उसने यह बात वेदरा की आंखो में देखकर कही।

''और हं खाना भी जल सकता है, यह अहसास तो हम दोनों को है'' दोनों फिर एक बार खुब हंसी।

''और मुझे लगा तुम अपने बारे में बातें करना पसन्द नहीं करती'' वेदरा ने कहा।

''तुम सही समझी। मैं पसन्द नहीं करती।''

''पर किसी खास के साथ अलग बात है, चाहे उसे मिले कुछ पल ही क्यों ना हुए हो।''

दोनों मुस्कुराई।

जब दोनों खाना खाने बैठे, उसने अपने मुंह से एक शब्द नहीं कहा।

वेदरा बात करना चाहती थी पर उसे चुप देखकर वह भी चुप रही।

जब खाना हो चुका उसने कहा ''हम जैसा खाना खाते है, और जिस प्रकार खाते है इसका असर हमारे शरीर के साथ हमारी आत्मा पर भी पडता है, इसलिए खाना सही और सही प्रकार से खाना चाहिए।''

''समझ गई मेरी दोस्त वेदरा।''

वेदरा ने असंभे को चुपाते हुए उसकी और देखते हुए कहा ''जहां तक मुझे याद है, मैंने अपना नाम नहीं बताया ना ही तुमने।''

''छोडो मेरी दोस्त वैसे भी नाम में क्या रखा है।'' उसने कहा।

''पर अगर मुझे तुम्हारा नाम ही नहीं पता तो कल में तुम्हे किस नाम से पुकारूंगी और याद करूंगी और तुम मेरा नाम जानती हो पर मैं नहीं।''

''मैं भी तुम्हारा नाम जानना चाहती हूं।'' वेदरा ने कहा।

''मेरी दोस्त यकीन करो, तुम मुझे कभी नाम से याद नहीं करोगी, जो यह वक्त हमने साथ बिताया है वही याद रहेगा। तुम्हें भी और मुझे भी।''

''मेरी पुरी जिंदगी में, मैं इतना खुश बहुत ही कम हुई हूं और आज तक ना मैंने किसी से इस तरह बात की और ना ही किसी और ने मेरे साथ।''

वह उठ कर खिडकी की तरफ गई, जहां से चांद की रोशनी कमरे में आ रही थी। उसने खिडकी में झुककर चांद की तरफ देखते हुए कहा ''मैं मन को पड सकती हूं यह आसान है बस इसमे थोडा ध्यान लगाने की आवश्यकता होती है। अक्सर हम जो सोच रहे होते है वह चेहरा बया कर देता है पर असल में वह मन की बात नहीं होती, वह तो बस हमारे ख्याल होते है, मन की बात जानने के लिए उसकी आत्मा को जानना होता है और यह आसान नहीं, जैसा मैंने कहा था जिसकी आत्मा साफ हो।''

''मैं लोगो के मन की परेशानी या खुशी का कुछ अंश समझ पाती हूं, पर उसका पुरा हाल जानना संभव नहीं है। फिर भी इससे मदद मिलती है।''

वह फिर वेदरा की तरफ मुडी।

''शायद बाहर तुम्हारे जानवर.......'' उसने कहा।

''हां रात को एक बार, मैं सोने से पहले देख आती हूं उन्हे भी इसकी आदत है और एक चक्कर खेत का भी लगाना है जंगली जानवरों के कारण।'' वेदरा ने कहा।

''चलो मैं भी आती हूं बाहर चांदनी रात भी है।'' उसने कहा।

दोनों जानवरों को देखकर खेतो में निकल गई।

''चांद की यह रोशनी और रात का यह सन्नाटा, इससे अच्छा शायद ही कुछ हो'' उसने कहा।

वेदरा को भी आज यह चांदनी रात ज्यादा सुहावनी लगी।

''आज से पहले मैंने कभी चांदनी रात को इतना खूबसूरत इतना सुहाना नहीं पाया'' वेदरा ने कहा।

''मेरी दोस्त आज के बाद तुम्हे चांदनी रात हर बार ज्यादा और ज्यादा खूबसूरत लगेगी और वैसे भी यह चांदनी आती ही इस लिए है कि प्यार करने वाले दिलो को शीतलता दे उन्हे खुशी से भर दे।'' उसने खेत की पगडंडी पर बच्चो की तरह तीन बार दोनों पैरो पर कुदा, जैसे बच्चे खडडे को कूदते है।''

उसने फिर कहना जारी रखा.....

''जब कोई अपना हमारे पास नहीं होता तो यह चांदनी दिल में दर्द भी देती है, पर मेरी दोस्त वह दर्द भी कही ना कही खूबसूरत यादो के साथ खुशी ही देता है।''

उसने आह भरी।

''ओह मेरी प्यारी दोस्त यह रात, यह रात बस ऐसे ही रहे और हम किसी की यादो में खो जाए।''

वेदरा उस चांद की हल्की रोशनी में देख नहीं सकी, उसकी दोस्त की आंखो में आंसू थे। पर महसूस जरूर किया।

अब दोनों खेत के दुसरे छोर पर आ गयी है, और अब वह जहां है वही पर एक छोटी चट्टान है जिस पर पांच से छ: लोग बैठ सकते है उसने वेदरा का हाथ पकडा और उस चट्टान की ओर ले गई।

दोनों उस पर पैर लटकाए चांद की और मुह किए बैठ गई।

कुछ समय बाद उसने कहा ''मैं जानती हूं तुम परेशान हो और तुम चाहो तो मुझे बता सकती हो बस मैं तुम्हे और जानने के लिए पुछ रही हूं, आखिर हम दोस्त है।''

उसने वेदरा का हाथ धिरे से दबाया, मेरी दोस्त बताओ मुझे।

वेदरा ने अपने उस सपने के बारे में सब बता दिया।

''आज ना जाने क्यों मैंने तुमसे खुशी से बात की, वरना मुझे अब लोगो से मिलना भी अच्छा नहीं लगता है, बस हर वक्त उस सपने के बारे सोचती रहती हूं, वह लडका कौन है, वह जगह कहा है, और क्या है मुझे कुछ समझ नहीं आता, मुझे हमेशा से लगता है कुछ अधुरा है मेरे जीवन में, और यह सिर्फ इस सपने के बारे में नहीं है मुझे हमेशा ही कुछ अधुरापन महसूस होता था, बस उस सपने के बाद यह और ज्यादा महसूस होने लगा है।''

वेदरा ने जल्दी जल्दी सब बता दिया। वो अपने बारे में उसे बताकर खुश है।

उसने वेदरा से पालती लगाकर बैठने को कहा। अब वे दोनों उस चट्टान पर आमने सामने पालती लगाए बैठ गई, उसने वेदरा के दोनों हाथो को पकडते हुए कहा ''मेरी दोस्त अपनी आंखें बंद करो और मैं ना कहु तब तक खोलना नहीं।''

वेदरा ने ऐसा ही किया।

बहुत समय तक वे ऐसे ही शांत बैठी रही, चारो तरफ सिर्फ शांति है, वेदरा ने अपने अन्दर कुछ अनोखा महसूस किया जैसे कोई उसके अन्दर है।

''मेरी दोस्त तुम सपनो पर यकीन करती हो इस बात की मुझे खुशी है और तुम्हे करना ही चाहीए, यह सपने कभी कभी इस जीवन की सही राह दिखाते है।''

वेदरा समझ नहीं पाई यह आवाज बाहर से आई या अन्दर से, पर उसे तो अब सब अच्छा लग रहा था, तो बस उसने सुनना जारी रखा...

''मेरी दोस्त तुमने बहुत सहा है, इस दर्द को मैं समझ सकती हूं, मैं तुम्हारी मदद करना चाहती हूं पर शायद ज्यादा नहीं कर पाहुंगी, पर जितना हो सकेगा मैं करूंगी।''

''अभी मैं तुम्हे सिर्फ इतना बता सकती हूं की तुम बस अपनी आत्मा की आवाज सुनो आगे राह भी मिल जाएगी।''

''और अब तुम आंखें खोल सकती हो'' दोनों ने आंखें खोली।

कुछ देर खामोशी रही...।

उसने वेदरा के गले की तरफ इशारा करते हुए कहा ''यह लोकेट जो तुम्हारे गले में है, बहुत खूबसूरत है, लगता है तुम्हारे लिए खास है, यह एक घोडा है जो की मुझे भी बहुत प्यारा है''

वेदरा ने अपने गले में पडे उस लोकेट पर हाथ रखा और कहा ''हां यह बहुत खास है मेरे लिए, दुनिया में बहुत ही खास, मेरे दादा ने मुझे दिया था उन्हे भी घोडो से बहुत प्यार था और मुझे भी।''

''मुझे खुशी हुई यह जानकर मेरी दोस्त'' दोनों कुछ देर वही शांत बैठी रही।

''चलो चलते है'' उसने कहा।

दोनों फिर पगडंडी पर थी।

उसने चलते हुए फिर से कहा ''मेरी दोस्त तुम सपनों पर यकीन करती हो यह बात बहुत मायने रखती है, मेरी दोस्त सब यकीन करने पर ही निर्भर करता है। सब कुछ।''

''यह सपने भी इस पगडंडी की तरह ही है, रास्ता नहीं होते हुए भी सही जगह ले जाते है।''

रात का तीसरा पहर प्रारम्भ हो गया है, दोनों घने पेडो के पास से गुजर रही है, असल में वे बात करते हुए काफी आगे निकल आयी है, जंगल के करीब। उसने पेडों की और ऐसे देखा जैसे बच्चा मां को देखता है और कहा...

''असल में सपने आत्मा द्वारा दिखाया मार्ग होते है, यह बस हम पर निर्भर करता है कि हम अपनी आत्मा को कितना जानते है या जानना चाहते है, जब हम जन्म लेते है हमारा साथी भी जन्म लेता है, पर समस्या यह है कि वह कब जन्म ले और हम कब, फिर वह कहां जन्म ले और हम कहां यह तो वही उपरवाला ही जाने, कभी कभी दोनों के जन्म लेने की जगह में बहुत दुरी हो सकती है तो कभी हमारे घर के पास भी हो सकता है। पर सही बात तो यह है कि वह दुरी होती ही नहीं, ना सीमाएं होती है, क्योंकी यह सब तो हम लोगो यानी इंसान की बनाई हुई है, आत्माओं के लिए तो पुरा जहाँ एक है।''

''फिर जन्म लेने में सालो का अन्तर भी हो सकता है, ऐसे में जो पहले जन्म लेता है उसे बस इंतजार करना होता है, और यह बहुत ही तकलीफ भरा हो सकता है, पर उसके सिवाए दुसरा कोई रास्ता नहीं, पर अच्छी बात यह है की आत्मा का कोई बंधन नहीं होता, वह समय आने पर या देर सवेर अपना साथी खोज ही लेती है, पर यह सिर्फ उनके

साथ होता है जो अपनी आत्मा को नेक और साफ रख पाते है वरना तो इस जहाँ में भटकने वालो की कमी नहीं है।''

''फिर आत्मा हमसे बात करती है सपनो में और कभी ख्यालो में, आत्मा को सपनो का रास्ता सबसे अच्छा लगता है इसी वजह से वह हमें अधिकांश सपनो में ही बात करना चाहती है।''

वह कुछ देर रूकी।

''कितनी अजीब बात है वह हमारे अन्दर है पर फिर भी हम उससे बात नहीं कर पाते, साथी ढुंढना तो दुर की बात है। पर उसे तो साथी चाहीए, जो उसके लिए ही बना है, जिससे मिलने के बाद किसी और से मिलने की आवश्यकता नहीं, जिससे मिलते ही बस सब मिल जाता है, जिसके मिलते ही हर कमी दुर हो जाती है।''

''इस जहाँ में ज्यादातर लोग इस कमी के साथ ही अपना पुरा जीवन गुजार लेते है, हालांकी उन्हे हमेशा उस कमी का अहसास होता है, या कभी ना कभी तो जरूर होता है, पर वह उन वजहों से बन्धे होते है जिनका असल में कोई मतलब ही नहीं होता। अक्सर होता यह है की लोग अपना साथी ढूंढ लेते है पर उसके पीछे आत्मा की आवाज ना होकर कुछ और ही होता है, किसी को खूबसूरती लुभाती है तो किसी को धन तो किसी को कुछ, हर एक का अपना कोई मतलब होता है, कभी लोग एक दुसरे को अच्छी तरह जान समझ के अपना साथी बनाते है पर फिर भी आत्मा की आवाज उसमे नहीं होती जब आपको वह मिलता है जिसके लिए ही जहाँ में आपका भी होना है, तो बस एक

नजर भर भी खुब होती, कभी-कभी हो सकता है समझने में समय लगे, आपका दिमाग आपकी आत्मा पर भारी हो जाए और आप तर्क करने लग जाओ, पर देर सवेर समझ आ ही जाता है, पर जब हम सब भुल कर सिर्फ आत्मा की सुनते है तो कुछ अनोखा होता है, एक पल में सब समझ आ जाता है, पल भर में सदीयो का जैसे रिास्ता निकल आता है।''

''उस समय आप कौन है या किसके साथ किस रिश्ते में है, कुछ फर्क ही नहीं पडता, सब पराया सा हो जाता है, आपके जो अन्दर है उसने तो अपना साथी पहचान लिया पर आप उसे पाना चाहते है या नहीं, उसके लिए कितना त्याग कर सकते है, यह तो आप पर निर्भर करता है।''

''मेरी दोस्त लोग यह त्याग नहीं कर पाते, वह भी उन चीजो के लिए जिनका कोई मतलब ही नहीं होता।''

दोनों पगडंडी पर बातें करते हुए आगे जा रही है, वेदरा को यह बातें अच्छी लग रही है, वह ध्यान से सुन नहीं है।

''आत्मा लोगो के बनाए किसी नियमो को नहीं मानती उसे तो बस अपने साथी के पास जाना होता है, पर पता है असली समस्या क्या है, लोगो के मन में इतना मेल भरा है के उन्हे तो सपने भी डरावने आते है। असल में अगर मन में थोडी सी भी बुराई हो तो उसका असर सीधा आत्मा पर पडता है, और उसका आपके सपनो पर। फिर भी, अपनी आत्मा पर इतने पर्दे डालने के बाद भी, कभी ना कभी तो वह अहसास करवाती ही है, चाहे वह अहसास जीवन में एक बार ही क्यों ना हो पर होता जरूर है।''

''जब हम बच्चे होते है सब कितना अच्छा होता है, पर वक्त के साथ मन पे पर्दो की परत और गहरी होती जाती है, फिर हम कैसे अपनो को पहचाने, और अगर किसी ने हमें पहचान भी लिया पर हमारे मन पे पर्दा पडा है और हमने उसे नहीं पहचाना तो सोचो उसे कितनी तकलीफ होगी जो चाह कर भी अपने साथी से मिल नहीं पा रहा है, और वह भी सिर्फ इस लिए के हम व्यर्थ के मोह में फसे है। अपने लिए नहीं तो कम से कम उसके लिए तो यह पर्दे हटाने ही पडेंगे और आजाद करना पडेगा अपने आप को, अपनी आत्मा को।''

अचानक वह बोलते बोलते रूक गई ''शायद हम आगे निकल आए है, चलो घर चले।''

वेदरा ने हामी भरी।

दोनों वही से मुड गई।

दोनों जब घर पहुंची वेदरा ने कहा ''रात काफी हो गई है।''

''हां अब हमें सो जाना चाहीए'' उसने कहा।

वेदरा ने दोनों के बिस्तर पास पास लगा दिए।

रोशनी के लिए उस कमरे में जो कुछ जल रहा था, एक दीए को छोडकर वेदरा ने सारे बुझा दिए।

अब कमरे में सिर्फ एक दीए की हल्की रोशनी है जो वेदरा की उस नयी दोस्त को काफी अच्छी लगी।

दोनों आंखें बंद करके लेट गई, बहुत समय तक कोई नहीं बोला।

''क्या तुम्हे नींद नहीं आ रही?'' उसने कहा।

''नहीं...पर आ जाएगी'' वेदरा ने कहा।

''मैं जानती हूं तुम....'' उसने बात अधुरी छोड दी।

वेदरा उसके बारे में ही सोच रही थी, पर वह कुछ कहती इससे पहले उसने कहा...

''एक लडकी थी, कोई बीस साल की होगी जब उसे पहली बार एक सपना आया, उसने सपने में पहाडी पर एक गांव देखा जिसके शिखर पर चर्च था और एक लडके को जो शायद छब्बीस या अट्ठईस का रहा हो और वह किसी से झगड रहा है, उसने इतना ही देखा, कुछ दिन उसे यह याद रहा फिर वह भुल गई, उसे लगा यह तो आम बात है। हालांकि उसे अहसास हुआ सपने में कुछ तो खास था पर उसने ध्यान नहीं दिया।

जब वह लगभग तेईस की हुई और घर वालो ने उसकी शादी पक्की कर दी, उसे वह सपना दुबारा आया। इस बार उसे लगभग यह बात महसूस हुई की कोई उसका इंतजार कर रहा है, पर उसने सपने पर भरोसा नहीं किया और दो महीनो बाद उसने एक अमीर खानदान के लडके से शादी कर ली।

सात या आठ साल सब कुछ सही चलता रहा, पर न जाने क्यों कुछ कमी उसे हमेशा खलती, फिर एक दिन उसे वह सपना फिर आया इस बार उसे ऐसा लगा जैसे कुछ हाथो से छूटता जा रहा है। इस बार उसने सपने पर गौर किया, क्योंकि यह तीसरी बार था उसे यकीन होने लगा जैसे उसका कोई सही में इंतजार कर रहा है और उसे मिले बगैर अब जीवन अधुरा है, पर अगर इस इंसान को छोडकर जाउ तो मुझे यह ऐसो आराम नहीं मिलेंगे।

बस इस बात से वह आगे ना बढ सकी, उसे अब विश्वास तो हो गया था, पर वह यह जिंदगी छोड ना सकी,

पर वह कमी दिन ब दिन बढती ही जा रही थी उसे सुकुन नहीं मिल पा रहा था और उसका दिल करता कि वह सपना उसे दुबारा आए पर अब तो बस कुछ बुरे ख्याल ही मन में घर कर रहे थे, इस तरह एक साल और निकल गया, उसका अब किसी भी चीज में मन नहीं लगता था।

एक दिन उसने उस जगह का पता लगाने का फैसला किया, वह अब कई लोगो से मिलती जो हमेशा सफर किया करते जिनमे चित्रकार, लेखक, कवि और कई तरह के लोग जो बस भटकते रहते है, लडकी का पति और उसके परिवार वाले उससे परेशान होने लगे, क्योंकि वह अक्सर बाहर ही रहती और देर से घर आती, पर उसका तो बस एक ही लक्ष्य था।

कई महीनो की मेहनत के बाद उसे ऐसी जगह का पता चला जो उस सपने में देखी जगह से मेल खाती थी, उस चर्च की वजह से उसे काफी मदद मिली, पर अभी तो उसने सिर्फ लोगो से सुना है। पर उसने फैसला कर लिया, अब जाना ही है चाहे जो हो, वह बिना किसी को बताए अपने पति के नाम एक पत्र लिखछोड, अपना खास घोडा लेकर रात को वहां से निकल गई।

उसने तीन गांवो को देखा पर वह नहीं थे, महीना भर और भटकने के बाद आखिर उसे वह गांव मिल ही गया, जब वह गांव पहुंची उसे शिखर पर वह चर्च दिखा, वह सीधा पहले वहां गई उसे देखते ही वह समझ गई की यह वही जगह है, अब उसे उस लडके को तलास करना था, जब उसने गांव में लोगो से पूछताछ की तो लोगो को विश्वास नहीं हुआ, गांव वालो ने कहा कि वह लडका हमेशा

सपनो की बातें किया करता था, वह कहता था की कोई लडकी आएगी उसकी तलास में पर कोई नहीं मानता था।

उसने शादी नहीं की उसे तो बस उसका इंजार था और आज देखो सही में उसे ढुंढते हुए कोई आया है।

पर सारे गांव वाले खामोस हो गए।''

लडकी ने कहा ''मुझे बताओ वो कहा है हां में आ गई हूं।''

गांव वाले कुछ तो चले गए, कोई खामोस खडे रहे, एक महिला आगे आई और उस लडकी को अपने साथ सीधा कब्रिस्थान ले गई उसने एक कब्र दिखाते हुए कहा ''वह अब नहीं रहा।''

लडकी को जैसे दिखना ही बंद हो गया, उसे अपने पैरो पर अब खडा नहीं रहा जा रहा, वह वही गिर गई और आंखो से आसु फुट पडें, उसे लगा जैसे उसके अन्दर सब खत्म हो गया है, वह भी मर गई है।

जब लडकी बहुत समय तक रोती रही, उस महिला ने उसे चुप कराया ''बेटी इसकी कब्र पर आज पहली बार किसी ने आसु बहाए है। उसका इस दुनिया में कोई नहीं था।''

उस महिला की आंखो में भी आसु थे ''बेटी हमारा खून का कोई रिश्ता तो नहीं था पर वह मुझे अपनी मां की तरह. ...नहीं वह मुझे अपनी मां ही समझता था।''

''वह एक सैनिक बनने के लिए सेना में गया पर उसने वहां के हालात देख कर, डाक्टर के साथ लोगो का इलाज करने में हाथ बटाने लगा, फिर उसे पुरी तरह से उसी काम में लगा दिया गया। वह हमेशा युद्ध को गलत बताता था उसने उसे बहुत करीब से देखा था, उसे तो बस बीमार,

घायलो और जरूरत मंदो की मदद करनी थी, कई बार उसका सिर्फ इस लिए लोगो से झगडा हो जाता था कि वो लोग युद्ध को सही ठहराते थे और उसमे भाग लेने की बात करते थे। उसका अक्सर लोगो से इस कारण भी झगडा हो जाता था कि वह हमेशा सपनो की बातें किया करता था, उसे हमेशा से ही सपनो पर पुरा भरोसा था वह मुझे कहा करता था कि एक दिन वह मुझसे एक लडकी को मिलाएगा जो उसके सपनो में आती है। बेटी वह कहा करता था कि अपने सपनो का पीछा कभी मत छोडो, हमेशा सपनो के पीछे चलो, सपनो का अनुसरण ही आत्मा का अनुसरण है और उसने हमेशा ऐसा ही किया।''

उस लडकी ने उसी गांव में रहने का फैसला किया ''माजी अब मैं यही रहना चाहती हूं यही गांव में।''

''क्यों नहीं बेटी इसका घर लगभग साल भर से वैसे ही पडा है, तुम वही रह सकती हो, मैं पास ही रहती हूं बाकी सब मदद में कर दुंगी।''

''चलो मैं घर दिखा देती हूं।''

वे एक कच्ची सडक पर आ गए ''बेटी जब कुछ सालो पहले युद्ध शुरू हुआ तब वह रात दिन बस सेवा में लगा रहता था, उसका खुद का उसने कभी ख्याल ही नहीं किया रात दिन रोगीयों के बिच में रहकर उसका स्वास्थ्य भी खराब होने लगा, युद्ध और भयानक हो गया उसने बीमार होते हुए भी काम किया पर एक दिन वो इतना बीमार हो गया की सैनिक उसे घर छोड गए, मैंने उसका इलाज भी करवाया पर वह ठीक ही नहीं हुआ।''

''बेटी उसे मौत का डर या कोई गम नहीं था बिल्कुल नहीं, उसे तो बस एक बार मिलना था तुम से, उसकी आंखो में बस वह इंतजार था।''

कुछ ही देर में शाम होते होते वे दोनों घर के सामने थी, जब वह घर में प्रवेश हुई तो उसका रोना रूक ही नहीं रहा था, जब लडकी कुछ संभली उस महिला ने कहा ''आज रात चाहो तो मेरे घर सो जाओ, कल हम सफाई कर लेंगे।''

पर उसने कहा ''नहीं मैं यही रहुंगी।''

''कोई बात नहीं खाना तो खालो।''

''नहीं, मुझे भुख नहीं है माजी, आप परेशान ना हो।''

वह महिला समझ गई वह इस घर से बाहर नहीं आएगी, तो वह अपने घर गई और कुछ देर बाद खाना लेकर आ गई।

''देखो बेटी मैं खाना यहां रख रही हूं, तुम खा लेना'' और वह चली गई।

जब महिला सुबह आई खाना वैसे ही पडा था, पर घर पुरी तरह साफ था।

लडकी सारा दिन या तो कब्र पे अपना माथा लगाए बैठी रहती या घर में चुपचाप पडी रहती, कभी कभार माजी से बात कर लेती उसके मन में बस एक ही बात थी वो बस उस लडके को महसूस करना चाहती थी, धीरे—धीरे उसे समय का अन्दाजा भी बंद हो गया, अब तो कई बार वह रात भर वही कब्र के पास बैठी रहती इससे उसे अच्छा लगता पर लोग अब उससे डरने लगे क्योंकि रात को कब्रिस्तान में रहना सामान्य बात नहीं थी।

पर लडकी को क्या, उसे तो बस अपने देर से आने का अफसोस था और अपनी भुल के कारण अपने आप को वह माफ नहीं कर पा रही थी, अब वह अपनी अंतिम सांस भी उस लडके के लिए ही लेना चाहती थी, वह उससे मिलना चाहती थी, हालांकि इस बात का कोई तर्क नहीं बनता था पर वैसे भी प्रेम में तर्क काम ही कहां करते है।

शायद मरने के बाद तो मुलाकात हो पर वह तो उसके साथ जीना चाहती है बस उसे अब और कुछ भी नहीं चाहीए उसका पुरा ध्यान बस उसकी तरफ ही था, उसे पता ही नहीं चला कब वो ध्यान में इतना लीन हो गई की समाधी की स्थिति में पहुंच गई, उसे कुछ अहसास हुआ उसे सपने का हर पहलु अब समझ में आने लगा उसको लडके की रूह का भी अहसास हुआ।

अब वो हर रोज यही करती बस दिन के जरूरी काम जैसे खाना व कुछ अन्य के अलावा वह सिर्फ शांत बैठी रहती, कभी उसकी कब्र के पास तो कभी घर में, उसे हर रोज अहसास बढता ही गया समय के साथ वह उस स्थिति में पहुंच गई की एक दिन उस लडके को अपने अन्दर महसूस किया, उस दिन उनकी बात हो गई वह अभी भी वही था उसके साथ।

अब उसके जीवन में वह आ गया जिसकी उसे तलाश थी।

अब वह लोगो से भी मिलने लगी, वह उन्हे देख के समझ जाती के उन्हे क्या तकलीफ है पर वो सिर्फ उनकी मदद करती जिन्हे अपने प्यार की तलाश है, जब वह उनके बारे में ज्यादा जानने के लिए आगे बढती तो सिर्फ कुछ ही

लोगो को समझ पाती और वह उनको जैसा उसको समझ में आता बता देती।

अच्छे लोग उसके दोस्त बनने लगे तो कई दुशमन भी, अफवाहे फैलने लगी कोई उसे जादुगरनी कहता तो कोई कुछ, पर असल में जो उसे कुछ समझ पाता था वह उसे सिर्फ एक ही नाम देता आत्मा का अनुसरण करने वाली।

(ए शोल फोलोवर)

पर अब वह अपनी जिंदगी में खुश थी उसे अपना प्यार मिल गया था, कम से कम वह अहसास तो जरूर मिला था और लोगों की मदद करने का मौका भी।

फिर एक दिन अचानक उसे अहसास हुआ कि अब यहां नहीं रहना है, लडके की रूह ने उसे बताया कि उसे लोगो से दुर जंगल में जाना है जिसका नाम परछाईयो का जंगल है कुछ लोग उसे काला जंगल भी कहते है, उसे यह जल्दी करना था।

उस समय बस रात शुरू ही हुई थी उसने अपना घोडा लिया, माजी से मिली और निकल गई।''

''मेरी दोस्त वेदरा जो अपने सपनो पर यकीन रखता है, जो उसका अनुसरण करता है पीछा करता है वह आत्मा का अनुसरण करता है और वह शोल फोलोवर होता है, इस जहां में बहुत से ऐसे लोग है तुम भी हो और जल्द ही समझ भी जाओगी।''

''मेरी दोस्त परछाईयो का जंगल, वह बाहर से दिन को डरावना लगता है पर रात को वह हमें सही राह बताता है, रात को वह मदद करता है।''

''अब सो जाओ मेरी दोस्त'' .

वेदरा समझ गई थी की यह उसकी इस दोस्त की कहानी है, वेदरा ने अपनी आंखें बंद की और सो गई।

45

वेदरा किसान थी, उसे जल्दी उठने की आदत थी, जब सुबह उठी उसने देखा उसकी दोस्त वहां नहीं थी, उसने आस पास देखा मगर वह नहीं थी।

वेदरा ने बिस्तर देखा मगर एक ही है वह कहां चली गई और क्या उसने बिस्तर वापस रखा और बिना मिले ही निकल गई, उसने बाहर घोडो को देखा उसका घोडा नहीं था।

''वह ऐसे ही कैसे जा सकती है, बिना मिले और फिर उससे तो अभी बहुत सी बातें भी करनी है, पर वह तो चली गई।''

वेदरा जब घर में वापस गई उसने अपने खाने के बर्तन देखे, उसे अच्छी तरह याद है उन दोनों के बर्तन होने चाहिए थे मगर यह सिर्फ खुद के ही है ''यह कैसे हो सकता है, क्या वह खुद के बर्तन धोकर गई, वह भला ऐसा क्यों करेगी, तो फिर आखिर यह सब.... क्या वह सपना था या वह खुद आई थी।''

पर उसे तो रात की हर बात याद है, साफ साफ याद है।

वह समझने की कोशिश ही कर रही थी की पास के खेत से उसकी दोस्त ऐमेली आकर बोली...

''क्या तुम ठीक हो? रात को तुम्हारे घोडे बहुत आवाज कर रहे थे, मेरे पति रात को देखने आए थे की सब ठीक है, शायद आप जल्दी सो गई थी।''

वेदरा को झटका सा लगा ''क्या? मैं ...वो ..नहीं।

''क्या तुम ठीक हो?''

''हां शायद, मैं....मैं ठीक हूं, तुम्हारा बहुत धन्यवाद।

वेदरा की दोस्त जल्दी में थी तो वापस चली गयी।

''क्या मैं रात को सो गई थी, पर यह कैसे हो सकता है, वह रात को यहां थी पक्का थी मुझे पुरा यकीन है।''

कुछ देर वेदरा शांत रही।

''चाहे यह सपना था या हकीकत, मुझे उस पर पुरा यकीन है और उसकी हर बात पर।''

''वह शोल फोलोवर वह मेरी दोस्त, वह मुझे अच्छी तरह याद है और हमेशा रहेगी, वह भी और उसकी हर बात भी।''

श्राप लग जाएगा

आखिर वह दिन आ ही गया, आज अमावस्या है, आज शाम स्वामीजी के वहां जाना है, काका सुबह बोल गए है सामान तैयार रखना, केशा ने कुछ सामान अपनी दुकान से ले लिया बाकी के लिए बाजार चला गया। दो घंटे में सामान ले कर वह घर आ गया, अब उसे सिर्फ एक खरगोश लाना था।

उसे समझ नहीं आया यह कहां मिलेगा, तो वह काका के पास चला गया, काका दुकान में ही है ''काका मुझे खरगोश लाना है और पता नहीं वह कहां मिलता है'' केशा ने कहा।

''बेटा चलो मैं चलता हूं साथ में, ज्यादा दुर नहीं है।''

दोनों कुछ ही समय में खरगोश ले आए।

''मैं शाम को घर पर आ जाऊंगा बस तुम तैयार रहना'' काका ने केशा के कंधे पर हाथ रखते हुए कहा।

केशा घर आ गया उसने खरगोश को पिंजरे में डाला और वही बैठ गया, उसे शाम का इंतजार है।

जब शाम होने वाली थी उसने सोचा ''शाम को पता नहीं वहां कितना समय लगे, क्यों ना खाना खा कर के ही वहां जाउ।''

वह खाना बनाने के बारे में सोच ही रहा था, तभी उसे ख्याल आया कि खरगोश को वह लगभग दोपहर को लेकर आया था उसे भी तो भुख प्यास लगी होगी उसने खरगोश को पानी दिया और घर में खरगोश के खाने लायक कुछ लेने चला गया और कुछ ही देर में वह कुछ हरी सब्जी लेकर आया.....

उसने खरगोश को खाना दे दिया।

जब खरगोश खाना खा रहा था, केशा उसे ही देखे जा रहा था ''कितना प्यार और शांत जानवर है, मैं इसे मरने के लिए नहीं दे सकता, नहीं मेरा मन कभी इस बात को मान ही नहीं सकता, कभी नहीं, इसकी जान लेकर जो कुछ भी मुझे मिलेगा वह कुछ अच्छा तो हो ही नहीं सकता।'' उसने सोचा

केशा ज्यादा विचार किए बगेर जल्दी से उठा और सीधा जंगल की तरफ गया, उसने खरगोश को वहां छोडा और घर आ गया।

जब घर पहुंचा काका उसका वहां इंतजार कर रहे थे शाम हो गई थी।

''अरे कहां था....मैं कब से तेरा इंतजार कर रहा हूं, चलो जल्दी हमें देर हो जाएगी'' काका ने कहा।

''देखिए काका, कृप्या आप बुरा ना मानिए गा...मैं उस बेजुबान जानवर की जान लेकर अपनी खुशी कैसे पा सकता हूं, मेरे लिए यह करना मुमकीन नहीं है।''

काका की भौहे चड गई ''तुम्हारा दिमाग तो खराब नहीं हो गया, पता है क्या बात कर रहा है, और.....और वे स्वामीजी जो वहां हवन की तैयारी कर रहे होंगे उनका

क्या, वे नाराज हो जाएंगे और अगर वे नाराज हो गए तो समझ लेना विनाश हो गया।''

काका ने कुछ पल रूककर थोडा शांत होकर कहा ''बेटा पागल ना बन, चलो तुम ना आओ तो ठीक है, सामान तो सब तैयार है, मुझे दे दो मैं दे आता हूं।''

''नहीं काका कोई सामान नहीं है, और वैसे भी खरगोश को मैं जंगल में छोड कर आ गया'' केशा ने आराम से कहा।

काका को अब पुरी तरह से गुस्सा आ गया ''तेरा विनाश हो जाएगा पागल लडके, श्राप लग जाएगा तुझे तु जानता नहीं है स्वामीजी को...

देखो अभी भी वक्त है, चलो जल्दी से सामान खरीदते है और दे आते है बात मानो'' काका ने अंतिम प्रयास किया।

पर केशा नहीं माना उसने मना ही किया।

काका नाराज होकर बडबडाते हुए चले गए।

केशा चुपचाप उन्हे जाता देखता रहा।

उस रात स्वामीजी और उनके चेलों को नींद नहीं आई, खाली पेट नींद आती कहां है।

बाबा पागल नहीं है

समय का क्या है वह तो बस चलता रहता है, पर उसके चलने से पुरे जहाँ पर इसका असर पडता है, तो जाहिर है केशा पर भी पडना ही था। उसे अब दिन प्रति दिन यह अहसास होने लगा था की उसका जीवन बहुत खाली और अधुरा है, वह बेचैन है पर वह क्यों बेचैन है वह नहीं जानता है।

ऐसे ही उसके दिन गुजरते रहे और कब गर्मीयों से बारिश का मौसम आ गया उसे पता ही नहीं चला, पर जब पहली बारिश हुई तब उसे अहसास हुआ और यह अहसास कुछ खास था और अलग भी, ऐसा उसने पहले कभी महसूस नहीं किया था। केशा के दिल में कुछ हो रहा है उसे कुछ ऐसा लग रहा है जैसे वह किसी को पाना चाहता है, वह चाहता है इस बारिश में कोई उसके साथ हो और उसके पास कोई ना होने का अहसास भी है। और तब क्या होता है जब ऐसे मौसम में ऐसे मिले जुले अहसास हो, जितना यह मौसम सुहावना होता है उतनी ही दिल में तडप पैदा करता है।

जब एक रात बारिश हो रही थी केशा अपने घर की खिडकी में बैठा सोच रहा है ''मैं क्या कर रहा हूं या मुझे

क्या करना चाहीए जिसे कभी मिला नहीं जिसे कभी देखा नहीं, उसके लिए इतनी तडप आखिर क्यों? ऐसा क्या है उस सपने में जो बस रात को सोने नहीं देता, बारिश में भी इतनी तडप पैदा कर दी है की उसे देखता हूं तो लगता है यह भी मुझे सताने आई है, आखिर यह एक सपना है, कोई हकीकत तो नहीं है जो मैं इतना बेचैन हो रहा हूं, पर यह तो खुद ब खुद हो रहा है, मैं इसमे कर भी क्या सकता हूं, शायद अकेले रहने की वजह से ऐसा हो रहा है, मैं नहीं जानता पर कही ना कही इस तडप में भी खुशी चुपी है, किसी अपने जैसी खुशी, पर फिर से वही सवाल आखिर यह सब है क्या और वह औरत कौन है जो बार बार दिखती है।''

''अरे नहीं मैं पागल हो जाऊंगा, मैं आखिर क्या करू? कोई तो रास्ता होगा जिससे मैं मेरे जीवन को सही दिशा दे पाऊं, वह कर पाउ जो सही में मुझे करना चाहीए, ना की बस ऐसे ख्यालो में बैठे रहना'' केशा इस अहसास को समझ नहीं पा रहा है और ज्यादा परेशान हो रहा है और जब लोग परेशान होते है तो वे एक काम जरूर करते है, प्रार्थना करना।

''ऐं इस जहाँ को बनाने वाले, सबको को रास्ता दिखाने वाले मुझे भी रास्ता दिखा।''

वह हर रात लगभग ऐसे ही ख्यालों में खोया रहता, पता नहीं कब सो जाता उसे भी पता नहीं होता था।

ऐसे ही न जाने उसकी कितनी राते गुजरी आज रात भी वह ऐसे ही सो गया।

#####

जब सुबह आंख खुली धुप आ चुकी थी, फिर भी उसका उठने का कोई इरादा नहीं था, केशा तो बस सुबह भी वही सोच रहा है जो हर वक्त सोचता रहता है तभी बाहर आवाज आई...

''भीक्षा दे...''

उसने जवाब ही नहीं दिया सोचा चला जाएगा।

पर आवाज फिर आई ''भीक्षा दे....''

केशा का उठने का इरादा नहीं था पर जो कोई बाहर था वह वही खडा था ''अरे कौन है सुबह सुबह, केशा ने खिडकी से देखा ''अरे यह बाबाजी तो....''

केशा की गली में कभी कभार एक बाबाजी आया करते थे उनका नियम था कि वे सिर्फ एक ही घर से भिक्षा लेते जो कुछ भी मिल जाता वही से लोट जाते, लोगो से वे बात लगभग कभी नहीं किया करते थे और अगर कभी किसी से बात कर ली तो उसे उसके बारे में कुछ ऐसा बता देते कि वह डर जाता और बाबाजी पर भडक जाता, लोग इन्हे पागल समझते थे और भिक्षा मांगने पर चुप चाप जो कुछ खाने को होता दे देते, अगर कोई नहीं देता तो बाबाजी दुसरे घर जाने के बजाय वही से लोट जाते। देखने पर बाबाजी एक आम मांग कर खाने वाले बाबा ही लगते, पर कुछ लोगो का मानना था की बाबाजी पागल नहीं ज्ञानी है

क्योंकि उनकी बताई बातें कडवी तो थी पर सही थी, पर लोगो की अकल पर कई परदे पडे है उन्हे पहचानना संभव नहीं, लोगो के लिए यह एक पागल बाबा है जिसे खाने को दो और दफा करो।

क्योंकि बाबाजी इस गली में पिछले सात से आठ महीनों के बाद आए है और केशा को देखते ही पता लग गया कि अगर उसने खाना नहीं दिया तो वे आज भुखे ही रहेंगे क्योंकि अब वे दुसरे घर नहीं जाएंगे।

केशा ने अंदर से आवाज दी ''रूको मैं आ रहा हूं।''

वह जल्दी से उठा और रसोई की तरफ गया, रात का कुछ खाना पडा था वही लेके बाहर आया।

लगभग 45 साल के बाबाजी एक स्वस्थ और लम्बे आदमी है। बाल और दाडी लम्बी व चेहरे पर तेज है, कपडे संतो जैसे गेरूआ रंग के है और कुछ पुराने और मेले है।

''यह लो बाबाजी, मैंने अभी खाना बनाया नहीं है इस लिए रात का खाना ही लेके आया हूं'' केशो ने माफी मांगने के अंदाज से कहा।

''कोई बात नहीं खाना तो खाना ही होता है'' बाबाजी ने कहा।

जब केशा खाना बाबाजी को दे रहा था बाबाजी ने केशा की तरफ देखा और मुस्करा दिए।

केशा ध्यान दिए बगैर सीधा खाना देकर जाने लगा।

''रूको...''बाबाजी ने कहा।

''क्या हुआ बाबाजी मेरे पास इतना ही खाना था।''

''वह बात नहीं है'' बाबाजी ने कुछ देर रूक कर फिर कहा ''कुछ परेशान लग रहे हो।''

''हां...पर आपको...कैसे.....हां बाबाजी'' केशा थोडा हिचकिचाया केशा को लगा आज बाबाजी मुझे भी कही कुछ उल्टा सीधा ना बोल दे, केशा को कुछ हिचकिचाहट हुई पर उसने शांत रहने की कोशिश की और बोला ''आपको कैसे लगा की मैं...?''

''तेरे चेहरे से ही लग रहा है की तुम परेशान हो, और अगर चाहो तो मुझे बता सकते हो।''

''मैं कहा अपनी बात बाबाजी को बताऊ और मैं तो जानता भी नहीं इन्हे बस गली में कभी कभार देखा है और लोग तो कहते है यह तो पागल है, वैसे पागल लगते तो नहीं, पर फिर भी मेरी बात तो इतनी उलझी हुई है इन्हे समझ में भी आएगी की नहीं, नहीं नहीं कहां अपनी बात हर किसी से कहता फिरू'' केशा ने मन ही मन सोचा और फिर बोला...

''नहीं बाबाजी वह तो मैं अभी उठा हूं ना, तो आपको लग रहा होगा, मैं ठीक हूं, बिल्कुल ठीक, आप फिकर ना करे, आपका धन्यवाद।''

''कोई बात नहीं, खुश रहो'' बाबाजी ने कहा और वहां से चल दिए।''

केशा वही दरवाजे पर खडा सोच में पड गया।

जब काफी समय बीत गया केशा को लगा जैसे उसे बाबाजी से बात कर लेनी चाहिए थी।

''हां मुझे बता देना था की मैं कितना परेशान हूं और वैसे भी लोग मुझे भी तो पागल ही समझने लगे है, खैर जो भी हो पर वे गए कहा।''

केशा उस दिशा में भागा जहां से बाबाजी गए थे, गली से बाहर लोगो से पूछने पर पता चला की वे शहर की किस

दिशा में गए है, केशा पीछा करते हुए शहर से बाहर आ गया थोडा आगे जाने पर बाबाजी एक आम के पेड के नीचे बैठे दिखाई दिए।

वह पास जाकर बोला ''बाबाजी मैं...'' केशा हाफ रहा है, वह दौड कर आया है।

बाबाजी ने पास बैठने का इशारा किया ''हां बेटा बताओ क्या हुआ है?''

''बाबाजी मैं परेशान रहता हूं, मैं समझ ही नहीं पा रहा हूं मेरे साथ क्या हो रहा है। और मेरी परेशानी एक सपने की वजह से है, वह सपना मुझे कितनी बार आ चुका है और हर बार मेरी बेचैनी बढती जाती है, मुझे कुछ समझ नहीं आता आखिर यह मेरे साथ हो क्या रहा है'' केशा चुप हो गया।

बाबाजी उसकी बात ध्यान से सुन रहे थे वे अब केशो के आगे बोलने का इंतजार करने लगे।

इस दरमियान सिर्फ चिडियों के चहकने की आवाज आ रही है जो उस शांत वातावरण में संगीत का काम कर रही है।

केशा ने लंबी सास ली ''बाबाजी मुझे एक ही तरह का सपना आता है, बाबाजी आप को शायद मैं पागल लगु पर मेरी परेशानी का कारण वह सपना ही है ऐसा मुझे लगता है।''

बाबाजी ने केशा की बात ध्यान से सुनी, फिर कहना आंरभ किया ''बेटा तुम परेशान ना हो, और हां तुम पागल नहीं हो बिल्कुल नही अभी के लिए मैं इतना ही कहुंगा की तुम बस अपने और अपने सपने पर विश्वास रखना।''

और बाबाजी खडे हो गए ''उसकी कृपा है तुम पर बेटा'' वे उपर इशारा करते हुए बोले।

उन्होने चलते हुए कहा ''हम फिर मिलेंगे बेटा।''

केशा ने बाबाजी को हाथ जोडे और वही काफी देर तक बैठा रहा, केशा को लगा बाबा कुछ कहेंगे पर उन्होने ज्यादा कुछ नहीं कहा।

केशा सोचता रहा, फिर वह कही खो गया अपने ख्यालो में।

हिमालय

वेदरा अपने पलंग पर लेटी छत को देख रही है।

''आज कितना समय हो गया है पर कुछ नहीं हुआ, कुछ समझ में नहीं आता किया करू, कहां जाऊं, बस एक सपना है जो आता है और आत्मा को झकझोर देता है, उसने कहां था, उस औरत ने जो मुझसे उस रात मिली थी, मुझे तो उसका नाम भी नहीं पता, मुझे तो यह भी नहीं पता वह यहां थी भी या सपना था, खैर पर उसने कहा था अपनी आत्मा की सुनो, पर मैं क्या करू कुछ समझ नहीं आ रहा है, हां कुछ भी नहीं। काश कुछ पता लग जाए कुछ भी, अब तो मैं चाहती हूं यह लडका कौन है, इस सपने का मतलब क्या है? समझना चाहती हूं, किसी भी किमत पर चाहे जो करना पडे पर अब बस यह जानना है कि यह सब आखिर है क्या और क्यों हो रहा है।''

''पर आखिर सवाल वही है, मैं क्या करू?''

उसके मन में बातें तो बहुत थी, पर उसे क्या करना था यही पता नहीं था उसे क्या पता आगे क्या होने वाला था।

उस रात या यह कहे अब वह हर रात यही सोचती रहती की वह क्या करे और आज रात भी वह यही सोचते हुए सो गई।

''क्या हुआ वेदरा तुम इतनी परेशान क्यों हो?''

''ओह तुम हो, मुझे सही में तुमसे ही मिलना था, तुम ही बताओ मैं क्या करू।''

''तुम्हे क्या करना है।''

''मुझे यह जानना है कि आखिर यह सब हो क्या रहा है मेरे साथ, उस सपने का मतलब क्या है....?''

''वह तो मैं पहले ही बता चुकी हूं।''

''नहीं, मैं चाहती हूं,... मेरा मतलब.....मुझे ......वह यह की...''

''रूको वेदरा, आत्मा की बात सुनो वह सवाल और उसका जवाब दोनों वही है, तुम्हारे अन्दर मेरी दोस्त।''

''मुझे कुछ समझ नहीं आ रहा मैं क्या कर रही हूं।''

''बस तुम्हे शांत रहना है मेरी दोस्त।''

''मै केसे शांत रहु, मेरे अन्दर सवालो की झडी लगी है।''

''मैं जानती हूं वेदरा, पर अहम सवाल तो एक ही है।''

''पहले तो मैं यह नहीं समझ पाई की उस दिन तुम आई थी या नहीं, मतलब वह मेरा सपना था या हकीकत मुझे नहीं पता।''

''देखो मैं तो आज भी तुम्हारे सामने हूं और फिर यह बात मुझे नहीं लगता की मायने रखती है।''

''सही कहा। तुम बात कर रही हो मुझसे।''

अब वेदरा शांत थी।

''तो अब बताओ तुम क्या चाहती हो अपने आप को समझना, मैंने ठीक कहा।''

''हां मैं यही चाहती हूं।''

''मतलब तुम उस सपने पर पुरा विश्वास करती हो।''

''हां करने लगी हूं, मुझे ऐसा अहसास होता है जैसे वह सब हकीकत ही है, कोई सपना नहीं, बिल्कुल ऐसे जैसे मेरे जीवन की ही कोई घटना हो, पुरी तरह से सच।''

''तो फिर ठीक है मैं यही सुनना चाहती थी, तुम्हे हिमालया जाना है, वही तुम्हारे हर सवाल का जवाब है, वहां हर किसी के सवाल का जवाब है'' उसने धिरे से और प्यार से कहा।

''हिमालय तो.....?''

''अब बस उठ जाओ हम फिर मिलेंगे।''

वेदरा की आंख खुली तो सुबह हो गई थी।

''क्या यह एक सपना था पर वह तो यही थी यही मेरे पास।'' वेदरा उसकी कही हुई बात पर सोचने लगी उसके होठो पर एक हल्का नाम आया ''हिमालय''।

आज चुडैल खा जाएगी

केशा के काका जो पता नहीं कितने दुर के काका है पर केशा पर अपना पुरा हक लगाते है दुर की सोचते है। शायद कुछ ज्यादा ही समझदार है। केशा का और कोई रिश्तेदार नहीं है और फिर उसका घर है, एक छोटी दुकान है।

आज भी केशा पुरी दुनिया से बेखबर अपनी दुकान में बैठा कही गुम है.....।

केशा अक्सर अपने ही खयालो में खोया रहता है उसे उसके काम का भी आभास नहीं रहता है। उसे पता नहीं क्या चाहिए वह खुद भी नहीं समझ पा रहा है या शायद पता है बस समझ नहीं पा रहा है वह, पर जो कुछ भी हो रहा है वह कुछ और ही है कुछ बहुत ही अलग अहसास है यह।

उसे अचानक ख्याल आया ''अरे आज तो मुझे काका के खेत जाना है।''

वैसे तो काका केशा से कुछ समय से बात नहीं कर रहे है, पर काम होने पर जरूर करवाते है, और केशा भी मन बेमन काम कर लिया करता है, मना नहीं करता।

आज शाम उसे खाना लेकर काका के खेत पर जाना है, काका का शहर के बाहर एक खेत है जहां दो आदमीयो को काका ने काम के लिए रखा हुआ है वह लोग हर रोज शाम को खाना लेने काका के घर आते है और कभी जब खेत पर काम ज्यादा होता या वे किसी कारण नहीं आ पाते तब काका किसी को खाना देने भेजते है और कोई नहीं मिलने पर केशा को भेजते देते।

केशा को आज जाना है और देर हो गई है, शाम ढल गई है खेत ज्यादा दुर नहीं है पर नजदीक भी नहीं है रास्ता डरावना है पर जाना तो है ही।

केशा काका के घर गया, टिफिन लिया बिना काकी की उन बातो पर ध्यान दिए की आज इतनी देरी से क्यों आया क्या बात हो गई वगेर...वगेरा, उसने बस टिफिन लिया और चल दिया।

काकी पिछे बडबडाती रही इसे कभी कभार ही घर का काम करने को कहते है और वह भी यह ढंग से नहीं करता, कौनसा रोज इसे खेत पर खाना देने जाना है, इसके भरोसे तो बस हो गया काम। काकी तो केशा पर इतना हक लगाती है की उसे नोकर समझती है। पर खैर केशा को इससे कोई मतलब नहीं है वह तो अपनी दुनीया में गुम है।

शहर छोटा है, खत्म होते ही माता का मंदिर और आगे जंगल, केशा को जंगल से होते हुए नदी तक जाना है वही काका का खेत है।

जाते वक्त अंधेरा हो गया है, केशा बिना ज्यादा वक्त गवाए जल्दी से जाना चाहता है उसे जाने से भी ज्यादा वापस आने की चिंता है, इस मार्ग की कहानीया बहुत थी जिन में से एक कहानी चुडैलो की भी है, उसे जाते वक्त

भी वही किस्से याद आने लगे जो उसके आस पास लोगो में बडे मशहुर थे, उसका शहर कोई बडा शहर तो था नहीं, वहां लगभग सभी लोग एक दुसरे को जानते है ऐसे में कहानी किस्से भी जल्दी मशहूर हो जाते है और चुडैलो के किस्से तो और तेजी से, केशा ने भी यहां के काफी किस्से सुने रखे है, इस रास्ते पर रात को कोई नहीं आता जाता, केशा कभी जब खाना देने जाता तो इस समय तक तो वह वापस घर भी आ जाता था, पर आज बात और थी।

वह तेजी से आगे बढता गया बहुत तेज बस भाग नहीं रहा है। उसके रास्ते से कुछ दुर एक पुराना हनुमान जी का मंदिर है उसने मंदिर की और देखा दुर से प्रणाम किया हाथ जोडे और आगे बढ गया। कुछ समय बाद वह खेत पहुंच गया। वहां वह दो भुखे लोग उसका इन्तजार ही कर रहे थे।

भाई केशा देर कैसे हो गई, हम लोग कब से तेरा ही इंतजार कर रहे है।

''इंतजार क्यों कर रहे थे आ ही जाते'' केशा ने मन में कहा।

''अरे क्या सोच रहा है....ला खाना दे।'' एक ने कहा।

केशा ने टिफिन दे दिया और जहां पानी इकट्ठा करने के लिए पत्थरो से कुण्ड बना था वहां जाकर बैठ गया, वहां दिए की कुछ रोशनी आ रही थी, जब हवा का झोका आता और पानी हिलता, उसमे एक दिए से कई दिए बन जाते। केशा उन्हे देखता रहा।

हवा ठंडी थी पर सुहावनी थी केशा उस दिए की रोशनी में और ठंडी हवा में कहीं खो गया।

वे दोनों आदमी आपस में बातें करते हुए खाना खाने बैठ गए।

समय का पता ही नहीं चला, जब केशा को अहसास हुआ की खाना खा चुके होंगे वह उनके पास आया ''खाना हो गया आप का'' केशा ने कहा।

''हां कब का हो गया, तुम इतनी देर वहां क्या कर रहे थे'' एक ने कहा।

''ठीक है मुझे टिफिन दे दो मैं चलता हूं'' केशा ने कहा।

दुसरे आदमी ने टिफिन दे दिया।

केशा जब खेत पार कर चुका उसे अहसास हुआ कि समय बहुत ज्यादा हो गया है और कुछ ही समय बाद वह उसी रास्ते पर आ गया। ख्याल फिर से पीछा करने लगे।

''आज तो पता नहीं क्या होगा, घर पहुंच भी पाहुंगा या नहीं''

केशा कभी मन में कुछ गुनगुना लेता तो कभी जोर से गाने लगता, पर शायद कोई उपाय काम नहीं आ रहा था ''लगता है आज अन्धेरा गहरा है, चांद की रोशनी काफी कम हो रही है, चांद आज इतना छोटा क्यों है, काश आज पूनम की रात होती, मुझे खेत पर ही रूक जाना चाहीए था सुबह जल्दी आ जाता पर अब तो बीच रास्ते में आ गया हूं वापस भी नहीं जा सकता और वैसे भी खेत में सिर्फ उन दो लोगो के लिए ही बिस्तर है मैं कहां सोता, पर रूक गया होता तो कम से कम इन चुडैललल......नहीं नहीं ऐसा कुछ भी नहीं है, लोग तो बस फालतु ही बातें करते रहते है पर अगर बात सही हुई तो, तो फिर आज मेरा आखरी दिन है।''

''आखरी दिन, यानी मैं मरने वाला हूं।''

''ऐसा थोडे ही होता है सब फालतु अफवाह है आखरी दिन नहीं रात.....नहीं......।''

कुछ देर चलने के बाद ''मैं तो मेरे उस सपने का मतलब भी नहीं समझ पाया और ऐसे ही नहीं..., नहीं ऐसा तो नहीं हो सकता।''

जब इंसान को मौत का अहसास होता है या उसे लगता है उसका अंतीम समय आ गया है तो उसे जीवन की अहम चीजों का अहसास होता है।

''काश मैं उस औरत को देख पाता, बस एक बार उसे आमने सामने देख पाता। अगर वह सही में कही है तो में उससे एक बार मिलना चाहता हूं बस एक बार।''

केशा जोर जोर से कहने लगा ''तुम कौन हो और कहां हो, क्या मैं तुमको एक बार भी नहीं देख सकता, क्या मेरा जीवन ऐसे ही समाप्त हो जाएगा।''

उसने फिर जोर से कहा ''आखिर कौन हो तुम?''

फिर वह चुप हो गया, सन्नाटा फिर हावी हो गया।

उसे कुछ धीमी गाने जैसी आवाज सुनाई दी।

''यह आवाज कहां से आ रही है।'' उसके पैर वही जम गए उसने फिर गोर से सुना पर उसे समझ नहीं आया।

''कोई गा रहा है या चिल्ला रहा है, रूकना ठीक नहीं है आगे तो जाना ही होगा, क्या वापस चला जाऊ.....अब यह भी संभव नहीं है, कोई जानवर भी हो सकता है। एक लकडी उठा लेता हूं।'' लकडी से कुछ होसला मिला वह फिर आगे बढने लगा।

पर जब वह आगे बढा आवाज और साफ आने लगी अब वह समझ गया कोई जोर जोर से गा रहा है और वह

कोई औरत है और एक से ज्यादा है। ''हो ना हो यह वही है।''

दिल की धडकन बहुत तेज हो गई ''आज तो बस सब खत्म, आज मुझे यह चुडैले खा जाएगी, अब मैं क्या करू?''

केशा का दिमाग और शरीर दोनों ने काम करना बंद कर दिया, उसे कुछ समझ नहीं आ रहा वह क्या करे।

''अब मैं क्या करू....अब क्या होगा।''

केशा वही जड हो गया।

कुछ देर वह वही खडा रहा और उसके हाथ से टिफिन गिर गया केशा ने चारो तरफ देखा ''रूको वहां रोशनी कैसी, अरे वह तो मंदिर है मंदिर प्रागण में आग लग रही है, मैं अगर मंदिर तक पहुंच गया तो मुझे कोई खतरा नहीं।''

यह अंतिम वाक्य था जो उसके दिमाग में आया था, केशा ने अपनी पुरी ताकत से मंदिर की तरफ दोडना शुरू किया, ना उसे टिफिन याद रहा, ना और कुछ, लकडी उसके हाथ से कब गिरी उसे पता नहीं, बस वह भागता रहा जब तक मंदिर नहीं आ गया।

वह रूका। उसने एक गहरी सास ली। वह मंदिर तक पहुंच चुका है, उसे खरोचे आई, काटें चुबे पर वह पहुंच गया।

मंदिर में कुछ संत रात्रि विश्राम के लिए रूके है, उन्होने ही प्रागण में ठण्ड से बचने के लिए आग जलाई है।

केशा को देख उन में से एक संत उठ कर उसके पास आए ''क्या हुआ बेटा?''

''बाबाजी....वो....'' केशा इतना ही बोल पाया।

सन्त समझ गए लडका डरा हुआ है ''इधर आओ आग के पास यहां बैठो तुम्हे आराम मिलेगा।''

केशा आग के पास बैठ गया।

कुछ समय बाद जब केशा की सांसो सामान्य हुई उसने संतो की तरफ देखा, कुल पांच संत थे जिनमे से तीन लगभग पचास के होंगे और एक लगभग साठ के, चार को वह पहली बार देख रहा है, पर...

''अरे यह तो वही बाबाजी है जो मेरे वहां कभी कभार आते है।'' केशा ने मन में कहा। उसका सारा डर दुर हो गया और डर की जगह खुशी और उमंग ने लेली।

बाबाजी ने कहा ''इतना क्यों डर गए थे तुम।''

''बाबाजी वह, वहां...''

बाबाजी ने केशा के उत्तर की प्रतिक्षा किए बगेर एक और सवाल किया ''रात को कहां गए थे।''

केशा ने कहा ''खाना देने खेत पर।''

''तुम्हे इतना डरने की आवश्यकता नहीं है बेटा, देखो तुम्हे कितनी चोट आई है।''

''पर बाबाजी वह...''

''कुछ मत कहो, पहले भोजन कर लो फिर बात क्या है, पता करते है, ठीक है।'' बाबाजी ने कहा।

''बाबाजी पर भोजन तो आप के...''

''चिंता मत करो हमारे पास सदैव अतिरिक्त भोजन होता है और फिर आज तो तुम भी आने वाले थे ना।''

''क्या आप को पता था बाबाजी'' केशा ने पुछा।

''इससे क्या फर्क पडता है बेटा, भोजन तैयार है तुम कर लो।''

केशा को भुख तो लगी थी वह जल्दी से भोजन के लिए बैठ गया।

''कैसी अजिब बात है खाना साधारण है पर इतना स्वादिष्ट जैसे अमृत, जिसने भी इसे बनाया है बहुत प्रेम से बनाया है'' केशा ने मन में कहा।

बाबाजी ने केशा कि तरफ देखा थोडा मुस्कुराए और धिरे से कहा ''प्रेम ही अमृत है।''

केशा ने बाबाजी की तरफ देखा उसे पहले हैरानी हुई पर उसे बाबाजी से पिछली मुलाकात याद आई, वह जानता है बाबाजी मन की बात जान लेते है।

जब वह भोजन कर चुका बाबाजी के पास आकर बैठ गया।

रात का दुसरा पहर समाप्त होने को है, आसमान में आधा चांद चमक रहा है। इस अन्धेरी रात को परमेश्वर ने आधे चांद से भी पुरा खूबसूरत बना दिया है।

मंदिर में दिए अभी जल रहे है, संतो ने मंदिर में कुछ समय पहले ही पुजा की है। लकडियो के जलने की आवाज आ रही है और बीच बीच में उनके चटकने की आवाज से रात के सन्नाटे से आ रही झींगुरों की आवाज थोडी रूक जाती है।

इस तरह इन संतो के साथ, खासकर बाबाजी के साथ बैठना केशा का भाग्य ही है, ऐसा बहुत कम लोगो को नसिब होता है। यह बात केशा ने मन में महसूस की क्योंकि आज उसे एक अलग तरह की खुशी महसूस हो रही है जो उसके अकेले जीवन में आशा की लहर की तरह है।

और वह सही भी था, वह सही में भाग्यशाली है उसका जीवन आज से बदलने वाला है कम से कम आज उसकी शुरूआत तो जरूर होने को है।

''क्या सोच रहा है बेटा'' बाबाजी ने कहा।

''बाबाजी वह मैं....बस ऐसे ही।''

''मेरे साथ चलो।''

''कहा बाबाजी।''

''उस जगह, जहां से चुडैलो के गाने की आवाजे आ रही है।''

''पर वह तो बाबाजी हमें...''

''डरो मत, मुझ पर भरोसा है तुम्हे।''

''हां बाबाजी, पर वहां अभी जाना ठीक होगा क्या।''

''हां हम कभी जायेंगे, मैं साथ हूं बेटा, चलो।''

''आज लगता है या तो वे चुडैले मरने वाली है या हम लोग, अभी बाबाजी ने कहा है तो जाना तो पडेगा ही'' केशा मन ही मन सोच ही रहा था कि बाबाजी सामने खडे केशा की और देख मुस्कुरा रहे थे।

केशा को एक दम से ख्याल आया की बाबाजी देख रहे है, वह झट से खडा हो गया और बाबाजी की और बढा।

''चलो कुछ नहीं होगा'' बाबाजी ने कहा।

दोनों चांद की रोशनी में एक पगडंडी से होते हुए आगे बढने लगे, केशा के मन में हजारो ख्याल आ रहे है क्या होगा, चुडैले कैसी दिखती होगी वगेरा वगेरा। पर वह चुपचाप बाबाजी के पिछे चला जा रहा है। हम अक्सर उस चीजो से ज्यादा डरते है जो हमें दिखाई नहीं देती।

घने पेडे के पास से होते हुए वे उसी रास्ते पर आ गए जहां से केशा जा रहा था, आवाजे भी थोडी साफ सुनाई देने लग गई है।

''बाबाजी यह आवाज...''केशा ने कहा।

''हां हम नजदीक है'' तुम बस आवाज मत करना।

''ठीक है बाबाजी'' केशा ने डरते हुए कहा।

बहुत सारे घने पेडो से घिरा रास्ता और कुछ चट्टाने पार करके सामने एक छोटा चारो तरफ से पेडो से घिरा मैदान है, जिसके बीच में एक विशाल पुराना बरगद का पेड है। लोग इस पेड से दिन में भी डरते है उसी पेड के चारो और कुछ औरतनुमा आकृतिया नाच रही है। गाने की आवाज अब साफ आ रही है, पास कोई जानवर भी बांद रखा है।

''हमें कुछ और आगे जाना होगा'' बाबाजी ने दबी आवाज में कहा।

केशा ने सोचा ''आज अब अंतिम दिन है पर चुडैलो के हाथो... ऐसा तो कभी नहीं सोचा था।''

''डरो मत, मेरे पिछे आओ'' बाबाजी ने कहा।

केशा बाबाजी के पिछे दबे पाव चलने लगा, उसके रोंगटे खडे हो रहे है।

एक पेड जो चट्टान के करीब था और बरदग के पेड से सबसे नजदीक, दोनों उसकी ओट लेकर चुप गए और वहां से देखने लगे।

चांद की रोशनी से बरगद के पेड की एक और छाया पड रही है और जब वे चुडैले नाचते हुए दुसरी तरफ आती तो कुछ हद तक साफ दिखती।

कुल आठ चुडैले है और किसी ने भी कपडे नहीं पहने है। सभी के कपडे पेड पर टंगे है, पास में जो जानवर है

कुत्ते जैसा वह असल में लकडबग्घा है जो इन सभी ने शायद हर रोज खाना देकर उसे पालतु बनाया है, वह चुपचाप बैठा है मतलब वह पालतु ही है लोगो को डराने के लिए यह जानवर सबसे बडिया है।

सभी एक साथ मदहोश होकर गाना गा रही है, शायद उन्होने नशा किया हो, सुनशान रात में आवाज बहुत गुंजती है तो डरावनी लगती है।

''बेटा तुम देख रहे हो।''

''हां बाबाजी, यह तो कोई चुडैले नहीं है यह तो औरते है और मुझे लगता है शायद एक को मैं जानता भी हूं।''

''तो अब बताओ अगर हम इनके सामने अभी चले जाए तो कौन डरेगा।''

''वही बाबाजी'' केशा ने उत्तर दिया।

''तो बताओ, क्या तुम चाहते हो की अभी इनके सामने जाकर इनको सबक सीखाए।''

''नहीं बाबाजी, यह उचित नहीं होगा शायद इनको यह सब करने से खुशी मिलती है, और अगर हम सामने गए तो यह सभी यहां आना बंद कर देगी'' केशा ने गंभीर होकर कहा।

''मुझे तुमसे यही उम्मीद थी बेटा, तुम एक नेक दिल इंसान हो, मुझे खुशी हुई, अब चलो यहां से।''

दोनों उसी रास्ते से वापस आ रहे है पर अब केशा के मन में डर की जगह सम्मान है। सम्मान उन लोगो के लिए जो समाज से चुपके ही सही पर अपने तरीके जीवन के कुछ पल जीकर भी खुश रहते है।

कुछ देर बाद दोनों मंदिर प्रागंण में पहुंचा गए, केशा के चेहरे पर खुशी थी, चमक थी, बाबाजी ने उसकी और देखा फिर आग के पास जाकर बैठ गए।

बाकी संत मिलकर भजन गा रहे है।

केशा बाबाजी के पास आकर बैठ गया।

''बाबाजी आपने उस दिन कहा था, उस आम के पेड के वहां आपने कहा था हम दोबारा मिलेंगे, आपको पता था ऐसा होगा।''

केशा अब बाबाजी से थोडा खुलके बात करने लगा है उसे वे अच्छे लगे।

''नहीं बेटा, बस आभास था'' बाबाजी ने कहा।

''तुम उस दिन बहुत परेशान थे, आज भी मैं तुम्हारी परेशानी देख सकता हूं'' बाबाजी ने एक लकडी आग में डालते हुए कहा।

रात का दुसरा पहर समाप्त हो चुका है और तीसरे पहर को कुछ समय हुआ है।

''बाबाजी आज मेरे जीवन का अंतिम समय भी हो सकता था पर मैं आपके पास बैठा हूं, बाबाजी मैंने मेरे मन की बात जिनको भी बताई उन्होने मेरा मजाक बनाया है किसी ने समझने की कभी कोशिश नहीं की, पर उस दिन मैं आपको बताना चाहता था मुझे नहीं पता क्यों पर बस मेरे मन ने कहा की मैं ऐसा करू। बाबाजी मुझे कुछ भी समझ नहीं आता मैं क्या कर रहा हूं और मैं क्या करू मेरे लिए यह समझना बहुत घम्भीर बात है।''

बबाजी जो केशा की तरफ आराम से देख रहे थे, उन्होने हां में अपना सिर हिलाया।

केशा ने एक नजर बाबाजी को ध्यान से देखा फिर उसने अपनी बात आगे बढाई...

केशा ने अपना पुरा सपना बाबाजी को बता दिया और कैसे लोगो ने और उसके काका ने उसका मजाक बनाया ''बाबाजी यह एक सपना है, ऐसा नहीं है की मुझे सपनो पर यकीन नहीं है पहले शायद ना हो पर अब बात और है, मुझे सपनो पर यकीन होने लगा है पर डर भी लगता है क्योंकि आखिर यह एक सपना है।'' केशा ने कुछ उदास होते हुए कहा।

''बेटा अगर यह सिर्फ एक सपना होता तो तु इतना परेशान नहीं होता और हर सपने का एक अपना मतलब होता है बस हम उसे समझ नहीं पाते या भुल जाते है या भुला देते है। पर वह तो उसकी आवाज होती है जिसे कोई भी नाम दे दो, पर बात तो वही है अपने उस लक्ष्य तक पहुंचना जिसके लिए तुम यहां इस धरती पर आए हो।''

''मेरे बच्चे यह सपनो की दुनिया है और जो इसमे जिता है वह फिर इस जहाँ में किसी के साथ रह नहीं सकता उसे कुछ भी अच्छा नहीं लगता सिवाए अपने सपनो के।''

''बेटा तुम सपनो पर यकीन करने लगे हो, तुम्हे सपनो पर पुरा यकीन करना होगा, तुम्हे यकीन होना ही चाहिए क्योंकि यही तुम्हारा भाग्य निर्धारित करेंगे यही तुम्हारा भाग्य है।''

''हां यह सपना ही तुम्हारा भाग्य है, अपने आप पर यकीन करो, अपने सपने पर यकीन करो, यह आत्मा की आवाज है उसे महसूस करो पहचानो उसे, समझो उसे की

इसका मतलब क्या है, तुम्हारा सपना तुम्हारी आत्मा की आवाज है यह ले जाएगी तुम्हे, जहां तुम्हे जाना है।''

''हां बाबाजी सही मायनो में कहा जाए तो मैं यकीन करता हूं सपनो पर और जब मुझे यह सपना पहली बार आया तभी मुझे यकीन हो गया था फिर भी मैं मानने को तैयार नहीं था, असल में मैं उलझ गया था। पर दिल में कही ना कही यही बात थी, मुझे यकीन था और समय के साथ वह पक्का होता गया, पर जहां मेरा यकीन पक्का होता गया मेरे सवाल उलझते गए क्योंकि इसका कोई जवाब नहीं था।''

केशा फिर परेशान दिखने लगा, बाबाजी यह बात समझ गए और कहा ''बेटा बताओ, जो भी दिल में उलझन है।''

केशा ने आगे कहा बाबाजी ''वह औरत कौन है जो सपने में दिखती है और मुझे ऐसा क्यों लगता है की मैं उसे जानता हूं और शायद वह भी मुझे, और मुझे उसकी तलाश है। पर जब बाहर इस दुनिया में देखता हूं तो लगता है यह मुमकिन नहीं हो सकता यह कैसे हो सकता है, आप एक सपने के भरोसे अपना पुरा जीवन... मुझे माफ कीजिएगा बाबाजी पर यह बेतुका सा लगता है, एक तरफ विश्वास होता है तो दुसरी और यह सब मेरा वहम लगता है। मन इस सपने पर पुरा विश्वास करना चाहता है, ऐसी कोई रात नहीं जब मैं उस सपने के बार में और उस औरत के बारे में नहीं सोचता, पर जब सुबह लोगो को देखता हूं तो लगता है, ऐसा कौन है जिसके साथ ऐसा हुआ है, कोई भी नहीं तो फिर मेरा विश्वास टुट जाता है और अगर बाबाजी यह सत्य भी हो तो आखिर वह कौन औरत है और क्या संबंध है मेरा उसके साथ।''

केशा सही में बहुत उलझ गया था इस सपने की वजह से।

बाबाजी समझ गए थे इसे विश्वास है बस यह समझ नहीं पा रहा है, ऐसी बातें समझने के लिए लोगो को पुरी उम्र लग जाती है केशा भी दिल और दिमाग के बीच फस गया था, आम लोगो की तरह केशा भी दिमाग से काम ले रहा था और जहां बात अन्तर आत्मा की हो वहां दिमाग ही आवश्यकता नहीं होती किसी तर्क की आवश्यकता नहीं होती।

केशा की आंखें भर आई, जो आग की रोशनी में उसके आंखो का पानी बाबाजी साफ देख सकते थे।

बाबाजी ने शांत आवाज से कहा ''बेटा यकीन करो इस शरीर के लिए यह दुनिया के बंधन है आत्मा के लिए नहीं, वह अपने लिए वह खोज लेती है जो जरूरी है वह रास्ता खोज लेती है और शायद उसने खोज भी लिया है और जैसा मैंने कहा, बस तुम्हे समझने की जरूरत है और वह औरत कौन है यह समझना मुश्किल है पर कुछ ना कुछ तुम्हारी जिंदगी में उसका महत्व जरूर है, आत्मा ने तो अपना काम कर लिया अब तुम अपने सपने को समझो, रास्ता भी निकल आएगा। बस परेशान ना हो, कोशिश करो।''

''मेरे जीवन का वैसे भी कोई मतलब नहीं है बाबाजी, बेमतलब और बेमकसद है मेरी जिंदगी, मैं तो वैसे भी हमेशा परेशान रहता हूं बस दिखावे का खुश हूं फिर इस तरह यह घटना यह सपना, परेशानी और बढ गई बाबाजी'' केशा ने उपर देखा।

''बाबाजी मुझे हर वक्त सवाल परेशान करते है, मेरे जीवन को लेकर।''

केशा तेजी से बोले जा रहा है...बाबाजी ने इस बार उसकी आंखो में चमक देखी

''कभी कभी हमारे लिए जो बना है, जो सिर्फ हमारा है या कहे हमारे जीवन का मतलब है वह हमें हमारे आस पास भटकते हुए ही मिल जाता है समझ आ जाता है पर कभी कभी उसे पाने के लिए हमें दुनिया के एक छोर से दुसरे छोर पर भी जाना पड सकता है। यह तो बस हालात और समय पर निर्भर करता है की हम किस तरह इसे समझते है, इस जहाँ में ऐसी कोई तो शक्ति है जो हमारी मदद करती है वह आत्मा के जरीए और आत्मा सपनो के जरीए हमें राह दिखती है'' बाबाजी ने लडके की तरफ प्रेम से देखा।

''तुम जानते हो तुम्हे सबसे पहले आंखें क्यों दिखी, चैहरा क्यों नहीं, जैसा मैंने कहा हर बात का मतलब होता है और इसका मतलब यह हो सकता है की..
क्योंकि चैहरे तो हमेशा धोखा दे जाते है पर आंखें, आंखें दिल का हाल बया कर देती है, जब आंखो की भाषा समझ आ जाती है तो चैहरा देखने की आवश्यकता रहती ही कहा है, किसी को पहचानने के लिए बस उसकी आंखो में देखना भर ही काफी होता है।''

केशा ने कुछ कहना चाहा... पर उसकी आवाज भारी होने लगी और ऐसा तभी होता है जब आवाज दिल से आई हो।

कापी देर खामोशी रही फिर बाबाजी बोले ''जब वह उपर वाला हमें कुछ दिखाना चाहता है किसी से मिलाना चाहता है तो रास्ता भी वही बताता है, परेशान ना हो, यकीन करो वह उपरवाला या कहु यह प्रकृति जब हमें कुछ देना चाहती है तो सब घटना क्रम भी ऐसा ही होता है की कोई कही भी हो, कैसा भी हो जब वक्त आएगा वह मिलके ही रहेगा उसे कोई रोक नहीं सकता, हमें बस कोशिश करनी होती है।''

''बेटा मैं यह तो नहीं कहता के तेरे हर सवाल का जवाब है मेरे पास, पर जो और जितना हो सकता था मैंने तुम्हे बताया, मैं इस राह में तुम्हारी पुरी मदद करना चाहता हूं, और मैं करूंगा भी, पर अगर तुम अपने हर सवाल का जवाब चाहते हो, सही मायनो में यह सब समझना चाहते हो तो तुम्हे तुम्हारे हर सवाल का जवाब एक ही जगह मिल सकता, जहां हर किसी को अपने सवालो के जवाब मिलते है 'हिमालय' हां बेटा हिमालय ही वह जगह है जहां तुम्हे तुम्हारे सारे सवालो के जवाब मिल सकते है।''

बाबाजी और केशा कब से बात कर रहे है उन्हे समय का अंदाजा ही नहीं रहा, सभी संत भजन के बाद सो गए है रात्रि का चौथा पहर होने को है।

''क्या तुम्हे नींद आ रही है'' बाबाजी ने पुछा।

''नहीं बाबाजी'' केशा ने जवाब दिया।

''ठीक है, ऋषिकेश से आगे पहाडी जंगल में एक आश्रम है, वहां से तुम शुरूआत कर सकते हो, वहां उस जगह एक ही आश्रम है उसे ढूंढना आसान है, पत्थरो वाला आश्रम कहते है उसे, तुम्हे खुद को जानने में, वहां से मदद

मिल सकती है। मैं जानता हूं तुम्हारे लिए यह आसान नहीं है पर जीवन में कुछ फैसले अचानक ही लेने होते है। जीवन तुम्हारा है और तुम्हे ही इसके लिए जो करना है वह करना पडेगा। बाकी सिर्फ तुम्हे राह दिखा सकते है चलना तुम्हे ही है।''

केशा बाबाजी की बात ध्यान से सुन रहा है।

''बाबाजी मैं.....''

''हां'' बाबाजी ने उसकी बात समझते हुए... ''मैं जानता हूं यह मुश्किल है तुम्हे वक्त चाहिए।''

बाबाजी एक पल के लिए रूके फिर आगे कहा ''यह जो संत सो रहे है यह सुबह की पहली किरण निकलते ही अपनी यात्रा प्रारंभ करेंगे, यह सभी हरिद्वार जा रहे है तुम चाहो तो इनके साथ जा सकते हो।''

''आप इनके साथ नहीं जा रहे बाबाजी'' केशा ने कहा।

''नहीं मुझे यहां आस पास और कही दुसरी जगहो पर काम रहता है, मैं साथ नहीं चल सकता पर जब भी मेरी आवश्यकता हो मैं आ जाहुंगा।''

कुछ ही देर में सभी संत उठ गए, रात का चौथा पहर प्रारंभ हो गया है, आध्यात्मिक राह पर चलने वालो के लिए यह उठने का वक्त है उनके लिए सुबह इस समय होती है।

''क्या तुम थोडी देर आराम करना चाहते हो उजाला होने में अभी समय है'' बाबाजी ने कहा।

''नहीं बाबाजी मुझे अब घर जाना होगा, मुझे आज्ञा दिजिए।''

''ठीक है आराम से जाना और अब मुझे नहीं लगता तुम्हे डर लगेगा।''

''नहीं बाबाजी अब तो बिल्कुल नहीं'' केशा ने कहा।

उसने सबको झुककर प्रणाम किया और रवाना हो गया, उसे अपने टिफिन का ख्याल भी नहीं आया जो वही पडा था।

केशा अब उस रास्ते पर है जहां से वह आया था उसे रास्ते का पता ही नहीं है वह तो कुछ और ही सोच रहा है।

''मैं ऐसे ही अचानक किसी के साथ कैसे चला जाऊ और कहां जहां बाबाजी ने बताया, वहां क्या होगा, मेरे सवालो के जवाब, वैसे यह मेरे लिए सबसे अहम है, पर अचानक जाना यह मैं कैसे करू, नहीं मैं बाद में चला जाहुंगा अभी इतनी भी क्या जल्दी है पर बाद में कब, मैं क्या करू जाऊ या ना जाऊ जाना तो मुझे है बस अभी नहीं जाना चाहता पर अगर जाना ही है तो अभी क्यो नहीं, मैं यहां वैसे करता भी क्या हूं मेरे जीवन का यहां मुल्य ही क्या है।''

केशा अपने खयालो में खोया कब घर आया उसे पता ही नहीं ''अरे घर आ गया'' वह अन्दर गया और अपने बिस्तर पर लेट गया उसने अपनी आंखें बंद की, उसे आंखें बंद करते ही कुछ ही पल में घोडे के साथ वह औरत दिखी, उसने झट से आंख खोल दी ''मुझे इस यात्रा पर जाना ही होगा वरना मैं हमेशा ऐसे ही बेचैन रहुंगा, मुझे जाना होगा।''

वह फैसला कर चुका था।

केशा ने अपने झोले में जरूरी सामान लिया और घर को ताला लगाकर तेजी से भागा भोर हो गई थी सुरज कुछ ही देर में निकलने वाला था, वह तेजी से आगे बढ रहा था उसकी गली के कुछ लोगो ने उसे देखा उसे

बुलाया भी पर उसने ध्यान नहीं दिया उसे जल्दी थी उसका ध्यान कही और था, वह जल्द से जल्द वहां पहुंचना चाहता है।

सुरज निकल चुका है ''अब तो वे सब संत चले गए होंगे, पता नहीं किस और गए होगे। मुझे घर जाना ही नहीं चाहिए था, बाबाजी ने साफ कहा था चलने को, पर मुझे समझ नहीं आया, वे चले गए होंगे, मुझे लोगो से पुछना पडेगा वे किस और गए है पर यहां अभी तो कोई नहीं है, नहीं मुझे एक बार मंदिर तक जाना चाहिए।'' केशा ऐसे ही सोचता हुआ मंदिर तक पहुंच गया।

''अरे सभी संत अभी भी यही है, मैं सही समय पर आ गया पर बाबाजी नजर नहीं आ रहे, वे कहा है।''

''आओ बेटा, हम तुम्हारा ही इंतजार कर रहे थे।'' उन में से एक संत ने कहा।

''मेरा इंतजार, पर आपको कैसे पता की मैं आ रहा हूं'' केशा ने कहा।

''हमारे गुरूजी कहकर गए थे की वह बच्चा आएगा और वे हमेशा सही होते है।''

''जितने भी यहां संत है वे सभी उन बाबाजी से बडे है, पर वे बाबाजी इनके गुरूजी है, यह तो अजिब बात है'' केशा ने मन में कहा, वह यह बात पुछना चाहता है पर चुप रहा।

''बाबाजी कहा है'' केशा ने सवाल किया।

''वे कभी हमारे साथ नहीं चलते, पर जब भी आवश्यकता हो वे वही होते है।''

केशा को बाबाजी पर विश्वास था और जो सन्त कह रहे है उस पर भी, क्यों उसे पता नहीं बस विश्वास था उसने हां में अपना सर हिलाया।

''अब हमें चलना चाहिए'' एक संत ने कहा।

और सभी संत रवाना हो गए, सभी ने एक साथ कहा 'जय श्री हनुमान' 'जय सीता राम....'

केशा ने भी दोहराया। और इस तरह केशा का सफर इन संतो के साथ प्रारंभ हो गया।

अरब के व्यापारी बात नहीं करते

वेदरा रोज की तरह आज भी सुबह जल्दी उठी, अपनी गायो को खेत में चरने के लिए छोड कर आ गई, जब सुरज निकलने वाला होता है और उजाला पहले हो जाता है उसी उजाले में वह वापस अपने उस पत्थर के ढलान वाले घर में वापस आ गई, वह इस वक्त भी उसी सपने के ख्याल में खोई है।

उसे अहसास हुआ उसे घोडो को भी खोलना है और उन्हे भी घास देनी है, वह तेजी से घोडो को रखने वाली जगह गई उसने घास दी, पानी रखा और प्यार से उनके सर पर हाथ फेरने लगी, वह एक बार फिर ख्यालो में खो गई, उसे लगा उसे कोई आवाज दे रहा है, वही लडका उसे आवाज दे रहा है। वह चुप चाप घोडो के पास पडे लकडी के डिब्बे पर बैठ गई उसने फिर आवाज सुनी उसके रोंगटे खडे हो गए, वह खडी हो गई "यह सब क्या है, यह क्या हो रहा है?" वेदरा को अपना सर भारी महसूस होने लगा वह घर के अन्दर चली गई और अपने पलंग पर लेट गई, वह कापी देर तक यही सोचती रही की कही वह पागल तो नहीं हो रही यहां अकेले रह कर।

कुछ देर बाद ''नहीं ऐसा नहीं हो सकता।'' उसे उसकी उस दोस्त की बात याद आई, सारे सवालो के जवाब तुम्हे हिमालय में ही मिल सकते है।

''मेरा जीवन क्या है सब कुछ सही होते हुए भी कुछ भी सही नहीं है, आखिर मैं कर क्या रही हूं मुझे कोई अच्छा नहीं लगता, मुझे कोई पसन्द नहीं आता, किसी के साथ भी मुझे अच्छा महसूस नहीं होता, मुझे मेरे जीवन से क्या चाहिए।'' वेदरा मन ही मन सवाल किए जा रही थी

उसे ख्याल आया ''हिमालय, वही सब सवालो के जवाब है।''

''मुझे पता करना होगा, मैं वहां कैसे जा सकती हूं शायद किन्हीं विदेशी व्यापारीयो के साथ वे यहां आते है तो हो सकता है वे हिन्द भी जाते हो, मुझे पता करना होगा।''

वेदरा एक खेत में रहती है और उसके नजदीक का शहर छोटा है वहां बाजार भी छोटा लगता था और स्थाई बाजार तो और छोटा था मुश्किल से एक गली में फैला था, पर यहां से कुछ ही घण्टो के मार्ग पर एक शहर था जहां बडा बाजार लगता था ''वहां अवश्य कोई ना कोई मिल सकता है, क्योंकि वहां अन्य मुल्क से भी बहुत व्यापारी आते है, मुझे आज बाजार जाना होगा वहां हमेशा साल के इस समय विदेशी व्यापारी होते है।''

वेदरा ने मन ही मन आज बाजार जाना निश्चित किया।

जब उसका सारा काम हो चुका उसने घोडा तैयार किया और बाजार के लिए रवाना हो गई।

कुछ दो से ढाई घण्टो के सफर के बाद वह बाजार में थी वह घोडे से उतरी और पैदल चलने लगी, उसे पता है विदेशी बाजार कहा लगता है, वेदरा सीधे वही गई उसने

वहां घुम कर देखा पर वहां कोई नहीं है, उसे निराशा हुई, वह एक दुकान में गई जहां घोडो का सामान मिलता है वेदरा उस दुकान मालिक को जानती है वह कभी कभार इससे घोडे का सामान लेती है वेदरा ने उस दुकान के मालिक से सवाल किया ''वे विदेशी व्यापारी, क्या वे चले गए?''

''हां वे जा सुके है, चार दिन पहले, आपको कुछ लेना था।''

''हां मुझे कुछ काम था, थोडा जरूरी।''

''अगर आप उनसे कुछ खरीदना चाहती है तो वे बडे बाजार में अभी भी होंगे, वे सभी वही जो किले के पास बाजार लगता है वही इन दिनो वे शामिल होते है, और जब सारे व्यापारी आ जाते है जो इस राज्य में दुर तक गए हुए है तो फिर वे वापस अपने देश के लिए रवाना हो जाते है।''

''मुझे माफ कीजिएगा मैं ज्यादा बातें किए जा रहा हूं, मेरा मतलब है आपको सारे विदेशी व्यापारी इस समय किले के पास ही मिलेंगे'' उस दुकानदार ने माफी के अन्दाज में कहा।

''नहीं आपको माफी मांगने की आवश्यकता नहीं है, आपका बहुत घन्यवाद, मुझे सही में बहुत जरूरी काम है मुझे अभी जाना होगा।

''आप अभी ना जाए, मेरा मतलब बडा बाजार वह किला, आप जानती है वह बहुत दुर है आप घोडे से भी शाम तक वापस नहीं आ सकती और रात को वहां से आना बहुत खतरनाक हो सकता है'' दुकानदार ने कहा।

उसकी बात सही थी वेदरा जानती है वह शाम तक वापस नहीं आ सकती।

''ठीक है आपका फिर से धन्यवाद, आप सही है शायद मुझे कल जल्दी जाना होगा'' कह कर वेदरा वहां से वापस अपने घोडे कि तरफ बढी।

दुकानदार ने वेदरा को जाते हुए देखा, फिर काम में लग गया।

वेदरा अपना घोडा लेकर वापस घर को रवाना हो गई।

#####

वेदरा सुबह जल्दी उठी, उसने अपना सारा काम जल्दी खत्म किया, अपना घोडा लिया और शहर के लिए रवाना हो गई। वह पहले भी वहां जा चुकी थी, कुछ घण्टो के सफर के बाद वह वहां राज्य के मुख्य शहर पहुंच गई। उसे किले के पास वाले बाजार जाना था, वह घोडे से उतरी और आगे का रास्ता पैदल ही चलने का निश्चय किया। शहर में गलिया बहुत तंग है पर उसे बाजार ढुंढने में कोई समस्या नहीं हुई, बाजार बहुत बडा है और यहां देश और विदेश के कई व्यापारी अपना सामान बेच रहे है वेदरा वहां धिर धिरे चलने लगी, उसे कोई भी ऐसा नहीं मिल रहा है जिससे बात की जा सके, पर बात तो करनी ही है तो उसने कुछ खरीदने का विचार किया जहां अरब के व्यापारी अपनी दुकान लगाए है।

उसने वहां से कुछ सस्ता सामान खरीदा और आगे बढ गई, उसने कई दुकानो से कुछ ना कुछ खरीदा या देखा, पर बात नहीं बनी, उसे ज्यादा कुछ समझ आया नहीं पर पुरा बाजार घुमने से उसे वक्त का पता ही नहीं चला, उसे जब ख्याल आया शाम होने को थी ''मुझे जाना होगा शाम होने को है और यहां रूकना ठीक नहीं है मुझे घोडो और गायो को संभालना होगा।''

वह वापस अपने घर के लिए रवाना हो गई, रास्ता लम्बा था और पहले से देर हो गई थी।

वह देर रात तक घर आ गई हालांकि उसने रास्ते में कई भी अपने घोडे को सिर्फ पानी पीने के अलावा नहीं रोका था वह थक गया थी, उसने आते ही अपने जानवरों को संभाला। खाना व पानी दिया और खुद बिना खाना खाए सो गई।

''आखिर लोगो से कैसे बात कि जाए उन्हे कैसे समझाया जाए की मैं उनके साथ सफर पर जाना चाहती हूं, सबसे तो अपनी बात कह नहीं सकती और बात करना बेहद जरूरी है कोई तो रास्ता निकालना होगा।''

''आज पहली बार में शायद बात नहीं बनी पर मुझे और वहां जाना होगा और तब तक कोशिश करनी होगी जब तक कोई ऐसा नहीं मिल जाता जिससे बात की जाए।''

वेदरा को कब नींद आई और उसकी आगोश में खो गई उसे पता भी नहीं चला।

सुबह उसे फिर से जाना था पर कल की थकान की वजह से वह सुबह जल्दी नहीं उठ पाई, उसे देर से उठने का अफसोस तो था पर उसने सोचा कल सही समय पर उठ जाऊगी।

"आज क्यो ना पास के खेत में जाकर बात कर आऊ।"

कुछ देर बाद वह उस खेत में थी, उनका घर भी वेदरा के घर जैसा ही था, वेदरा ने आवाज दी...

"हां कौन है?"अन्दर से आवाज आई।

"मैं हूं....."

"अभी आया....."

अन्दर से एक 65 साल का बुडा व्यक्ति बाहर आया जो अपनी उमर के लिहाज से काफी तंदुरूस्त था।

"औह तुम हो, आ जाओ आज इतनी सुबह कैसे आना हुआ सभी खेत में है, मैं ही हूं घर पर, किसी को बुलाऊ क्या?"

"नहीं मुझे आप ही से काम है" वेदरा ने कहा।

वेदरा उन्हे पिता समान ही मानती है वह आदमी भी वेदरा को अपनी बेटी की तरह ही समझता है, उस आदमी के परिवार में उसका लडका उसकी दो बेटीया और एक लडका और उसके लडके की पत्नी इस बूढे आदमी की पत्नी मर चुकी है।

उसके लडके की पत्नी वेदरा की अच्छी दोस्त है, पर वेदरा ने यह बात उस घर के मुखिया को कहना ही ठीक समझा।

"मुझे किसी काम से बडे शहर जाना है क्या आप किसी को भेजकर मेरे जानवरों की देखभाल करवा सकते है, अगर मुझे देर हो जाए या शायद में रात को ना आ पाऊ" वेदरा ने कहा।

"हां क्यों नहीं, दिन को यह छोटे बच्चे देख लेंगे और जरूरत पडी तो रात को मेरा बेटा और तुम्हारी वह दोस्त उसकी पत्नी वही सो जाएंगे।"

''आपका बहुत धन्यवाद, मैं कल सुबह जल्दी चली जाहुंगी।''

''ठीक है बेटी तुम यहां की फ्रिक मत करो, हम देख लेंगे।''

जब बात हो चुकी वेदरा वापस अपने खेत आ गई और अपने काम में जुट गई, उसे कल जाना है। उसे तो बस सुबह का इंतजार है। काम में दिन कट गया और शाम हो गई और उसी तरह सुबह भी हो गई वह सही समय पर उठी और शहर के लिए रवाना हो गई।

आज उसने जहां अरबो का बाजार लगा था वही से शुरुआत की, वह बडे ध्यान से सारा सामान देखती, असल में दिखावा करती और बात ज्यादा बात करने की कोशिश करती पर व्यापारीयो को सिर्फ अपने व्यापार से मतलब होता है वे अपना ध्यान उन पर लगाते जो उनका फायदा करवाते या फायदा लगता, वेदरा उन्हे जो उनके वहां का या कोई दूसरी ऐसी बात करती जिसका सम्बन्ध व्यापार से ना हो, वे ध्यान नहीं देते और दुसरे लोगो से बात करने लग जाते, उसकी एक वजह यह भी थी की सभी अरब उसकी भाषा नहीं जानते थे और जो जानते थे वे भी इतनी सहज नहीं थी। और वैसे भी वे यहां व्यापार करने आए थे तो उनका तो पुरा ध्यान सिर्फ अपने काम में रहता।

वेदरा को आज भी निराशा ही हुई वह किसी से काम की बात करने में सफल नहीं हुई दोपहर हो चली है और वेदरा समझ नहीं पा रही है क्या बात की जाए, पर करे भी तो किससे करे, वह बस बाजार घुम रही है, उसने आज से पहले ऐसा महसूस नहीं किया था वह अपने आप को निराश व एका एक अकेला और कमजोर महसूस करने लगी।

''शायद आज शाम हो जाएगी और कुछ नहीं होगा''
उसने सोचा।

उसके चेहरे पर निराशा साफ देखी जा सकती है, फिर
भी वह उस बाजार में घुम रही है उसे इस वक्त अपनी भी
सुध नहीं है।

आखिर वही हुआ, शाम हो गई। वह अपने घोडे को
लेकर किले की पिछली दिवार की तरफ चली गई, क्योंकि
किला उपर था सुरज साफ नजर आता था। सुरज का रंग
बदल गया है शाम का यह समय बेहद खूबसूरत होता है।
वेदरा एक छोटी दिवार पर बैठ गई और सुरज को देखने
लगी।

उसे लगा दोनों के कपडो का रंग एक है उसके और
सुरज के, वह तो सुरज का हाथ पकड सकती है वह उसके
नजदीक ही तो है पर सुरज तो हवा में है, नहीं वह खुद
भी हवा में है, वह नहीं उड सकती वह अपने घोडे पर है,
वह उड रहा है। सुरज तेजी से उससे दुर जा रहा है, वह
घोडे को और तेज उडने का इशारा करती है, सुरज का
रंग और बदल गया यह पुरा लाल है अब उसका रंग मेरे
जैसा नहीं है पर मुझे उसका हाथ पकडना है पर वह तो
दुर और दुर होता जा रहा है, मेरे घोडे तुम्हे और तेज
उडना है वह दुर चला जाएगा अब तो वह दिख भी नहीं
रहा है उसे खोजना होगा मुझे खुद उडना है सुरज वह अब
लाल भी नहीं है वह काला हो रहा है पर मैं उसका हाथ
नहीं पकड पा रही हूं रूक जाओ, एक बार तुम मेरे जैसे थे
मुझे सबसे ज्यादा प्यारे थे, तुम कहा हो? कही नहीं हो,
अभी तुम मेरे सामने थे हम एक जैसे थे और अब तुम कही
नहीं हो।

नहीं हम फिर से एक हो रहे है अब मैं भी मेरे कपडे काले है और तुम भी, हम एक ही है तुम तो यही हो मेरा हाथ पकडो।

''सुनिए ...सुनिए ....''

वेदरा ने झट से पिछे देखा।

वह आदमी थोडा डर गया और दो कदम पिछे हट गया।

''मुझे माफ कर दीजिए'' वेदरा ने कहा।

''कोई बात नहीं शायद मैंने आपको चौंका दिया, यहां रात के वक्त नहीं बैठ सकते, किले का यह भाग रात को बंद कर दिया जाता है।''

वह आदमी वहां पर दिए जलाने आया है, रात हो चुकी है।

''ठीक है'' वेदरा ने सर से इशारा किया और वहां से उठ गई।

उस रास्ते पर पुरी रोशनी थी वह आदमी दिए जलाते हुऐ आया था।

''मैंने अभी बैठे बैठे सपना देखा यह क्या था।''

वेदरा को ख्याल आया उसे घोडे के लिए खाने और पानी की व्यवस्था करनी है और खुद के लिए भी।

उसने जल्दी से एक जगह ली जहां रात रूकने की व्यवस्था थी, उसके घोडे को घास डाली पानी दिया और खुद खाने के लिए एक जगह चली गई।

खांना खाने के बाद वह फिर बाजार में आ गई, बाजार बंद है कुछ लोग खाना पका रहे है कुछ आराम कर रहे है। वेदरा को जल्दी नहीं सोना है तो वह वही पास में कुछ लोग आग के पास बैठे थे वह भी जाकर बैठ गई। कुछ

लोग गा रहे थे, उसे कुछ समझ नहीं आया, भाषा वह नहीं समझ पाई पर उसे अच्छा लगा वह वही बैठी गाना सुनने लगी।

सामने लगे टेन्ट में एक लडका दिए की रोशनी में किताब पड रहा था कुछ देर बाद वह टेंट से बाहर आया और आग के पास बैठ गया। वहां बहुत सारे लोग अगल अलग आग लगा कर बैठे है, उन्होने गाना तेज कर दिया और कुछ ही देर में लोग नाचने लगे सभी ताली बजाकर नाच रहे थे, वेदरा भी उनके साथ ताली बजाने लगी।

वेदरा के पास बैठे एक आदमी ने थोडा जोर से वेदरा से कहा ''यही वजह है कि इन लोगो की याद आती है, तीन महीने बडे शानदार होते है नहीं उन तीन महीनो की राते शानदार होती है, जब यह लोग नाचते गाते है इनकी याद तो आती है। यह लोग जल्द ही जाने वाले है मुश्किल से सात दिन, जैसा मुझे लगता है कुछ लोग जो अभी नहीं आए है, बस उनके आते ही...।''

''वैसे आप कहां से है?'' उसने वेदरा से सवाल किया।

''मैं यही पास के शहर से हूं'' वेदरा ने कहा, उसे यही कहना उचित लगा।

''मुझे लगता है आप किसान है'' उसने कहा।

''हां मैं हूं'' वेदरा ने कहा।

''आप यहां...?''

''मुझे कुछ सामान लेना है इनसे'' वेदरा ने कहा।

''इन लोगो के पास सब कुछ होता है आप जो चाहो वह सब कुछ, पुरी दुनिया घुमते है यह लोग, यकीन मानो अगर मैं कही जा सकता अगर यह संभव होता तो मैं इनके साथ ही जाता, पुरी दुनिया घुमता।''

''क्या यह लोग आपको साथ ले जाते'' वेदरा ने सवाल किया।

एक पल के लिए उसने वेदरा की तरफ देखा, उसे इस तरह के सवाल की उम्मिद नहीं थी, वह थोडा रूका फिर उसने कहा ''हां अगर आप कुछ बेचने के लिए इनके साथ जाते है, मेरा मतलब यह व्यापारी है इनको अगर फायदा होता है तो हां यह लोग साथ ले जाएगे।''

वेदरा ने हां में सिर हिलाया।

उस आदमी ने भी सिर हिलाया।

नाच गाना अभी भी जोरो पर है।

वेदरा को अब नींद आ रही है, वह उठी और अपने सोने के लिए ली हुई जगह पर चली गई।

रात करवटे बदलते हुए कटी।

सुबह तेज शोर था क्योंकि यह जगह बाजार के नजदीक ही थी।

कुछ ही देर बाद वह तैयार थी वह घोडे के पास गई खाना व पानी दिया, उसने घोडे को वही छोडा जहां वह बंदा था, वह आज शाम तक उस जगह का किराया दे चुकी थी, वह पैदल चलने लगी, कुछ देर बाद वह बाजार में थी।

वेदरा सुबह बाजार खुलते ही वही थी, उसने पहले कुछ खाया और सीधा निकल पडी जहां अरब व्यापारी थे आज भी उसने उसी तरह बात करने की कोशिश की, मोल भाव किए, पर काम की बातें हो नहीं पा रही थी। वह एक ऐसी दुकान के पास पहुंची जहां सामान बहुत कम था शायद उसके मालिक के सारा माल बिक गया था, पर अरब से जो काफिला साथ आता है वह साथ ही वापस जाता है

तो उन्हे अभी इंतजार करना था और जो कुछ बचा माल था वह बेचना था, काम कम होने से सिर्फ एक ही आदमी उस वक्त उस दुकान में था, बाकी या तो आराम कर रहे थे या कही घुम रहे थे, वेदरा वहां रूकी उसने सामान देखा और कहा

''लगता है आपका सारा माल बिक गया है।''

व्यापारी ने सिर हिलाते हुए जवाब दिया ''हां''।

शायद वह भी ज्यादा बात करने के मुड में नहीं था।

''तो आप अब यहां और कितने दिन हो'' वेदरा ने पुछा।

''हम जल्द जाने वाले है'' वह थोडा परेशान दिखा।

वह शायद इतने दिन घर से बाहर रहकर परेशान था और काम से भी, आखिर उसे और उसके पुरे काफिले को यह तीसरा महीना खत्म होने को है।

वेदरा को लगा बात करना बेकार है उसने दुकान में नजर दौडाई अन्दर एक अरब लडका बैठा किताब पड रहा था जिसको वेदरा ने रात को देखा था।

एक पल के लिए उसने किताब से नजर हटाई और वेदरा की तरफ देखा।

वेदरा ने भी एक पल उसे देखा और आगे बढ गई।

कहते है जब इरादा पक्का हो तब हमें रास्ता ना मिले तो रास्ता हमें खोज लेता है, जब वेदरा थोडी आगे बढ गई कुछ तीन या चार दुकाने तो पिछे से आवाज आई ''रूको.. ..रूको....''

भाषा अवश्य उसके मुल्क की थी पर उसका लहजा पुरी तरह अलग था।

जब वेदरा ने सुना वह रूक गई।

जब वह मुडी उसने देखा वही अरब लडका आवाज दे रहा है जो दुकान में किताब पढ रहा था।

''क्या मुझे...'' वेदरा ने कहा।

''हां, मैं आप ही को आवाज दे रहा था।''

''क्या हुआ....?''

''कुछ नहीं, आप बताओ।''

''मैं...,मैं क्या बताऊ'' वेदरा ने थोडा चौक कर कहा।

''आप बताओ आखिर बात क्या है, मैंने आप को यहां कुछ दिनो से कितनी ही बार देखा है।''

''आप किसी खास वजह से आती हो, मेरा मतलब आपको कुछ खास ऐसा कुछ खरीदना है पर आपको मिल नहीं रहा है।''

''मैं यहां हरेक को जानता हूं और किसी भी तरह की चीज खरीदने में आपकी मदद कर सकता हूं, आप मुझे बताओ आपको किस चीज की तलाश है।''

''मुझे जिसकी तलाश है वह मिलना बहुत मुश्किल है और यहां तो मुमकिन ही नहीं'' वेदरा ने लगभग बडबडाते हुए बहुत धिरे से कहा, और चुप हो गई।

''क्या हुआ? अगर आप बताना नहीं चाहती तो कोई बात नहीं, मैं सिर्फ मदद करना चाहता था'' अरब लडके ने कहा।

''हां मैं यहां किसी खास वजह से हूं'' वेदरा ने सोचा इस लडके से बात करने का मौका मिला है तो बात की जाए।

मुझे कुछ खरीदना नहीं है बस मैं बात करना चाहती थी, मैं कहना चाहती थी की अगर आपके साथ कोई आना चाहे तो क्या यह मुमकिन है, और इसी लिए मुझे यहां बार

बार आना पडा क्योंकि बात किसी से हो ही नहीं पा रही थी।

''वैसे यह मुमकिन तो है, पर आप बताओ किसको कहा जाना है'' लडके ने कहा।

''मैं हिन्द जाना चाहती हूं और उसके लिए मुझे ऐसे व्यक्ति की जरूरत है जो मुझे साथ ले जाए, पर तुम भी यह बात तो समझ ही सकते हो की कोई ऐसे ही अपने साथ किसी को क्यों ले जाएगा। तो मैं यहां आती और किसी तरह बात करने की कोशिश करती, शायद कोई बात करे और मैं उसे समझा सकु की यह बात है।''

''हां हो सकता है आपकी बात सही है, कहीं से शुरूआत करनी पडती है और आपने भी वही किया'' अरब लडके ने कहा।

''तो क्या मैं चल चकती हूं?'' वेदरा ने सीधा सवाल किया।

''यह तो पुरी तरह से उन पर ही निर्भर करता है, काफिले के कुछ मुखियाऔ पर और फिर...''

कुछ रूक कर फिर उसने वेदरा पर से नजर हटा कर कहा ''यह लोग औरत या बच्चो को साथ नहीं रखते है पर मर्दो से कोई खास परेशानी नहीं है पर फिर भी यह उन पर ही निर्भर करता है की वे साथ ले जाए या नहीं और फिर कुछ और लोग भी है जो सिर्फ लोगो को आने ले जाने का ही काम करते है, पर अगर आप पहली बार यात्रा कर रही है तो मैं इनके साथ जाने की सलाह नहीं दुंगा, फिर अगर कोई दुबारा यात्रा करना चाहे तो यह लोग ठीक है पर पुरी तरह नहीं, खास बात यह है कि पहली बार उन

लोगो के साथ से अच्छा है इस काफिले के साथ धिरे पर सुरक्षित सफर किया जाए।''

''अरे हम कबसे रास्ते में खडे है, चलो चलते हुए बात करते है मेरे आज कोई काम नहीं है, तो मैं बाजार घुम लेता हूं और आप से थोडी बहुत बात भी हो जाएगी।''

''मेरा नाम हुसैन है, और आपका।''

''मेरा वेदरा'' वेदरा ने उसकी तरफ सर को हल्का झुकाते हुए कहा।

''मैं मेरे अब्बा के साथ यहां आया हूं हमारे साथ कुछ और लोग भी है, मैं हिन्द कई बार जा चुका हूं मुझे वहां जाना अच्छा लगता है और आप भी हिन्द जाना चाहती है, यह अच्छा है, क्या कोई खास वजह है जाने की।''

''हां समझाना जरा मुश्किल है पर वजह बहुत ही खास है, क्या तुम मदद करोंगे।''

''हां मैं मदद कर सकता हूं पर उसके लिए आपको थोडा झुठ और थोडा सा नाटक भी करना होगा'' लडके ने कहा।

''कैसा नाटक'' वेदरा ने कहा।

''जैसा मैंने कहा, यहां कोई तैयार नहीं होगा किसी औरत को साथ ले जाने के लिए, तो नाटक यह है कि आप को कुछ दिन किसी पुरूष कि तरह रहना होगा और कुछ बेचने के लिए साथ चल रहे हो यह कहना होगा।''

वेदरा को बहुत अजिब लगा, कुछ बुरा भी, पर मन में जाने का ख्याल भी था ''ठीक है मुझे क्या करना होगा।''

एक आदमी हुसैन को ढुंढते हुए आया ''हुसैन तेरे अब्बा बुला रहे है, कुछ काम है।''

वह आदमी कह कर चला गया।

''मैं पहले मेरे अब्बा से बात करता हूं, अगर वे हां कर दे तो बाकी भी कर लेंगे।''

''क्या आप कल वापस आ सकती हो, मैं आज रात को बात कर लुंगा'' हुसैन ने कहा।

वेदरा ने हां कर दी ''.ठीक है, मैं यही पास में ही रूकी हूं, मैं कल तुमसे मिलती हूं'' वेदरा ने गली की तरफ इशारा करते हुए कहा।

दोनों ने अलविदा किया और दोनों चल दिए।

वेदरा को एक दिन और रूकना पडेगा उसे अपने जानवरों की चिंता होने लगी, पर उसे ख्याल आया कि जो लोग उसके जानवरों का ख्याल रख रहे है वे अच्छे लोग है उन्हे कोई तकलीफ नहीं होगी।

वह अपने घोडे के पास गई और उसे देख कर अपने किराए का एक दिन और बढाकर अपने पलंग पर बैठ गई। उसको उस जगह का ख्याल आया जहां वह कल शाम के समय बैठी थी उसने दोपहर का खाना खाने के बाद वही जाने का निश्चय किया। सुरज अस्त होने तक वह वही बैठी रही फिर वापस आ गई।

उसे सुबह का इंतजार है।

घर दूर छूट गया

चारो संतो के साथ केशा ने यात्रा प्रारंभ की, आज केशा के सफर का पहला अनुभव है वह सबसे पीछे चल रहा है केशा के मन में बहुत से सवाल है सफर को लेकर, पर उसके मन में खुशी भी है उसे पता है उनका सफर लम्बा होने वाला है पर वह तैयार है रास्ता पुरा पहाडी है कभी ढलान आती है तो कभी चढाई। केशा ने देखा उसके शहर से जो पहाड छोटा दिखता था असल में कितना बढा है। उसे ख्याल आया कि उसका घर पीछे छूट गया है, कुछ ही पल में उसे वह सब याद आया जो उसके साथ वहां हुआ था "मुझे तो अभी से घर की याद आने लगी" केशा ने खुद से कहा फिर उसने आगे देखा "अब बस आगे ही देखना है, मुझे यह यात्रा करनी है।"

लगातार चलने से केशा को पैरों में दर्द महसूस होने लगा पर उसने किसी से नहीं कहा वह चुपचाप चलता रहा, वे लोग दोपहर को खाने के लिए रूके।

केशा का शहर काफी दुर निकल चुका है यहां जंगल है एक विशाल वट वृक्ष के नीचे सब आराम कर रहे है, केशा ने अपना झोला नीचे रखा और उसको तकिया बना कर सो गया।

सन्तो के पास सुबह का पकाया भोजन है सबने बाटा और बिना एक शब्द बोले सभी भोजन करने लगे, केशा के उठने का मन नहीं है पर वह उठा जल्दी से अपना भोजन खत्म किया और फिर सो गया, सभी ने कुछ देर आराम करने का निश्चय किया, वे सिर्फ केशा के लिए आराम कर रहे थे।

कुछ देर बाद सभी उठ गए, केशा को अब आराम करके कुछ अच्छा महसूस हो रहा है।

कुछ ही देर में सफर फिर शुरू हो गया।

सर्दी के मौसम में शाम जल्दी हो जाती है, पर शाम होते होत उन्होने जंगल पार कर लिया, अन्धेरा होने के कुछ देर बाद उन्हे एक मंदिर दिखा, उसके कुछ दुरी पर गांव था, गांव के कुछ लोग मंदिर में पुजा करके जा रहे है उन्होने जैसे ही संतो को देखा वे रूक गए। सभी ने प्रणाम किया।

उन में से एक ग्रामीण ने सवाल किया ''आप आज रात यही रूकेंगे महाराज।''

''हां आज रात हम यही विश्राम करेंगे'' बडे संत ने कहा।

''आप कृप्या भोजन ना पकाए, आज रात आप हमारे यहां भोजन के लिए आए'' उसी ग्रामीण ने हाथ जोडकर कहा।

''आपका बहुत धन्यवाद पर आज रात हम यही रहेंगे, गाव में नहीं आ सकते।''

कुछ देर उन ग्रामीण लोगो ने आपस में बात कि फिर वही आदमी बोला ''कोई बात नहीं महाराज हम भोजन यही ले आते है।''

''आप की जैसी इच्छा उपरवाला आपको खुश रखे'' बडे संत ने कहा।

सभी ग्रामीण चले गए।

केशा और बाकी संत हाथ मुह धोकर मंदिर प्रांगण में बैठ गए, वे सभी आपस में बहुत कम बातें करते थे और यह बात केशा को पहले दिन के सफर में ही समझ आ गई थी।

कुछ ही देर हुई थी कि वे ग्रामीण वापस आ गए, कुल चार लोग थे।

सभी संत भोजन के लिए बैठ गए केशा भी बैठ गया...।

उन चारो लोगो ने अपने हाथो से सभी को भोजन परोसा। कुछ देर में भोजन के पश्चात सभी लोग संतो के सामने आकर बैठ गए, वे लोग प्रवचन सुनना चाहते है।

बडे संत जो थे उन्होने एक कहानी से शुरूआत कि जो एक ऐसे व्यक्ति की थी जो कभी मंदिर नहीं जाता, ना पुजा करता, पर मन का साफ था व लोगो की मदद भी कर देता जैसे उससे बन पडता, फिर कैसे उस पर कृष्णजी की कृपा हुई।

प्रवचन चल ही रहे थे कि गांव से बहुत से लोग आ गए जैसे ही उनको पता चला कि मंदिर में आज रात कोई संत ठहरे है वे लोग अपने साथ ढोलक और कुछ वादक लेकर आए है जो जैसे आया चुप चाप वही बैठ गया। बडे संत ने प्रवचन समाप्त किए उन्होने हाथ से इशारा किया और सभी ने ढोलक और बाकी सब तैयार कर लिए।

सभी संतो ने मिलकर भजन शुरू किए, पहला गणपति का था उसके बाद भोलेनाथजी के भजन चले।

सभी ग्रामीण मंत्रमुग्ध हो गए कुछ लोग नाचने लगे, पुरा वातावरण भक्तिमय हो गया।

केशा को इससे पहले इतना अच्छा कभी नहीं लगा था उसे बहुत खुशी हुई कि भजन में भी इतना प्रेम चुपा है उसे एक भजन सबसे प्रिय लगा

बाबा केदार जी....

भजन रात के दुसरे पहर के अन्त तक चले, फिर सभी ग्रामीण घर लौट गए, सभी संत सो गए पर केशा अभी भी जाग रहा है उसकी थकान मानो कही गायब हो गई वह रात को दिए की रोशनी में मंदिर में लगी घंटी को देखता रहा उसकी आंखें धिरे धिरे बंद होने लगी।

क्या मेरा नाम वेली है?

वेदरा को सुबह उठते ही यही ख्याल आया कि वह लडका हुसैन आज क्या कहेगा, काश सब अच्छा रहे।

वह उठते ही हुसैन से मिलना चाहती है पर इतना जल्दी जाना ठीक नहीं होगा। तो कुछ समय इंतजार करना ही ठीक रहेगा। वेदरा जहां रूकी है वही बाहर वह चाय पिने के लिए बैठ गई, सुबह का समय है तो सब जल्दी में है हर किसी को कहीं पहुंचना है, वेदरा सोचने लगी आखिर लोगो को इतनी जल्दी किस बात कि है, क्या मेरी तरह इन सब को भी किसी यात्रा पर जाना है और धीरे से हसने लगी उसे अचानक ख्याल आया वह कहां है उसने अपने आस पास देखा और अपनी हंसी रोकी।

वह फिर ख्यालो में जाने लगी ''क्या ऐसा कभी होता है कि आप एक सपना देखो और उस बस एक सपने की वजह से दुनिया के दुसरे छोर पर जाने के लिए तैयार हो जाओ और वह भी इतनी बैताबी से, नहीं शायद बात इससे भी बढकर है बात खुद को सही से जानने की है वरना यु भटकना कौन चाहता है। पर भटक तो मैं कई सालो से रही हूं ना मुझे कोई अच्छा लगता है ना किसी में मेरा मन

लगता है, आखिर यह जीवन है क्या? और कभी लगता है सब सही है तो कभी सब कुछ उलझा हुआ।''

''मुझे पुरा यकीन है कि मेरे जीवन में कुछ तो ऐसा है जो मुझे जानना है, इतना तो मै समझती हूं, मेरे जीवन के 40 साल ऐसे ही नीकल गए और मैं खुद को ही नहीं समझ पाई।''

''पर मैं नहीं चाहती कि मेरा आगे का जीवन भी ऐसे ही उलझनो में गुजरे, मैं दिल से खुशी को महसूस करना चाहती हूं जो शायद आज तक मैंने महसूस की ही नहीं फिर मुझे आगे....''

वेदरा एक तेज आवाज के साथ चौक गई।

यह हुसैन था, उसने वेदरा की भाषा में नमस्ते कहा...

''ओह, तुम आ गए।

''हां, और आप शायद कुछ सोच रही थी।

''हां बस ऐसे ही।''

''मुझे माफ कीजीएगा मुझे शायद कुछ समय इंतजार करना चाहिए था'' हुसैन ने कहा।

''नहीं ऐसा कुछ भी नहीं है, तुम बताओ क्या हुआ।''

हुसैन ने एक झोला वेदरा को दिया और कहा ''इसमे कुछ कपडे है जो तुम जब वापस आओ तब पहन लेना।''

''मतलब मैं....?''

''हां आप आ सकती हो, मैंने सारी बात कर ली है यहां से और लोग भी आ रहे है, मैंने अब्बा से बात कर ली और उन्होने सभी से। क्योंकि यहां से और लोग भी आ रहे है तो कोई समस्या नहीं हुई सभी मान गए है।''

''मैंने उन से कहा कि आप का नाम 'वेली' है और आप वहां सामान खरीदने के लिए जाना चाहते है।''

"वेली..., यह कैसा नाम है?'' वेदरा ने कहा।

''मुझे माफ कर दो उस समय मुझे कुछ भी नाम बताना था और मैं आपका असल नाम नहीं बता सकता था।''

''तो अब मुझे वेली बन कर रहना होगा'' वेदरा ने मुस्कुराते हुए कहा।

''हां, कुछ दिन तो..., और बस सफर शुरू हो जाए फिर कोई बात नहीं और सफर में मैं आप को ऐसे लोगो की टोली में शामिल कर दुंगा जो ज्यादातर आपकी भाषा जानते ही नहीं है, आपको कम बात करनी पडेगी फिर भी आपको थोडा ख्याल तो रखना ही पडेगा।''

''ठीक है मैं संभाल लुंगी, मुझे और क्या करना होगा।''

''आपको कुछ 'कर' के तोर पर और रहने और खाने के लिए कुछ सिक्के देने होंगे, वे जब आप आओ तब दे देना।

''हम तीन दिन बाद, यानी सोमवार की सुबह जल्दी सफर शुरू कर लेंगे तो आपको परसो शाम को ही काफिले में शामिल हो जाना है।''

''ठीक है, मैं सामान और सिक्के लेकर परसो शाम को यहां आ जाहुंगी, मेरा मतलब वेली यहां पहुंच जाएगा।''

दोनों ने हस्ते हुए अलविदा कहा।

कुछ समय बाद वेदरा ने उस जगह का किराया दिया और अपने घोडे पर सवार हो गई। कुछ ही घण्टो बाद वेदरा अपने खेत के मुख्य दरवाजे पर थी।

घर के बाहर तीनो उसकी दोस्त के बच्चे खेल रहे है।

वेदरा को देख कर वे उसके पास आ गए ''बहुत ही बढिया बच्चो, तुमने बहुत ही बढिया काम किया क्या किसी गाय या घोडे ने तुम्हे परेशान किया।''

''नहीं वेदरा आंटी, किसी ने भी नहीं'' बडे बच्चे ने कहा।

''बहुत बढिया, अब बताओ तुम क्या खाओगे मैं अभी बना लेती हूं।''

''नहीं आंटी कुछ भी नहीं'' दादाजी ने कहा था जब आप आजाए हम वापस घर आजाए, हम चलते है बाद में आएंगे।''

''ठीक है, मैं शाम को वहां आ रही हूं अपनी मां को बोलना, ठीक है।''

''ठीक है आंटी'' तीनो बच्चे वहां से दौडते हुए चले गए।

वेदरा सीधे अपने जानवरों के पास गई, अपने घोडे को बाडे में छोडा और बाडे के बाहर बैठ गई, उसने जानवरों को देखा और बहुत समय तक देखती रही...... फिर पिछे मुडकर घर की तरफ देख, वह गहरी सोच में डुब गई।

''मैं इनको छोडकर कहां जाऊं, इस घर को, इन जानवरों को, इस जगह को, जहां मेरा पुरा जीवन बीता है। मैं यह क्या करने जा रही हूं और आखिर किस लिए।''

वेदरा वहां से उठी अपने जानवरों को देखा और घर में चली गई, वह सीधे अपने पलंग पर लेट गई, वह फिर सोचने लगी

''मैं यह क्या करने जा रही हूं और वह भी ऐसे ही, कई मैं पागल तो नहीं हो गई, नहीं नहीं मैं कही नहीं जा सकती, मैं यही ठीक हूं।'' उसने सोते सोते झोले की तरफ देखा जो टेबल पर उसने आते समय रख दिया था।

''जब मुझे नहीं जाना था तो फिर इतना कुछ मुझे करने की आवश्यकता ही क्या थी।'' वेदरा बेहद गहरे

ख्यालो में थी और उसके अन्दर गहराई से आवाज आई ''अपनी आत्मा के लिए'' और जैसे वेदरा को जवाब मिल गया उसका मन घिरे घिरे शांत होने लगा उसे कब नींद आई पता ही नहीं चला।

शाम को जानवरों की आवाज से उसकी नींद खुली उसे ख्याल आया जानवरों को खाना देना है, वे इसलिए बोल रहे है।

जब वह जानवरों को खाना दे चुकी उसने खुद के लिए भी खाना पका लिया, पर उसे पहले उसकी पडोसी दोस्त के घर जाना है, फिर सोचा नहीं अब सुबह ही जाती हूं। उसने खाना खाया और खिडकी के पास आकर बैठ गई रात हो चुकी है और चांद आधा निकला है, चांद की रोशनी उसके चेहरे पर पड रही है और वह चांद को देखे जा रही है।

जब सुबह हुई उसने देखा वह रात को खिडकी के वही सो गई थी, उसका पुरा दिन यही सोचने में चला गया के वह जाए या ना जाए और इसी सोच में फिर रात आ गई और वह वही उस खिडकी के पास बैठी है और चांद को देख रही है। जब वेदरा रात को चांद देखती तो सोचती उसे जाना चाहीए पर जैसे ही सुबह होती और वह यह सोचने लग जाती कि वह जाए या ना जाए।

आज भी वेदरा खिडकी से चांद को देख रही है।

''तुम अभी भी सोच रही हो, मेरी दोस्त।

''ओह, तुम सोल फालोवर। मुझे यकीन नहीं होता तुम हो, पता है कितनी जरूरी बात करनी है तुम से, मुझे तो कुछ समझ नहीं आ रहा मैं क्या करू।''

''और ऐसा क्यों हो रहा है इन सब जगह और जानवरों के कारण।''

''हां मैं इन्हे कैसे छोड के जाऊ, मुझे बुरा लग रहा है।''

''नहीं मेरी दोस्त, बस तुम थोडा परेशान हो, वेदरा तुम्हारी आत्मा जो कहती है वही करो, तुम्हारे मन की गहराइयो में क्या है यह तो तुम ही जानती हो और फिर इतना मोह किस बात का आखिर तुम आज हो कल अगर तुम ना रहो तो क्या इनका कोई ख्याल नहीं रखेगा, परमात्मा सबका ख्याल रखता है मेरी दोस्त, यह जीवन एक सफर ही तो है, और सभी मुसाफिर है, फिर तुम्हे जीवन में जिन सवालो के जवाब चाहिए, जो तुम्हारी उलझने है उनके जवाब तुम्हे वही मिल सकते है, क्या यह तुम्हे फिर याद दिलाना पडेगा मेरी दोस्त, अपनी आत्मा की सुनो।''

''अब उठ जाओ।''

वेदरा की आंखें खुल गई, सुबह हो गई है।

आज भी वेदरा खिडकी में ही सोई थी।

तुम्हारा धन्यवाद सोल फोलोवर, पर तुम हमेशा रात में ही क्यों आती हो और वह भी सपने की तरह या शायद सपना, खैर जो भी हो वह मेरी दोस्त है और मुझे मेरी एक और दोस्त से मिलने जाना है।''

सुबह नास्ते के समय वेदरा अपनी दोस्त के घर थी। सारा परिवार खाने की मेज पर ही था, वेदरा भी वही बैठ गई सभी ने उसका स्वागत किया।

''तुम तो परसो शाम को आने वाली थी'' वेदरा की दोस्त ने कहा, बच्चो ने भी हामी भरी आखिर उन्होने ही तो कहा था।

''मुझे काम से वक्त नहीं मिल पाया और आज भी मैं आप सभी से कुछ बात करने या कहु कुछ खास काम से आई हूं।'' वेदरा ने घंभीर आवाज में कहा।

''हां बताओ बेटी घर के मुखिया ने कहा।''

''मुझे आपकी कुछ मदद चाहीए।''

''हां क्यों नहीं जरूर'' लगभग तीनो ने जवाब दिया।

इस तरह से इन लोगो से वेदरा ने पहली बार मदद की बात कही थी।

''मुझे एक यात्रा पर जाना है और मैं चाहती हूं जब तक मैं वापस नहीं आ जाती, मेरे जानवर आप अपने पास रखले।''

''ठीक है हम रख लेंगे'' घर के मुखिया ने कहा, उसके बेटे और बहु ने भी सिर हिला कर हामी भरी।

''आपका बहुत धन्यवाद।''

''आपको कितना समय लगेगा।'' उसकी दोस्त ने कहा।

''मुझे समय का सही से अन्दाजा नहीं है, कितना लग सकता है, शायद कुछ महीने या साल भर।''

''क्या काफी दुर जाना है?''

''हां, मुझे हिन्द जाना है।''

''ओह...., वह तो बहुत दुर है।'' सब ने हामी भरी बच्चे तब तक बाहर चले गए थे।

''हां, पर मुझे यह यात्रा करनी ही है, तो मैंने सारा इंतजाम कर लिया है बस मुझे जानवरों की फिक्र थी।''

''आप जानवरों की फिक्र ना करे, हम देख लेंगे।''

''ठीक है फिर मैं जानवरों को अभी यहां छोड देती हूं। मुझे आज ही निकलना है।''

''ठीक है आप ले आओ।''

''मैं मदद करती हूं'' वेदरा की दोस्त ने कहा।

जब दोनों जानवरों को बाडे से बाहर निकाल रही थी वेदरा की दोस्त ने कहा ''मुझे यकीन नहीं हो रहा वेदरा की तुम यात्रा पर जा रही हो और वह भी हिन्द, वह तो पुरा आध्यात्मिक देश है मंदिरो का देश, मैंने सुना है बहुत खूबसूरत जगह है, वहां की संस्कृति बेहद विचित्र ओर अनोखी है, वहां हजारो देवी देवता और उनके मंदिर है। मैंने तो यहां तक सुना है की अगर किसी को ज्ञान प्राप्त करना है तो उससे सही जगह कोई हो ही नहीं सकती, और आज मेरी दोस्त वहां जा रही है। वेदरा तुम बेहद किस्मत वाली हो और बहादुर भी, मैं बहुत खुश हूं इस यात्रा की बात से, तुम जाओ मैं यहां सब देख लुंगी। यहां की तुम जरा भी फिक्र ना करना।''

उन्होने ने कुछ ही देर में सभी जानवरों को दुसरे उसकी दोस्त के बाडे में डाल दिए।

वेदरा कुछ समय के लिए अपने जानवरों के पास रूकी, उनके सिर पर हाथ फेरा, उनको प्यार किया और फिर उन्हे प्यार से अलविदा कहा और दोनों फिर वेदरा के घर आ गए।

वेदरा ने एक जहग दिखाते हुए अपनी दोस्त से कहा ''यहां इन जानवरों के लिए सुखा चारा है जो कि एक साल तक चल सकता है मेरा खेत तुम हरे चारे के लिए और फसल के लिए इस्तेमाल करना। मैं चाहती हूं तुम्हे कोई तकलीफ ना हो।''

''तकलीफ कैसी वेदरा आखिर हम दोस्त है और फिर मेरे ससुर तो तुम्हे अपनी बेटी की तरह ही मानते है।''

''हां, यह मैं जानती हूं और यही वजह है कि मैं जा पा रही हूं। मैं जाते वक्त घर की चाबी तुम्हे दे जाहुंगी।''

''ठीक है वेदरा'' और उसकी दोस्त अपने खेत लौट गई।

वेदरा को वहां शाम तक पहुंचना है तो यहां से जल्दी निकलन होगा। उसने अपनी यात्रा के लिए जो सामान चाहिए था तैयार कर लिया, उसने उस झोले को देखा जो हुसैन ने दिया था अब वेदरा को खुद तैयार होना था।

उसकी आज की खुद के लिए तैयारी, पुरी यात्रा में भी उसे ऐसे ही रहना होगा।

समय हो चला है वेदरा ने अपना हुलिया कुछ कुछ ऐसा बना लिया है कि वह पुरूष की तरह लग रही है, बालो को पुरुषो जैसे बांधा है, अन्दर के कपडे थोडे तंग पहने है कि उसकी साती दिखाई ना दे, जो कपडे हुसैन ने उसे दिए है वे वेदरा वही जाकर पहनेगी।

उसने अपना सामान घोडे पर लादा, झोला गले में लटकाया और उसमे सिक्को की दो थैलीया डाल दी, अपनी दोस्त के वहां चाबी देने गई पुरे परिवार से विदाई ली और अपने घोडे पर बैठ कर रवाना हो गई।

जब उसने खेत पार किया पिछे मुडकर देख।

''मुझे इस जगह की बहुत याद आएगी'' और घोडा तेजी से दौडने लगा।

शाम होते होते वेदरा किले तक पहुंच गई है, उसने एक सही जगह देखी और वहां पर हुसैन के दिए कपडे पहन लिए और गले में एक कपडा लपेट लिया जो मुह ढकने के काम आता है। अब वह पुरूषो की तरह लग रही है और उसे खुद पर हंसी आ रही है। वह फिर से घोडे

पर सवार हो कर उस अरब व्यपारीयो के बाजार की और बढने लगी।

हुसैन उसका पहले से इंतजार कर रहा है अगर नजर ना मिलती तो हुसैन उसे पहचान ही नहीं पाता।

''आपने ने बहुत देर लगाई है पर कोई बात नहीं अभी भी समय है हमारे पास, मेरे पीछे आओ।''

वेदार घोडे से उतर कर उसकी लगाम थामे हुसैन के पीछे चलने लगी।

आज यहां कुछ भी बाजार जैसा नहीं है सिर्फ बन्धा हुआ सामान पडा है और लोगो की भीड घुम रही है सभी जाने की तैयारी कर रहे है।

हुसैन और वेदरा एक टेन्ट के पास पहुंचे, हुसैन ने टेन्ट के बाहर खडे एक आदमी को घोडा पकडने के लिए कहा और दोनों टेन्ट के अन्दर चले गए, यहां पांच लोग बैठे है जो आपस में कुछ बातें कर रहे है।

हुसैने ने आवाज दी ''अब्बा'' और एक आदमी लगभग जो बूढा होने चला है उठ कर पास आया ''अब्बा जो मैंने कहा था यह वही है।'' आदमी ने एक बारीक नजर वेदरा पर डाली और कहा ''सलाम।''

वेदरा ने भी जवाब दिया ''सलाम।''

हुसैने ने आप को सारी बातें तो बता दी होगी सफर के नियम और बाकी कुछ।

''जी..'' वेदरा ने सिर हिलाकर जवाब दिया और अपने झोले से सिक्को की एक थैली उस आदमी के हाथ में थमा दी।

''ठीक है आप चल सकते हो अपना नाम और पता वहां जाकर लिखवा लीजिए।''

पास में ही एक व्यक्ति बहुत से कागजो और दस्तावेजो के साथ बैठा है जो नाम लिख रहा है, उसने वेदरा का नाम और पता लिखा और एक कागज देते हुए कहा ''वैसे तो इसमे सब लिखा है, पर में आपको बता देता हूं आपने जो सिक्के दिए है उसमे आपका खाना और आपके घोडे का खाना पुरे सफर में शामिल है, और आपकी सुरक्षा भी। पर अपनी सेहत का ख्याल आप को ही रखना होगा वैसे हमारे पास एक हकीम है। आपकी यात्रा शुभ हो।''

वेदरा ने जब कागज देखा, पुरा अरबी में था। वेदरा ने सोचा ''अच्छा हुआ उसने बताया'' फिर वेदरा ने हुसैन की तरफ देखा, हुसैन ने कागज की और इशारा करते हुए कहा ''इसे संभाल कर अपने पास रखिएगा'' और दोनों टेन्ट से बाहर आ गए।

''अब आप हमारी मेहमान है, मेरा मतलब अब आप हमारे मेहमान है मिस्टर वेली।''

वेदरा को भी हंसी आ गई।

हुसैन ने वेदरा के लिए अपने टेन्ट के पास आज रात रूकने और खाने कि व्यवस्था कर दी है।

वेदरा ने घोडे को अपने टेन्ट के पास ही बांधा है, वह सोते हुए लोगो की आवाजे सुन रही है शायद आज रात कोई नहीं सोएगा।

सुबह तेज आवाजो के साथ ही वेदरा की नींद खुल गई लगभग सुबह का चौथा पहर है या थोडा और समय हुआ होगा, पर लोगो ने अपना सामान घोडो पर तो किसी ने गधो पर लाद लिया है और लगातार लोग बडे दरवाजे की तरफ बढ रहे है। यह महल की दुसरी तरफ शहर से

बाहर जाने का मार्ग है सुबह यहां भीड हो जाती है इसी लिए लोग अभी से रवाना हो चुके है।

वेदरा आस पास देखने लगी, वह सिर्फ हुसैन को जानती है। तो उसकी नजरे हुसैन को खोजने लगी और वह बहुत देर तक ऐसे ही देखती रही लोगो को आते जाते, उसे नहीं पता क्या करना है तो उसने इंतजार करना ही ठीक समझा।

कुछ देर में एक आदमी आया ''कृप्या अपना सामान घोडे पर लाद दिजिए मुझे यह टेन्ट खोलाना है।'' वेदरा ने वैसा ही किया हुसैन का टेन्ट वह पहले से ही खोल चुका है, उस आदमी ने जाते हुए कहा ''आप तैयार हो जाओ कुछ देर में सभी निकलने वाले है।''

वेदरा जब तैयार हो चुकी हुसैन वहां आया उसके पास एक खूबसूरत अरबी घोडा है।

''तो आप तैयार है'' उसने कहा।

वेदरा ने घोडे को देखा ''बहुत प्यारा है।''

''हां, अब्बा ने दिया है। सुरज निकलने को है लोग अपने सामान के साथ शहर से बाहर जा चुके है सुरज निकलते ही काफिला रवाना हो जाएगा, हमें भी अब चलना चाहिए।''

कुछ ही देर में दोनों शहर से बाहर काफिले तक पहुंच गए सुरज की पहली किरण के साथ ही काफिला रवाना हो गया।

काफिला बहुत लम्बा है लगभग दो सौ लोग होंगे काफिले में सामान गधो पर लदा है कुछ लोग गधो पर बैठे है तो कुछ घोडो पर, चार लोग एक तरफ खडे है उनमे

वह आदमी भी है जो रात को सबके नाम लिख रहा था शायद यह लोग लोगो की गिनती कर रहे है।

काफिला लंबी कतार में चल रहा है हुसैन और वेदरा सबसे पीछे वाली समुह में चल रहे है। कुछ लोग गा रहे है वेदरा को समझ नहीं आ रहा पर अच्छा लग रहा है, वेदरा और हुसैन साथ चल रहे है वेदरा ने पिछे मुडकर देखा शहर पिछे छूट गया है बडी दिवारो के पिछे एक किला नजर आ रहा है और वह घिरे धिरे छोटा होता जा रहा है ।

तुम चोर हो

केशा का आज आठवां दिन है। वे हर रोज बस एक ही तरह से चलते है, दोपहर को भोजन के लिए रूकते है, कुछ समय आराम करते है और रात को किसी मंदिर में रूकते है। सुबह जल्दी उठते है और ध्यान के लिए बैठते है। फिर सुबह के लिए दलिया और दोपहर के लिए रोटी बनाते है।

केशा को धिरे धिरे इसकी आदत होने लगी, केशा उनके साथ जल्दी उठ तो जाता है पर जब वे लोग ध्यान में बैठे होते है वह इधर उधर घुमता रहता है।

इस सुबह केशा ने सोचा ''क्यों ना मैं भी ध्यान करू, जब सभी लोग बैठते है तो मैं क्यों नहीं।''

''बाबाजी मैं भी ध्यान करना चाहता हूं, आप बताए इसे कैसे करते है।''

''बेटा तुम बस आराम से बैठ जाओ, यह खुद ब खुद होगा, अचल में हमें कुछ करने की आवश्यकता ही नहीं होती बस शांत बैठे रहो सब हो जाएगा।''

''ठीक है बाबाजी'' केशा ने कहा।

आज वह भी संतो के साथ ध्यान में बैठ गया।

उससे ज्यादा देर तक नहीं बैठा गया पर फिर भी वह चुपचाप बैठा रहा।

कुछ ही दिनो में केशा को ध्यान में मजा आने लगा, वह अब शांत दिखने लगा चेहरे पर एक उमंग दिखने लगी।

केशा अपने गले में केसरीया गमचा डालने लगा है जिससे वह भी कुछ कुछ संत नजर आता है। वह अपने सफर से खुश है।

उस दिन सफर बहुत लंबा था। गांव बहुत दुर था। वे देर रात एक गांव पहुंचे, उन्हे उसी गांव के मंदिर में रात गुजारनी है, वे जिस जंगल वाले रास्ते से आए थे मंदिर उसके दुसरी और था, गांव के बाहर। उन्हे गांव पार करके मंदिर जाना था। संतो का नियम था वे सिर्फ रात्रि विश्राम के लिए मंदिर में ही ठहरते थे। रात का दुसरा पहर होने को है, जैसे ही उन्होने गांव में प्रवेश किया, एक व्यक्ति ने उन्हे रोक लिया...

''आप आगे नहीं जा सकते'' उसने कहा।

तब तक उससे कुछ दुरी पर खडा दुसरा व्यक्ति भी पास आ कर खडा हो गया, दोनों के हाथ में लाठिया थी।

''हम क्यों नहीं जा सकते'' बडे बाबाजी ने कहा।

''रात में प्रवेश करना मना है, यहां बहुत चोरिया होती है।'' उस पहले आदमी ने कहा, वह कुछ रूका और उसने अपने साथी से कहा ''जाओ मुखीयाजी को बुला कर आओ।''

वह दुसरा आदमी तेजी से लगभग भागता हुआ चला गया।

''देखिए हम संत है और मंदिर में रात्रि विश्राम करना चाहते है, हमें पहले ही देर हो चुकी है और हम थके हुए भी है, कृप्या हमें जाने दे'' बडे बाबाजी ने कहा।

पास खडे बाकी सभी संत शांत थे, केशा को अजिब सा महसूस हो रहा था, क्योंकि आज से पहले किसी ने उन्हे इस तरह नहीं रोका था, आज तक उनसे जो लोग मिले प्रेम पूर्ण ढंग से ही मिले थे, लोग उन्हे अपने घर खाना खाने के लिए रोकते, प्रवचन के लिए रोकते, पर आज बात और थी आज यहां लोगो का ऐसा व्यवहांर उसे उलझन में डाल रहा है।

केशा मन ही मन विचार कर रहा था तभी दुर से कुछ लोगो के आने की आहट हुई, कुछ लोगो के हाथ में मशाले है तो बाकी लोगो के हाथ में लाठियां।

सबसे आगे एक रोब से हाथ में लाठी लिए आदमी चला आ रहा है, उसने सफेद धोती और कुर्ता पहन रखा है गले में सोने के बने आभूषण है, शायद यही मुखिया है, बाकि लोग साधारण वेशभुषा में है, उतनी सर्दी के बावजुद कुछ ने सिर्फ धोती ही पहन रखी है, सभी पुरूष है महिला एक भी साथ नहीं है।

''आप लोग कौन है? और रात को यहां क्या कर रहे है'' मुखिया ने नजदीक आकर रूकते हुए सवाल किया।

यह सामान्य से कुछ लंबी कदकाठी का आदमी है और इसने मुछे बढा रखी है, शायद रूतबे के लिए।

''हम बता चुके है।'' बाबाजी ने कहा।

मुखिया ने अपने आस पास देखा, जो आदमी पहले से खडा था उसकी और देखा, फिर बोला...

''मैं इस गांव का ही नहीं आस पास के सात गांवो का मुखिया हूं और जमीदार भी, तो में जानना चाहता हूं कि आप लोग यहां देर रात क्या कर रहे है।''

''देखिए हम संत है, हमारे साथ एक बच्चा है जो यात्रा पर है, हम रात्रि विश्राम के लिए मंदिर में रूकना चाहते है।'' बडे बाबाजी ने कहा।

''आप यहां पहले तो कभी नहीं आए, आपको कैसे पता यहां गांव से बाहर मंदिर है'' मुखिया ने कहा।

इस बात पर पिछे खडे ग्रामीण मुखिया जी कि प्रशंसा में खुसुर फुसुर करने लगे।

जब इंसान को धन और शक्ति का घमंड होता है तो उसके विवेक पर अहंकार का पर्दा पड जाता है, उसे वही सही लगता है जो वह कहता या करता है। मुखिया जी भी इसी हालात में जीवन जी रहे थे।

''देखिए, यह जानना जरूरी नहीं की हमें कैसे पता, बस हमें देर हो रही है और हमें आराम कि आवश्यकता है, मेरे साथी थके है तो कृप्या आप हमारा समय बर्बाद ना करे।''

''देखिए पहली बात हम हमारे मंदिर में ऐसे ही किसी को नहीं जाने दे सकते, चलो एक बार मान लिया आप संत है तो भी उस लडके का क्या जो आपके साथ है, हमें नहीं पता वह किस जाती का है, शायद आपको फर्क ना पडता हो, हमें पडता है। और दुसरी बात यह है कि इस गांव में चोर बहुत आते है, संतो के वेश में भी आ सकते है और मैं इस गांव का मुखिया हूं, यह मेरी जिम्मेदारी है, इस लिए मुझे सही सही जवाब दिजिए।''

''देखिए अब मैं आपको क्या समझाऊ आपने बात ही ऐसी कि है, पर आपको यह क्यों लगा कि हम चोर है'' बाबाजी ने कहा।

''देखो मैं कब से आप से प्रेम से बात कर रहा हूं, यहां चोरो की वजह से एक आदमी की जान चली गई है, मेरे सब्र का इम्तिहान ना लीजिए और चुप चाप बता दो तुम सब लोग कौन हो।'' मुखिया का घमंड उसके सर पर हावी होने लगा।

''तो आप को यह लगता है की उस आदमी की जान चोरो कि वजह से गई है, हो सकता है गलती उस आदमी की ही हो।'' बाबाजी ने कहा।

''लगता है ये लोग उन चोरो के साथी है तभी तो उनका पक्ष रख रहे है'' पिछे खडे एक आदमी ने कहा।

बाकि लोगो ने भी उसका समर्थन किया ''हां सही बात है, हां सही है।''

इस पर मुखिया ने आंखें चौडी कर बाबाजी को देखा. ....।

''लोग मजबुरी में भी तो चोरी करते है, शायद उनके पास खाने को ना हो'' बाबाजी ने शांत भाव से मुखिया की आंखो में देखकर कहा, जो मशाल की वजह से चमक रही थी।

मुखिया और गांव के लोग जानते थे कि चोर ने खाने का सामान चुराया था और कुछ लोगो को तो यह भी पता था कि वह आदमी जिसकी मृत्यु हुई है उस चोर के पिछे भागते हुए गिर गया था व उसके खुद के हथियार से उसे चोट लगी थी। पर जैसा मुखिया वैसे ग्रामीण, सभी को यही लगने लगा कि यह सभी लोग चोरो के साथी ही है।

''तुम्हे यह भी पता है कि वह चोर खाने का सामान चुरा रहा था, तुम लोगो ने खुद ही साबित कर दिया कि तुम कोई संत वन्त नहीं हो, चोरो के साथी हो, तुम लोग भी चोर हो।''

''इन लोगो को अभी बांध लेना चाहिए नहीं तो यह लोग जंगल में भाग जाएंगे।'' ग्रामीणो ने एक साथ कहा।

मुखिया ने कहा ''सही है पकडलो इन लोगो को और बांध लो....।''

''रूको अगर आप हमें बांधना चाहते है तो मुखिया जी आप मुझे पहले बांधे।'' बडे बाबाजी ने कहा।

मुखिया आगे आया और बाबाजी का हाथ पकडा, बाबाजी ने अपना दुसरा हाथ उसके हाथ पर रख दिया। मुखिया वही जड हो गया, सभी लोग बांदने का इंतजार कर रहे है पर मुखिया अपनी जगह से हिल ही नहीं रहा है उसका हाथ कुछ ही समय तक बाबाजी के हाथ में रहा फिर बाबाजी ने उसका हाथ छोड दिया।

पर मुखिया को तो जैसे सांप सुंग गया वह ना हिल रहा है ना कुछ बोल रहा है। सभी डर गए, यह क्या हो गया, सभी अपनी जगह ऐसे ही खडे रहे, कोई कुछ नहीं बोल रहा है।

कुछ देर बाद मुखिया ने बाबाजी को हाथ जोडे, उनके पेरो को छुआ और निवेदन किया ''बाबाजी हमें माफ कर दिजिए, हमसे गलती हो गई, कृप्या करके आप आए.....।''

कोई कुछ नहीं बोलो सभी मुखिया को ही देख रहे है।

जैसे ही संतो ने चलने के लिए अपना पेर आगे किया लोग खुद ब खुद आगे से हट गए और संतो को मार्ग दिया।

शिवजी का बहुत ही सुन्दर मंदिर है, सभी ने दर्शन किए।

''उन लोगो को माफ कर दीजिए'' बूढे बाबाजी ने हाथ जोडते हुए कहा।

मंदिर प्रांगण में संतो ने भोजन पकाना प्रारंभ किया।

केशा अभी भी यही सोच रहा है कि ''बाबाजी ने ऐसा क्या किया कि मुखिया एक बार में ही समझ गया।'' पर उसने सवाल नहीं किया, वह खाना बनाने में मदद करने के लिए चला गया, पर काम करते हुए भी उसके मन में यही सवाल था।

कुछ समय बाद लगभग पुरे गांव के लोग मंदिर प्रांगण में आ गए, सबसे आगे गांव के बूढे बुर्जुग थे। मुखिया उनके पिछे चल रहा था, उनका सर जुका था और वह हाथ जोडे हुए था।

उन में से गांव के एक बूढे आदमी ने कहा ''बाबाजी इन मुर्खो से अपराध हो गया है इन्हे माफ कर दिजिए, और कृप्या करके आज का भोजन गांव में किजिए।''

''हम सभी आपसे निवेदन करने आए है।''

''हम में से कोई भी किसी से भी नाराज नहीं है, हमें तो मुखिया और उन बाकी लोगो कि फिक्र हो रही है जिन पर अज्ञान का पर्दा पडा है।'' और बाबाजी ने हाथ जोडते हुए कहा ''आप फिक्र ना करे।''

''बाबाजी आप ने हमारी इस भुल को माफ कर दिया, यह आपकी महानता है, कृप्या हमारे उपर उपकार करे, भोजन गांव में ही ग्रहण करे।'' उस बूढे आदमी ने कहा।

''नहीं हम नहीं आ सकते हम भोजन पका चुके है, आपका बहुत धन्यवाद।''

हम लोगो से बहुत बडी भुल हो गई है बाबाजी और हम जानते है संतो का अपमान करना कितना बडा पाप होता है, आप इस गांव को इस पाप से मुक्ति दे बाबाजी, कृप्या करके आप गांव में एक बार पधारे जिससे गांव का यह कलंक दुर हो सके, उसे इस पाप से मुक्ति मिल सके।''

पुरे गांव ने हाथ जोडकर निवेदन किया, सारा गांव सर झुकाए खडा है।

संत तो शीतल पानी की तरह होते है साफ और शांत।

''कृप्या आप अभी सब लोग वापस गांव जाए बहुत देर हो चुकी है, रात का दुसरा पहर समाप्त होने को है, पर फिर भी आपके निवेदन पर...'' बाबाजी कुछ रूके फिर आगे कहा...

''हम भोजन करके गांव आ रहे है, जिस घर मृत्यु हुई है उसी घर भजन होंगे।''

सभी गांव वाले प्रणाम करके चले गए।

पुरा गांव आज उस घर पर जमा है, जहां भजन हो रहे है।

बडे बाबाजी ने पहले शुरूआत एक कहानी से की...

समझाया कि यह जीवन एक सफर ही तो है यहां एक सफर समाप्त होता है तो दुसरा शुरू हो जाता है।

जीवन सुरज कि तरह है उदय होता है चमकता भी है पर एक दिन ठीक शाम को डुबते उस सुरज कि तरह जीवन भी अस्त हो जाता है। पर क्या सही में जीवन का अन्त होता है। नहीं जहां एक और सुरज अस्त होता है दुर

कही उदय भी होता है। जीवन भी कही समाप्त होता है तो कही जीवन कि नई रोशनी फुट पडती है, जीवन समाप्त ना होकर सफर करता है, एक आत्मा के रूप में।

सभी लोग बडे ध्यान से बडे बाबाजी की बातें सुन रहे है।

बाबाजी ने एक भजन गाया जो शोक पर गाया जाता है। गाया..........

ठण्डी ठण्डी मटकी और शीतल भरीयो पानी।
पानी पीवन वालो नजरे नहीं आवे....।।

बाबाजी इसका मतलब समझाते है।

''ठण्डी ठण्डी मटकी, मतलब यह जो माया है, जो तेरा महल है, जमीन है, जायदाद है, यह सभी यही रह जाएगे, पानी पीवन वालो नजरे नहीं आवे।''

''जो इस महल में रहने वाला है जो अपने आप को इसका मालिक समझता था वह तो कही नजर ही नहीं आ रहा है।''

यह सारा महल, घन, जमीन माया है, सब यही रह जाएगा कुछ साथ नहीं जाएगा। इस लिए इसका मोह छोडके राम का भजन कर ले जीवन में शांति और असली सुख आ जाएगा।''

पुरा गांव बाबाजी की मधुर वाणी सुन कर आनंद में था।

केशा ने मृत्यु पर बोले जाने वाले भजन को आज इस तरह पहली बार सुना और समझा है, उसे हर रोज कुछ नया सिखने को मिल रहा है, केशा बहुत खुश है।

दुसरी और गांव वाले बात कर रहे है कि उस आदमी कि आत्मा को जरूर शांति मिल जाएगी जहां बाबाजी जैसे महान और पहुंचे हुए संतो ने भजन गाए है।

वह रात सबके लिए कुछ नया लेकर आई थी।

अरब और उसके सिपाही

वेदरा को इस सफर में आज दस दिन से ज्यादा हो गए है, अभी तक सब कुछ सही चल रहा है, वेदरा अब अपने देश से किसी अनजान देश आ गई है, वेदरा के लिए सब कुछ नया है कभी विरान जहग आ जाती है तो कही हरे भरे जंगल, कभी पथरीले मार्ग तो कभी बर्फ....।

यात्रा के नियम सभी के लिए समान ही है, सुबह जल्दी उठना, और लगभग एक घंटा मिलता है तैयार होने और नास्ते के लिए, फिर यात्रा प्रारंभ होती है जो दोपहर तक चलती है, दोपहर को दो घंटे खाने और आराम का समय, फिर वापस चलना होता है। शाम ढलते ही सफर रोक लिया जाता है, कुछ लोग बहुत कम समय में टेन्ट लगा लेते है। रात के खाने में सभी सहयोग करते है, कोई लकडिया तो कोई आग जलाने में। खाना बनाने वाले बडे माहिर लोग है, कम समय में बेहद बढिया खाना बना लेते है, पर वेदरा को अब मास खाना अच्छा नहीं लगता तो वह सिर्फ चावल और कभी उसके साथ कुछ हरी सब्जी ले लेती है, पर यहां सफर में वह हर जगह मिलना मुश्किल है, पर फिर भी

वेदरा कभी चावल मास की गरेबी के साथ तो कभी सिर्फ चावल खाकर भी खुश है।

क्योंकी यह सफर इन अरब व्यपारीयो के लिए हमेशा का है इन्हे सब पता है कहा रूकना है, कितना चलने पर सही स्थान आ जाएगा, मार्ग में कभी लुटेरे भी मिलते है पर उनका कर इन लोगो ने निश्चित किया हुआ है तो वे रास्ते में जहां आते है उन्हे अपना कर दे दिया जाता है और नए राज्य या देश में प्रवेश करने पर उनको भी कर दे दिया जाता है। सचमुच यह अरब व्यापारी खास तोर पर इन के मुखिया काफी समझदार, धैर्यवान और अनुभवी है, इन्हे सब पता है किन से कैसा व्यवहांर करना है।

वेदरा का अब तक का सफर अच्छा रहा है पर अभी तो लगभग एक महीने का सफर और रहा है, हुसैन वेदरा के साथ ही चलता है और कोई तकलीफ ना हो या कहे जितनी कम हो ख्याल रखता है। यात्रा के दोरान वेदरा कम ही बातें करती है, वह पुरूष कि तरह रह रही है सिर्फ इस लिए नहीं, बस वह कम ही बोलना चाहती है, पर हुसैन और वेदरा अच्छे दोस्त बन गए है तो वह हुसैन से बात कर लेती है।

आज किसी पथरीली जगह पर कारवा रूका है शाम ढल चुकी है और वेदरा का टेन्ट लग चुका है। घोडे को पास में बान्ध कर वह टेन्ट के बाहर बैठी है कुछ लोगो ने आग जला दी है, सुरज वेदरा के सामने है सुरज की रोशनी धिरे धिरे कम हो रही है और आग की रोशनी वेदरा के चेहरे पर पड रही है, वेदरा अपने उस सपने के बारे में सोच रही है उस लडके के बारे में कि वह कैसे सुरज के सामने से आ रहा है।

''वेली...'' वेदरा ने पीछे देखा, हुसैन खाना लेकर आया है।

दोनों ने पत्थरो पर बैठकर खाना शुरू किया।

सामने कुछ लोग गा रहे है, आग के पास कुछ लोग नाच रहे है, दिन चाहे जैसा बीते, रात बेहद खूबसूरत होती है इन लोगो की, वेदरा भी नाच का मजा लेने लगी, कुछ लोग मध्यरात्रि रात के तीसरे पहर तक गाते है नाचते है।

######

कुछ दिनो की यात्रा के बाद अब हरे पहाडो की जगह रेत के टिलो ने ले ली है, बहुत थकाने वाला सफर अब शुरू हुआ है, हरेक व्यक्ति के पास दो चमडे के बने पानी के थेले है, सभी को नजदीक चलने के लिए कहा गया है, धुल भरी आंधिया आना अब सामान्य बात है, अरब देश के कुछ छोटे छोटे गांव गुजर चुके है, असल में यह कबिले है और अब एक बडा शहर आने वाला है हुसैन का घर भी वही है।

''हम शहर पहुंचने वाले है'' हुसैन ने कहा।

''हम वहां दो दिन रूकेंगे, नया सामान लादेंगे और हिन्द के लिए रवाना हो जाएंगे।''

''हां, ठीक है, मुझे भी आराम की आवश्यकता है'' वेदरा ने कहा।

''तुम्हे अच्छा लगेगा वहां।''

वेदरा ने सिर हिलाकर हामी दी....।

शहर में प्रवेश का एक ही मार्ग है, सिपाही आने वालो की जांच कर रहे है सभी से कागज देखे जा रहे है।

वेदरा ने भी अपना कागज दिखाया, सिपाही ने घोर से उसकी तरफ देखा, अपने पास खडे सिपाही से कुछ कहा, उसने कुछ फुस फुसाया..., दोनों जोर से हंसे और वेदरा को देखने लगे।

हुसैन ने दोनों सिपाहीयो से अपनी भाषा में कुछ कहा, थोडा अकड के, दोनों सिपाही चुप हो गए और आगे चलने का इशारा किया।

शहर के लगभग सारे घर मिटटी से बने है, एक सीधा मार्ग जो महल तक जाता है दोनों तरफ बाजार लगा है, महल कुछ उचाई पर है तो साफ नजर आता है, खजुरो के पेडो से घिरा है और हरियाली सिर्फ वही दिख रही है।

लोगो ने लकडी के डंडे गाडकर उस पर कपडा बांध के एक टेंट जैसा बना लिया है उसके नीचे वे अपना सामान बेच रहे है। पुरा बाजार ऐसे ही लगा है, वेदरा को कुछ कुछ यह उसके यहां के महल के वहां जो अरब बाजार लगता है उसी जैसा लग रहा है पर बहुत बडा। खजुर, मसाले और तरह तरह की चीजे लोग बेच रहे है जो वेदरा ने आज तक कभी नहीं देखी।

आगे जाने पर बाजार और खूबसूरत हो गया है, यहां सजावट की चीजे, हाथ और गले में पहनने वाली चीजे बहुत बिक रही है, यहां हिन्द के बहुत से व्यापारी भी सामान बेच रहे है।

हुसैन ने इशारा किया। वेदरा को यहां एक गली में मुडना होगा गली ज्यादा चौडी नहीं है, वह अपने घोडे की

लगाम पकडे चल रही है, वे कुछ टेढी मेढी गलीयो से गुजर रहे है।

''वे सिपाही.....वे क्या बोल रहे थे।'' वेदरा ने हुसैन से पूछा।

हुसैन आगे चल रहा था, उसने पिछे देखा और वह हंसने लगा।

वेदरा ने कहा ''क्या हुआ?''

''कुछ बात ही ऐसी थी।''

''मुझे बताओ क्या बात थी'' वेदरा ने थोडा जोर देकर कहा।

''ठीक है, ठीक है, मैं बताता हूं, वे बोल रहे थे...इस आदमी का यह कैसा नाम है।''

वेदरा ने हुसैन की तरफ आंखें की...।

''हां यह मेरी गलती है, पर बात वह नहीं है, वे बोल रहे थे इस आदमी को तो औरत होना चाहीए, मेरा मन तो कर रहा है की मैं अभी इसे चुम लु और दुसरा बोला...मैं तो इसे अभी घर ले जाता और निकाह कर लेता।''

वेदरा ने हंसते हुए कहा ''और तुमने क्या कहा, उनसे।''

''मैंने कहा मैं महल में किसी के लिए सामान लाया हूं और वहां तुम्हारी शिकायत करूगां।''

कुछ देर तंग गलिया पार कर वे एक छोटे घर के यहां रूक गए।

''वेदरा, यह जगह है जहां आपको दो दिन रूकना है।''

''वेदरा मैं आप से माफी चाहता हूं कि आप को बाकी लोग जो आपके यहां से सफर कर रहे है उनके साथ ही रूकना होगा बस दो दिन की ही बात है।''

''कोई बात नहीं हुसैन, मैं ठीक हूं, मुझे कोई समस्या नहीं है'' वेदरा ने सीधे मन से कहा।

''इस घर में आराम करो, यहां सोने के लिए पर्याप्त जगह है और खाने की भी व्यवस्था हो जाएगी।''

''मैं शायद यहां कल रात को या परसो सुबह आऊंगा, जब जाना होगा, मुझे सामान तैयार करने में अब्बा की मदद करनी होगी, और उसे तैयार करके शहर से बाहर पहुंचाना है जहां से हमारी यात्रा शुरू होगी।''

''ठीक है'' वेदरा ने कहा।

''आप आराम करो और परसो सुबह सूर्योदय से पहले तैयार हो जाना, हम हिन्द के लिए रवाना हो जाएंगे।''

घर पुरी तरह से मिटटी का बना है, दो कमरे है और कोने में कुछ बिचाने के लिए दरीया पडी है, जितने लोग रूकने वाले है उनके लिए पर्याप्त जगह है, वेदरा ने एक दरी ली एक कोने में जहां थोडी रोशनी कम थी वहां बिचाई और सो गई, बाकी सब ने भी ऐसा ही किया, क्योंकि सभी थके थे।

पत्थरों वाला आश्रम

शाम का समय है, केशा और सभी संतो के सामने कुछ दुरी पर पहाडी पर एक मंदिर है, रात्रि विश्राम के लिए आज सभी यही रूकने वाले है, सुरज ढल रहा है और जहां सुरज नजर आ रहा है वहां उस मंदिर का गुंबद है, ऐसा लग रहा है सुरज मंदिर के अन्दर जा रहा है, पहाडी पर बने मंदिर और शाम के इस ढलते सुरज ने इस मंदिर को स्वर्ग का दर्जा दे दिया है।

आगे जाने के लिए रास्ता यही पहाड से जाता है, मंदिर तक पहुंचते पहुंचते सुरज अस्त हो गया है, अन्धेरा धिरे धिरे पहाड को अपनी आगोश में ले रहा है, केशा और सभी सन्त आज इसी मंदिर प्रागंण में रात रूके है, मंदिर पुराना विरान है जहां शायद साल में एक बार ही पुजा होती होगी, इसके आस पास कोई गांव नहीं है, रात में दुर तक कोई रोशनी नजर नहीं आ रही है।

आज रात उजाले के लिए आग जलाई गई, पर मंदिर में पुजा नहीं कि गई, ना दिया जलाया गया।

केशा को यह बात बडी अजिब लगी, वह पूछना चाहता है पर अभी भोजन पकाने का समय है तो वह संतो की मदद करने लगा।

भोजन के बाद रात्रि में, जैसा की वे हर रोज भजन करते पर आज वे सभी संत सोने चले गए, केशा के मन में एक बार फिर सवाल घुमने लगे।

वह खाना खाने के बाद आग के पास आकर बैठ गया जो एक छोटे पत्थर के पास जलाई गई थी।

केशा ने अपने हाथ आग की तरफ आगे किए।

''आज मन में बहुत सारे सवाल है तुम्हारे'' बडे बाबाजी ने आग के पास केशा के सामने बैठते हुए कहा।

''हां बाबाजी, आज ना पुजा हुई और ना ही भजन, ऐसा क्यों?''

''इस मंदिर का नियम है यहां साल में एक बार ही पुजा और भजन किर्तन होगा, तो हमें यह नियम नहीं तोडना है और यहां पुजा सिर्फ अगोरी ही कर सकते है, तो हमने यहां कुछ भी नहीं किया।''

केशा ने हां में सर हिलाया, फिर सवाल किया...

''बाबाजी उस रात उस गांव में मेरा मतलब जब हमें उस गांव के मुखिया ने रोक लिया था, उस रात आपने उसका हाथ पकडा और वह पुरी तरह से शांत हो गया, ऐसा कैसे हुआ, मतलब आपने ऐसा क्या किया की वह..... ।''

बाबाजी ने आग में दो लकडिया डाली, आग से एक जलता कोयला लिया अपनी चिलम पर रखा और चिलम को अपनी मुह पर चढा लिया, उन्होने एक या दो बार चिलम को खिचा और मुह से धुआ बाहर निकालते हुए बाले. ..

''उस समय उस आदमी को जो खुद को मुखिया कहता था, मैंने उसे उसके कर्म दिखाए, और फिर उसे कैसे

भोगना है वह भी, और अन्त मे अगर वह अभी से सारे गलत कार्य छोड कर ईश्वर की भक्ति पकड ले तो उसे कुछ हद तक रियायत मिल सकती है, उसने अपना भुत व भविष्य दोनों देखे इसी वजह से वह डर गया था।''

''मैं जानता हूं इस पर विश्वास करना थोडा मुश्किल है, पर यह संभव है, पर हर बार नहीं और हर व्यक्ति के साथ भी नहीं, बस यह जब बहुत जरूरी हो तभी होता है, जैसे अब मैं चाह कर भी नहीं कर सकता, जैसा मैंने कहा जब जरूरी हो।''

''बाबाजी यह कैसे संभव हो सकता है, मेरा मतलब यह कैसे होता है'' केशा ने जिज्ञासा वस सवाल किया।

''यह सब घ्यान की शक्ति से संभव हो सकता है बेटा।''

''और तुम धिरे धिरे सब समझ जाओगे, हमारे गुरु का हाथ तुम्हारे सर पर है, हम सब ने उन्हीं से सीखा है वे हमेशा हमारा मार्ग दर्शन करते है।''

बाबाजी आपके गुरूजी वे तो आपसे छोटे है, मेरा मतलब आप बडे है आप सब में तो....फिर....वे गुरु कैसे...?'' केशा ने थोडा हिचकिचाते हुए सवाल किया।

बडे बाबाजी मुस्कुराए ''असल में हमारे गुरूजी दिखते छोटे है पर वे हम सबसे बडे है, बेटा तुम शायद विश्वास ना करो पर जब मैंने संन्यास लिया था तब मैं बेटा तेरी उमर का था, और उस समय भी गुरूजी ऐसे ही थे, बिल्कुल जैसे आज है कुछ भी फर्क नहीं, रत्ती भर भी नहीं, उस समय वह मुझसे बडे थे पर आज में उन से बडा हूं, वे ऐसे के ऐसे...'' बाबाजी ने मुस्कुराते हुए फिर चिलम चढा दी।''

''बाबाजी यह तो.......''केशा रूक गया।

बाबाजी ने चिलम पास रख दी ''बेटा जैसा मैंने कहा, ध्यान और योग की शक्ति से सब संभव हो सकता है, अगर मैं साधारण शब्दो में भी कहना चाहु तो यही कहुंगा की गुरूजी के पास अलौकिक शक्तिया है या कहु सिद्धीयां है।''

बाबाजी ने मन में गुरूजी का नाम पुकारा और हाथ जोड लिए, वे खडे हुए और बोले...

''बेटा हम कल शाम तक हरिद्वार पहुंच जाएगे।''

''राम ...राम.... ।''

केशा ने भी कहा ''राम...राम।''

बाबाजी जाकर सो गए।

केशा चुप चाप बहुत देर तक आग के पास बैठा रहा।

वह बाबाजी के बारे में सोच रहा है, और सोचत सोचते वह अपने सपने पर पहुंच गया, वह औरत काश असल जिंदगी में मैं एक बार उसे देख पाता'' फिर उसने आग की तरफ देखते हुए खुद से कहा...

''मैं इसी सवाल के जवाब के लिए ही तो यात्रा कर रहा हूं, वह सपना है या हकीकत यही तो मैं जानना चाहता हूं, जो सपना होते हुए भी हकीकत लगता है।''

वह आग के पास ही लेट गया, उसने आंखें बंद की ''मैं तुम्हे खोज लुंगा चाहे तुम एक सपना ही क्यों ना हो, मैं वहां भी तुम्हे खोज लुंगा।'' आसमान में एक तारा टिमटिमाया.....

नींद ने उसे अपनी आगोश में ले।

सुबह सभी रोज के समय अनुसार उठ गए, पर उस रोज किसी ने पुजा नहीं की, ना ध्यान किया। खाना तैयार किया, नास्ता किया और यात्रा के लिए तैयार हो गए।

शाम होने से पुर्व ही वे हरिद्वार में थे।

''आओ बेटा गंगा स्नान कर ले, कुछ ही देर में गंगा आरती होगी'' बडे बाबाजी ने कहा।

सभी संतो के साथ केशा ने भी गंगा स्नान किया, कुछ ही देर ने आरती प्रारम्भ हो गई, सभी संतो ने आरती की, केशा भी आरती में हाथ जोडे खडा रहा।

जब आरती हो चुकी, सभी संत और केशा कुछ ही दुरी पर बने आश्रम की ओर चल दिए।

चलते हुए बाबाजी ने कहा ''बेटा आज हमारे साथ तुम्हारा अंतिम दिन है, आज रात हमारे साथ रूको सुबह ऋषिकेश के लिए रवाना हो जाना, यहां से ज्यादा दुर नहीं है।''

केशा ने हां में सर हिलाया।

जब वे आश्रम पहुंच गए, वहां खाना तैयार था, सभी ने खाना खाया और खाने के बाद सभी आराम के लिए पास में बनी एक धुणी के पास आकर बैठ गए, वहां पहले से कुछ साधु बैठे हुए थे।

''बेटा यह सफर तुम्हारे साथ अच्छा रहा, हमें खुशी हुई जो तुम साथ आए।'' सभी संतो ने केशा की तरफ प्रेम पुर्ण अभिवादन किया।

''मुझे भी बहुत खुशी हुई आप संत जनो का साथ पाकर, आपने मेरी बहुत सहायता की, मुझे बहुत सिखने को मिला।''

केशा ने सभी संतो की तरफ हाथ जोडकर कहा।

''हम यहां कुछ दिनो के बाद होने वाले मेले के लिए रूक रहे है, मेले के बाद हम भी वही उस आश्रम में आ जाएगे जहां तुम जा रहे हो'' बडे बाबाजी ने कहा।

''बाबाजी में उस स्थान को कैसे खोजु?'' केशा ने सवाल किया।

''आश्रम का नाम रूद्राक्षमठ है, पर सभी लोग उसे पत्थरो वाला आश्रम कहते है, क्योंकि उसका पुरा रास्ता व आश्रम पत्थरो से बना है, उसे ढुंढना बहुत आसान है बस उस रास्ते पर वही एक आश्रम है गांव से बाहर जंगल की तरफ।'' बडे बाबाजी ने कहा।

''जी बाबाजी।'' केशा ने कहा।

कुछ ही देर में वहां और साधु संत आ गए, धुणी की अग्नि को ओर तेज किया गया और भजन किर्तन प्रारम्भ हो गए।

उस रात सुबह के चोथे पहर तक भजन चलते है।

केशा वही भजन सुनते सुनते सो गया।

सुबह की पहली किरण के साथ ही केशा जाने के लिए तैयार है, उसने अपना झोला लीया, उसने रास्ते के लिए भोजन व पानी लिया, सभी संत उसे विदा करने आए है।

''तुम्हारा आन्तरीक प्रेम तुम्हे यहां तक ले आया, आगे भी तुम्हे प्रेम ही रास्ता दिखाएगा।'' बडे बाबाजी ने कहा।

''सभी को मेरा प्रणाम।'' केशा ने संतो के चरण स्पर्श किए और विदा ली।

''तुम्हारी यात्रा सफल हो।'' सभी संतो ने एक साथ कहा।

केशा ने कुछ दुर जाने पर पिछे मुडकर देखा, सभी संत हाथ जोडे खडे थे।

ऋषिकेश एक बेहद खूबसूरत जगह है, केशा ने वहां पहुंच कर यह अनुभव किया।

''धरती का स्वर्ग है यह जगह।''

इस खूबसूरत जगह ने, इस प्राकृतिक सोन्दर्य ने केशा के मन में एक अलग सी उमंग एक अनजान उमंग को और हवा दी, केशा को एक अजिब तडफ हुई।

वह बस समझ नहीं पा रहा था, पर उसे प्रेम था एक अनोखा गहरा प्रेम, एक आत्मा से शुरू होने वाला प्रेम। प्रेम जो इस हवा में था, इस सोन्दर्य में था और जो इसके मन में था।

अच्छी बात यही थी की केशा इस अहसास को नाम नहीं दे पा रहा था, असल में नाम देने से वह अहसास, वह रिस्ता, किसी बंधन में बंद जाता है और उसकी सीमाऐ तय हो जाती है, पर कुछ अहसास तो बिना बंधन के, बिना सीमाओं के होते है। बिल्कुल प्रकृति की तरह।

इतने दिन वह अकेला नहीं था, तो उसे इतना आभास नहीं हुआ, पर आज बात कुछ और थी, उसे खुशी हो रही है और बेचैनी भी।

वह जल्दी पहुच गया था तो उस जगह को देखने के लिए वह इधर उधर घुमता रहा, फिर उसने एक आदमी से रास्ता पूछा और उसकी बताई उस दिशा में चल दिया।

कुछ समय चलने पर उसे पत्थर से बना रास्ता मिल गया, वह सही दिशा में आगे बढ रहा है।

रास्ते के दोनों और सिर्फ पेड ही पेड है, अगर उसने संतो के साथ सफर नहीं किया होता तो वह अकेला इस रास्ते पर कभी चल ही नहीं पाता, पर अब बात कुछ और है, उसे डर नहीं लगता।

बहुत देर चलने पर उसे एक बडा दरवाजा दिखा, दोनों और पत्थर की दिवार है।

''मैं पहुंच गया।'' केशा ने दरवाजे पर लगे घंटे को बजाया।

एक बहुत बडा दरवाजा खुला, सामने एक मंदिर है, मंदिर के चारो और पत्थरो से प्रागण बनाया गया है, आस पास बहुत से विशाल पेड है। कुछ पेडो के नीचे बैठने के लिए पत्थरो को पेड के चारों ओर गोलाकार जमाकर मिटटी का लेप कर जगह बनाई गई है, पास में बहुत सी कुटीयाएं है जहां शायद संत रहते है, एक बडी जगह है जहां बाहर से आए हुए लोगो के ठहरने की व्यवस्था है, आश्रम बहुत बडी जगह में फैला है, आस पास पुरा जंगल है, आश्रम के चारों ओर पत्थर की दिवार है जिसे सिर्फ पत्थरो से बनाया गया है किसी तरह के चुने या अन्य किसी चीज का उपयोग नहीं किया गया है, आश्रम की पुरी जगह चार बिघा या इसके आस पास होगी, पुरा आश्रम पेडो से भरा है, दुर

आगे जाने पर आश्रम के अंतिम छोर पर एक तरफ थोडी जगह खुली है लगभग चार फिट, वहां दिवार नहीं है, वहां से एक तालाब नजर आता है और उसके एक किनारे पर एक कुटिया है, यहां जाने की सब को मनाही है, यहां आश्रम के मुख्य संत ही जा सकते है, वहां एक संत रहते है जो कभी कभार आश्रम में आते है, बाकी समय वे वही रहते है। कहते है उन्होने ही यह आश्रम बनाया है और वह तालाब भी....।

वहां उस कुटिया तक जाने की एक पगडंडी है जिसे देख कर लगता है यहां से शायद ही कोई गुजरता होगा।

शाम का समय है सूर्यास्त हो चुका है, आश्रम के प्रागण में लोग बैठे है। एक संत जो यहां के मुख्य संत में से एक है प्रवचन कर रहे है।

अभी पुजा समाप्त हुई है और आश्रम के नियम अनुसार प्रवचन हो रहे है, केशा अपना झोला पास रख कर वहां बेठे लोगो के पिछे बैठ गया।

कुछ देर बाद जब प्रवचन समाप्त हुए, सभी लोग उठ कर चले गए।

केशा उठ कर जो संत प्रवचन कर रहे थे उनके पास गया।

उसने हाथ जोड कर प्रणाम किया और उनके चरण स्पर्श किए।

''खुश रहो...'' उन्होने कहा।

''बाबाजी मैं यहां बहुत दुर राज्य से आया हूं, मुझे एक महान संत मिले थे उन्होने मुझे यहां आने के लिए कहा था।''

''तुम्हारी यात्रा कैसी रही।'' बाबाजी ने कहा।

''मैं चार संतो के साथ यात्रा पर था, वे लोग यही हरीद्वार मेले के लिए आ रहे थे, मुझे उनके साथ यात्रा करके बेहद अच्छा लगा, मेरी पुरी यात्रा बेहद सुखद और ज्ञानवर्दक रही।''

''बहुत अच्छी बात है बेटा।'' बाबाजी ने कहा।

''मैं यहां कुछ दिन रहना चाहता हूं, यदि आपकी आज्ञा होतो।''

''बेटा तुम यहां जितने दिन रहना चाहो रह सकते हो।'' बाबाजी ने कहा।

''तुम वहां उस बडे आश्रम में दुसरे लोगो के साथ रहो।'' बाबाजी ने हाथ से इशारा करके जगह बताते हुए कहा।

केशा ने प्रणाम किया और आज्ञा ली...

केशा अपना सामान लेकर उस बडे आश्रम के अन्दर चला गयो।

वह कुछ दिन आश्रम में ही रहा, वही काम करता और आश्रम के नियम अनुचार कार्य करता, सुबह उठ कर योग फिर ध्यान, सुबह प्रवचन और अन्य कार्य दिन ऐसे ही बीत रहे थे।

########

उस दिन केशा सुबह बगीचे में फुलो को पानी पिला रहा था, तभी उसके पास आश्रम के मुख्य संत आए।

''बाबाजी प्रणाम।'' केशा ने कहा।

''खुश रहो।'' बाबाजी ने आर्शीवाद में हाथ उठाया।

फिर आगे कहा ''बेटा इस आश्रम के पिछे जो तालाब दिखाई देता है, वहां उस तालाब के छोर पर एक कुटीया है। वहां हमारे गुरू रहते है, वे कभी कभार ही यहां आश्रम में आते है बाकी समय वे वही रहते है, वे तुम से मिलना चाहते है।''

''तुम अपना सामान लो और तुरन्त वहां चले जाओ।''
''सामान के साथ...? केशा ने पूछना चाहा।
''वे ऐसा चाहते है।'' बाबाजी ने पहले ही कह दिया।''
''जी बाबाजी, जैसी आज्ञा।''

कुछ देर बाद केशा उस जगह खडा था जहां दिवार नहीं थी व तालाब दिखाई देता था, केशा को एक पगडंडी दिखी जो बस नाम मात्र की पगडंडी थी, केशा ने उस पगडंडी का अनुसरण किया, पगडंडी तालाब के पास से ही बनी है दुसरी तरफ बडे और विशाल पेड है, तालाब पर बहुत ही अच्छे तरीके से पत्थर जमाए गए है यह तालाब पुरी तरह से मानव निर्मित है, केशा ने मन में कहा ''यह कृत्रिम तालाब है।''

उसे यह जगह बडी सुहावनी लगी।

वह पेडो को देखता और तालाब में उन पेडो की परछाइयों को देखता, किनारे पर जंगली फुल खिले है जो तालाब को और सुन्दर बना देते है, केशा धीरे धीरे उन्हे निहारता हुआ आगे बढ रहा है।

कुछ पत्थरो की सीढियां आई, यहां कुछ उपर की तरफ ढलान है, उसने उसे पार किया, कुटीया अब सामने ही है।

कुटीया के पास से पानी की एक धारा बह रही है, जो सीधे तालाब में गिर जाती है, एक बढा पेड कुटीया के पिछे खडा है, मानो उस पेड ने अपनी बाहो में कुटीया को भर रखा हो, पास कुछ पोधे है और फुलो की बेले...।

लकडियों और मिटटी से बनी सुन्दर झोपडी, दरवाजा नहीं है और कुटीया का मुह पुर्व में सीधा तालाब की और है, आगंन पत्थर और मिटटी के लेप से बना है।

केशा आंगन में आकर रूक गया। उसने आवाज दी...

''गुरूजी, क्या में अन्दर आ सकता हूं?''

''हां बेटा, आ जाओ...।

केशा को आवाज जानी पहचानी लगी। वह अन्दर चला गया।

गुरूजी अपने पलंग पर बैठे है, जो की जमीन से कुछ उपर मिटटी और पत्थरो से बनाया गया है।

केशा ने गुरूजी की और देखा.....और उसकी खुशी का ठीकाना नहीं रहा।

''बाबाजी आप ...यहां....'' और वह चरण स्पर्श करने के बजाय सीधा गले लग गया।

यह वे ही बाबाजी है जो केशा के वहां कभी कभार आते थे और जिन्होने चुडैलो से केशा का डर दुर करवाया

था, उन्हीं के कहने से केशा इस सफर पर निकला है और आज अचानक उन्हे यहां देख कर केशा बेहद खुश हो गया, और बाबाजी के गले लग गया।

बाबजी ने भी उसे गले लगा लिया।

कुछ देर बाद ''मुझे माफ कर दीजिए बाबाजी।''

केशा ने बाबाजी के चरण स्पर्श किए।

''बेटा कोई बात नहीं तुम मेरे गले लगो या चरण स्पर्श करो, मुझे खुशी ही होगी।''

''खुश रहो।'' बाबाजी ने कहा।

''आप यहां कैसे बाबाजी?'' केशा ने सवाल किया।

''बेटा तुम अभी आए हो, पहले आराम करो।''

''अब तुम यही मेरे पास रहोंगे, और धिरे धिरे समय के साथ तुम्हे तुम्हारे सारे सवालो के सवाब भी मिल जाएगे।''

''अब तुम थोडी देर आराम करो, मैं बाहर जा रहा हूं कुछ देर में लौट आहुंगा।''

कुटीया में सामने एक और उस पलंग जैसा ही पलंग था, केशा ने अपना सामान रखा और पलंग पर लेट गया।

बाबाजी बाहर चले गए।

झोपडी के दोनों और खिडकियां है और वही उन खिडकियों के पास पलंग बने है, सामने दरवाजा है पर दरवाजा लगा नहीं है पुरा खुला है वहां एक पतली लकडियों से बनी सुन्दर पर्दा नुमा जाली लगी है जो बेहद खूबसूरत तरीके से बनाई गई है, इस जाली में चन्दन की लकडी का उपयोग किया गया है, जब भी हवा का झोका आता है एक भीनी सी खुश्बू साथ लाता है, ऐसा ही पर्दा दोनों खिडकियों पर भी लगा है।

दरवाजे के पास एक व्यक्ति के बैठने जितनी जगह में रसोई है, सामने की दिवार सामान के लिए है जहां बहुत सारी किताबें है, बीच में बैठने के लिए जगह है।

शाम होने को है, केशा ने जल्दी से खाना बना लिया, जो कि वह सफर में सीख चुका था।

उसने दो दिए जलाए, एक खिडकी के पास व दुसरा बीच में।

वह दिए जलाकर बैठा ही था...और बाबाजी आ गए।

उन्होने केशा की ओर देखा हाथ से आशीर्वाद का इशारा किया और कहा ''चलो भोजन करते है।''

खाना खा चुकने के बाद बाबाजी ने एक दिया लिया और बाहर आगंन में एक ऊंचे पत्थर पर रख दिया, अब हल्की सी रोशनी आंगन के साथ उस तालाब में भी होने लगी, बाबाजी आगंन में वहां जाकर बैठ गए जहां से तालाब आंगन को छूता है, वहां से थोडा झुखकर तालाब से पानी लिया जा सकता है।

अंधेरी रात है, तारे टिम टिमा रहे है, पास से बहते पानी की आवाज जुगुनुओ की आवाज के साथ बेहद मधुर संगीत बजा रही है, वातावारण बेहद सुहावना है।

केशा बाबाजी के पास आकर चुपचाप बैठ गया।

बाबाजी चुपचाप बस तालाब को देख रहे है, केशा भी इस वातावरण में मग्न हो गया और तालाब में दिखती तारो की परछाई को देखने लगा....जैसे पानी हिलता तारे भी हिल जाते....बहुत देर तक वह चुपचपा देखता रहा।

''इतने सारे तारे एक तालाब में, नहीं यह तारे नहीं है यह तो इन्सान है, पर यह सब धुए जैसे क्यों है? ओह यह

तो धुआं ही है पर अलग अलग धुए, यह कैसे...? धुआं एक हो रहा है, अब अलग अगल नहीं है, सुनहरा धुआं, सोने जैसा, नहीं सुरज जैसा सुनहरा, धुआं उपर उठ रहा है, वह चांद बन गया, पर आसमान में चांद नहीं है, पर तालाब में चांद दिख रहा है, चांद बडा हो रहा है एक बेहद खूबसूरत सुनहरी रोशनी चारो और उजाला...।''

केशा ने अपनी आंखें मचली, अब तालाब में सब कुछ सामान्य था बस तारे दिखाई दे रहे है।

''शायद मैंने अभी सपना देखा।'' केशा ने मन में सोचो।

''तुमने जो देखा उसका कोई मतलब है, समय के साथ तुम्हे सब समझ आजाएगा, अब तुम जाकर सो जाओ, मुझे कुछ देर और यहां बैठना है।

केशा जाकर सो गया।

पवित्र नदी और गोरेबाबा

हिन्द बेहद खूबसूरत और विचित्र जगह है। यहां के लोग भी बेहद अलग है और खास कर यहां की वेशभूषा। और इस वेशभुषा से यहां की औरते और खूबसूरत लगती है।

वेदरा को यहां हर जगह कुछ नया और अगल देखने को मिल रहा है, यह बेहद बडा राज्य है, वे हिन्द पहुंच चुके है पर उन्हे राजधानी पहुंचने में दस दिन से ज्यादा लग गए, सबसे बडा विदेशी बाजार यही लगता है।

वेदरा के वहां जो विदेशी बाजार लगता था यह उससे भी बडा है। सभी लोग अपनी दुकाने जमाने में लग गए है वेदरा अपने घोडे के साथ सामान के पास बैठी है, हुसैन थोडा समय मिलते ही वेदरा के पास आ गया।

''आपका सफर यहां समाप्त हुआ। अब आप बताए आगे कहा जाना जाहती है आप, यह देश बहुत बडा है, यहां सब कुछ है जो आप चाहो, यहां बहुत कुछ देखने को है, समझने को है, सिखने को है, सचमुच इससे खूबसूरत और विचित्र जगह मैंने आज तक नहीं देखी, यहां जो एक बार आता है यही का हो जाता है, जरा देखो वहां उन लोगो को...।''

हुसैन ने कुछ लोगो की तरफ इशारा किया, लोग बैलगाडी, उंटगाडी, और कुछ पैदल और घोडागाडी में बैठ कर जा रहे है, लोग गा रहे है नाच रहे है।

''यह लोग कहां जा रहे है?'' वेदरा ने पूछा।

''मेले में, बहुत बडा मेला लगता है, पुरे बारह साल में एक बार भरता है, बहुत लोग जाते है मेले में, मेरे अब्बा ने बताया था की यह मेला यहां के लोगो के लिए बहुत खास है, बेहद पवित्र। दुर दुर जगह से, हिमालय के पहाडो से साधु संत आते है यहां और पवित्र नदी मे स्नान करते है। कहते है अगर इस नदी में स्नान किया जाए तो सारे पाप धुल जाते है शरीर और आत्मा पवित्र हो जाते है, अगर आप किसी यात्रा पर हो तो यहां जरूर जाना चाहीए और अगर आध्यात्मिक का अहसास करना चाहते है तो यह सबसे पहली और सही जगह है, हिमालय की यात्रा यहां से भ्रारंम्भ की जा सकती है। और फिर पहाडो में जानने के लिए बहुत कुछ है।''

वेदरा को हैरानी हुई की कैसे एक अरब लडका यहां के बारे में इतना कुछ जानता है।

''तुम बहुत जानकारी रखते हो हुसैन।'' वेदरा ने कहा।

''हां थोडी बहुत, मैं यहां हर साल आता हूं और लोग अक्सर यहां की बातें किया करते है, फिर मेरे अब्बा तो यहां एक जमाने से आ रहे है वे बहुत कुछ जानते है और वे मुझे हमेशा कुछ ना कुछ यहां के बारे में बताते रहते है।''

''तुम बहुत यात्राए करते हो हुसैन।''

हां पर अब्बा के साथ, आप की तरह अकेले नहीं, ऐसा करना बहुत विशेष बात है, आप बहुत निडर और साहसी है।''

वेदरा ने हुसैन की तरफ देखा, मानो पूछ रही हो सही में तुम ऐसा सोचते हो।''

''वैसे आपके यहां आने का कारण भी तो यात्रा ही है।''

''हां हिमालय की यात्रा।'' वेदरा ने कहा।

''अगर आप यात्रा करना चाहती है और खास कर हिमालय की तो आप को यहां से ही सुरुआत करनी चाहीए, इस जगह से, और अब तो यह मेला आपकी यात्रा को और खूबसूरत और यादगार बना देगा।''

''क्या तुम कोई व्यवस्था कर सकते हो वहां तक जाने की।''वेदरा ने पुछा।

''हां, क्यों नहीं, यहां के लोग बहुत ही अच्छे है, यह जो लोग जा रहे है आप किसी के भी साथ जा सकती हो, मैं किसी से बात करके इंतजाम करता हूं, आप थोडा आराम कर लिजिए।''

दोपहर का समय है और यहां वेदरा के देश की तुलना में ज्यादा गरमी है।

हर कोई अपनी दुकान जमाने में लगा है, जिन लोगो को दुसरी जगह जाना है वे अपने सामान को तैयार कर रहे है, यह लोग इस देश के अलग अलग हिस्सो में चले जाएंगे और फिर तीन महीने बाद लगभग इसी दिन तक यहां वापस आजाएंगे, ऐसा यह हर साल करते है।

कुछ देर बाद हुसैन आया ''मैंने एक परिवार से बात कर ली है, वे मेले में वही पवित्र स्नान के लिए जा रहे है, आप उन के साथ जा सकती हो।''

''ठीक है हुसैन, तुम्हारा बहुत ही धन्यवाद, उन्हे कितना किराया देना है, कुछ बताया?'' वेदरा ने पूछा।

''नहीं वे कुछ नहीं लेंगे, यही तो विशेष बात है इन लोगो में वे मेहमान को भगवान कहते है, उसका सम्मान करते है सेवा करते है उनकी।''

वेदरा इस देश को जितना जान रही है उताना ताज्जुब और प्रेम से भर रही है।

''आपकी यात्रा कितने दिन की होगी?'' हुसैन ने पूछा।

''मुझे ठीक से नहीं पता, कितना समय लगेगा।''

''कोई बात नहीं अगर आप तीन महीनो के भीतर आ जाती है तो हम यही मिलेंगे और ज्यादा समय लग जाता है तो अगली साल इन्हीं दिनों हम वापस आएंगे, मेरा मतलब साल के इन दिनो हम यही मिलेंगे, आप वापस आ सकती है। और अब इस साल आपके पास तीन महीने है घुमने के लिए आप जैसा ठीक समझे।''

वैसे अगर आप बिच में कभी आपस जाना चाहे और हम लोग ना हो तो कुछ लोग है जो हर एक या डेढ महीने बाद यात्रा करवाते है, जैसा मैंने आपको बताया था, उनका काम सिर्फ यात्राए करवाना ही है पैसा ज्यादा लेते है पर बहुत जल्दी यात्रीयो को अपने स्थान तक पहुंचा देते है। उनकी यात्रा एक महीने में ही समाप्त हो जाती है, वे बहुत तेज है उनके पास अरबी घोडे है और वे बहुत कम आराम करते है।''

''वे भी अपनी यात्रा यही से प्रारंम्भ करते है और हमारी तरह अरब होते हुए रोम तक जाते है।''

''अब आप उनके साथ भी यात्रा कर सकती हो, वे यही मिलते है और उन्हे कोई फर्क भी नहीं पडता की आप औरत हो या पुरुष, लोग उन्हे ऐजेन्ट कहते है आप किसी भी व्यापारी से पूछ लेना वे बता देंगे।''

वेदरा ने हां में सिर हिलाया।

''वैसे वह परिवार कुछ ही देर में निकल जाएगा, तो आप तैयार हो जाए और अपने महिलाओं वाले कपडे पहन ले, यहां औरतो को बहुत सम्मान से देखा जाता है।''

वेदरा अपने टेंट में चली गई...।

आज वेदरा को अपने कपडे पहन कर बेहद अच्छा लग रहा है।

वेदरा एक बैलगाडी में बैठी है, एक परिवार के साथ। एक आदमी बैलगाडी चला रहा है, पीछे उसकी बुडी मां उसकी पत्नी और तीन बच्चे है, एक सबसे छोटा बच्चा उस औरत की गोद में है। एक लगभग आठ साल की लडकी और पांच साल का लडका है जो की दोनों भाई बहन वेदरा के घोडे पर बैठे है, और वह बैलगाडी में पीछे चल रहा है, वेदरा उस औरत के कपडे देख रही है जो की बेहद रंगीन और आकर्षक है, वह भी वेदरा को ही देख रही है शायद वह भी वेदरा के कपडे ही देख रही है, उसने भी ऐसे कपडे पहली बार देखे है, वेदरा उनकी भाषा नहीं जानती पर उसने अपनी तरफ इशारा करके अपना नाम बताया।

उस औरत को समझ में आ गया तो उसने भी अपना नाम बताया, उसका नाम लीला है।

उसने अपने सब घर वालो के नाम बताए पर वेदरा को कुछ खास समझ नहीं आया।

पास में लोग पैदल चल रहे है और भजन गा रहे है, वेदरा को कुछ समझ नहीं आ रहा पर बहुत सुहावना लग रहा है।

रात को लोग खाने के लिए रूके, वेदरा को लीला ने एक ओढनी दी और इशारे से कहा ही अपने सिर पर डाल दे, वेदरा ने ऐसा ही किया और उस ओढनी के कारण वेदरा कुछ अलग दिखने लगी।

लीला ने कुछ कहा और इशारा किया, वेदरा कुछ कुछ समझी की वह कह रही है की तुम अच्छी लग रही हो।

खाना कुछ ही देर में तैयार हो गया, वेदरा ने आज तक ऐसा खाना कभी नहीं खाया था, वह सादा था, शाकाहारी था, और बहुत ही स्वादिष्ठ था। इस देश में वेदरा का यहां खाने का पहला अनुभव था और यह यादगार होने वाला था।

वेदरा को लगा खाने के बाद आराम करेंगे और सो जाएंगे पर इसके विपरीत यात्रा फिर प्रारम्भ हो गई।

भजन किर्तन के साथ लोग पुरी रात चलते रहे, लीला के पति भी बीच बीच में कुछ गा लिया करते और जोर से जयकार करते और पुरा परिवार भी जयकार कर लेता, बार बार सुनने पर वेदरा को समझ आया की यह लोग क्या बोल रहे है, ''जय भोलेनाथ....जय भोलेनाथ.....जय गंगा मैया।''

और वेदरा ने भी कहा ''जय भोलेनाथ..... ।''

सूर्योदय हो चुका है और वे मेले में है ।

इतने सारे लोग एक साथ वेदरा ने आज तक देखे ही नहीं थे, और इससे भी ज्यादा हैरानी तो तब हुआ जब उसने इतने सारे और तरह तरह के साधु संत देखे नागासाधु और हठयोगी देखे।

वेदरा सचमुच किसी और ही दुनिया में थी।

उसने बैलगाडी के पास अपना घोडा बांध लिया है और लीला के परिवार के साथ भीड में आगे बढने लगी।

नदी का पानी बहुत ठंडा है और नदी में जहां तक वेदरा की नजर जा रही है लोग ही लोग है, लाखो की तादात में सभी पानी में डुबकी लगा रहे है, लीला के परिवार के साथ वेदरा ने भी पवित्र नदी में डुबकी लगाई और कपडे बदलने के बाद लीला के साथ मेले में घुमने के लिए चली गई, बडी लडकी उनके साथ है और बाकी परिवार वापस बैलगाडी के पास चला गया है।

वेदरा को लगा की इस यात्रा पर तो एक किताब लिखी जा सकती है, यहां इतना कुछ है देखने और समझने के लिए।

दोनों काफी घुमने के बाद वापस बैलगाडी के पास आ गई तब तक शाम होने को आई है।

बैलगाडी के पास छोटा टेंट लगा लिया है और सभी परिवार के लोग वही बैठे है, जब दोनों वापस आई लीला के पति ने और उसकी मां ने कुछ कहा लीला से।

लीला वेदरा के पास आई और वेदरा को आज रात यही रूकने के लिए कहा, कुछ देर समझाने के बाद वेदरा को समझ में आ गया की यह लोग आज उसे अपना मेहमान बनाना चाहते है, वेदरा खुशी खुशी रूक गई।

रात बेहद खूबसूरत है। लोगो ने अपने अपने टेंट के बाहर आग लगा रखी है और खाना बना रहे है, कही संतो का डेरा है तो कही आम लोगो का, जगह जगह पर भजन मंडलिया भजन गा रही है पुरा वातावरण भक्तिमय है, वेदरा को इतना सुकुन कभी महसूस नहीं हुआ था, वह इस भक्तिमय वातावरण में कही खो गई।

वेदरा को भोजन परोसा गया।

वेदरा सोचने लगी ''यह लोग आखिर भोजन में ऐसा क्या डालते है की वह इतना अच्छा होता है।'' जबकी उसने भोजन बनते हुए देखा है, वह बहुत ही साधारण चीजो से बना है, अन्त में जब वह भोजन कर चुकी उसने सोचा ''प्यार से बना भोजन इसकी एक वजह हो सकती है।''

सभी लोग आग के पास आकर बैठ गए और भजनो का आनन्द लेने लगे, कभी वे भी साथ में गाते तो कभी जयकार करते, वेदरा को कुछ समझ नहीं आ रहा, पर जो वादयन्त्र बज रहे है और लोग उसकी लय में गा रहे है, नाच रहे है, वह कुछ अलग ही अहसास है, वह आज सोना नहीं चाहती और ना ही दुसरे लोग।

रात का दुसरा पहर समाप्त हो रहा है, लीला और उसका परिवार वेदरा के बारे में जानना चाहते है, पर भाषा की वजह से बातें कम ही समझ आती है पर इससे लोगो में जिज्ञासा और बड जाती है। और इसी वजह से लीला का परिवार भी वेदरा से और ज्यादा घुलना मिलना चाहता है, पर चाहे भाषा जो हो, जो बात करना चाहता है तो बातें हो ही जाती है।

लीला के पति ने बताया की उसका परिवार किसान है, तो वेदरा को खुशी हुई क्योंकि वह भी किसान है, वेदरा ने बताया की वह अकेली रहती है और वह भी एक किसान है और यहां अपने मन की उलझने दुर करने आई है, उसने बताया की वह अध्यात्म के लिए आई है।

यह बात सुनकर पुरा परिवार खुश हो गया और आपस में कुछ बातें करने लगा, वे बातें करते रहे और भजनो से वातावरण गुंजता रहा, बच्चे टेंट में जाकर सो गए और

बाकी लोग रात भर बैठे भजन सुनते रहे, वेदरा को रात के चोथे पहर नींद आ गई और वह वही सो गई।

सुबह जब आंख खुली उजाला हो चुका है, लोगो की चहल पहल तेज हो गई है, वेदरा अभी बिस्तर में बैठी ही थी की लीला का पति आया।

''नमस्ते आप मेरे साथ चलिए।'' उसने कहा और हाथ से इशारा किया।

वेदरा ने अपने दिमाग पर जोर डाला और उसका नाम याद करने कि कोशिश की 'रतीलाल' उसे याद आया।

वेदरा एक बडे टेंट के बाहर है, और अन्दर जाने का इंतजार कर रही है, रतीलाल किसी से टेंट के बाहर बात कर रहा है, उसने वेदरा को टेंट के अन्दर आने का इशारा किया।

टेंट के अन्दर नीचे कुछ लोग बैठे है और सामने एक संत बैठे है, उनके चमडी के रंग से पता चलता है की वे विदेशी है, वेदरा की तरह, रतीलाल सीधा वेदरा को उनके पास ले गया और उनके चरण स्पर्श किए, वेदरा के लिए किसी के चरण सुना नया था और अजिब भी, पर उसने रतीलाल का अनुसरण किया, जैसे ही वेदरा के सर पर बाबाजी ने हाथ रखा वेदरा के शरीर में एक उर्जा का संसार हुआ, वेदरा कुछ देर तक उनके चरणो में झुकी ही रही, जैसे चाहती हो की बाबाजी उसके सर से हाथ हटाए ही नहीं।

''खुश रहो बेटी...।''

''यह तो चमत्कार है।'' वेदरा ने कहा।

''नहीं बेटी, यह योग है।''

''आप मेरी भाषा.....।''

''हां बेटी मैं जानता हूं।''

बाबाजी ने रतीलाल और वेदरा को बैठने का इशारा किया।

दोनों बैठ गए।

''सुबह जल्दी यह किसान रतीलाल आया था और तुम्हारे बारे में बताया।''

''हां मैं यहां यात्रा पर हूं और इनके परिवार के साथ यहां आई हूं, यह लोग बहुत अच्छे है।'' वेदरा ने कहा।

''हां तुम सही हो, यह बहुत अच्छे है और यह ही नहीं यहां पर ज्यादातर सभी लोग बहुत अच्छे है, मैं यहां तेबीस साल की उम्र में आया था और फिर यही का हो गया, वापस जा ही नहीं पाया या यह कहु गया ही नहीं, यहां सभी को अपनी राह मील जाती है, जिसे जो चाहिए उसे वह मिलता है, मुझे जो चाहिए था वह मुझे मिला, और परमात्मा तुम्हे भी सही राह दिखाएंगे बेटी।''

''मैं भी अपनी उलझने दुर करना चाहती हूं, कुछ समझना चाहती हूं, कुछ सवाल है और इसी वजह से इस यात्रा पर हूं।''

''बेटी यहां से उत्तर की ओर पहाडो में एक आश्रम है, वहां तुम जा सकती हो, वहा अघ्यात्मिक स्तर पर तुम्हे बहुत मदद मिलेगी ।''

''जी, मैं जाऊंगी, आप मुझे राह बताए।''

''आश्रम जाने के लिए यहां से पैदल दो दिन का मार्ग है, बहुत से लोग इस मार्ग से आते जाते है, मार्ग सरल है कोई परेशानी नहीं होगी, बीच में दो गांव आते है रात होने पर तुम गांव में रूक सकती हो, यहां से रास्ता तुम्हे कोई

बता देगा। रतीलाल भी शायद उस रास्ते को जानता होगा, यह तुम्हे बता देगा।''

बाबाजी ने रतीलाल को पूछा और उसने हां में सिर हिलाया।

बाबाजी ने आशीर्वाद दिया ''खुश रहो बेटी और आश्रम जाकर बता देना की गोरेबाबा ने भेजा है।''

बाबाजी को यहां सब गोरेबाबा के नाम से जानते है।

लीला और रतीलाल वेदरा को इस मार्ग तक छोडने आए है।

वेदरा ने लीला को उसकी ओढनी वापस देने के लिए अपने सर से हटाई, लीला समझ गई और उसने मना किया और इशारे से कहा यह अब तुम्हारी है, वह वेदरा के नजदीक आई और एक पोटली वेदरा को पकडा दी जिसमें सफर के लिए खाना है। वेदरा ने दोनों को अलविदा कहा और अपने घोडे पर सवार हो गई।

आश्रम के मुख्य द्वार से प्रवेश करते ही सामने एक विशाल पेड है उसके चारो और मिटटी से लिपन किया गया है, पेड के आस पास बहुत सी खुली जगह है और उसके आगे काफी जगह छोडकर झोपडियां है, जो शायद पेड को ध्यान में रखकर बनाई गई है, थोडा आगे जाने पर पेड के सामने ही मंदिर है।

वेदरा ने अपने घोडे के साथ आश्रम में प्रवेश किया, वह सब कुछ बडे ध्यान से देख रही है। आश्रम में कोई भी नजर नहीं आ रहा है तो वह रूक गई और किसी के आने का इंतजार करने लगी। एक लडका आया जिसने गेरूआ रंग के कपडे पहने है।

''प्रणाम, आप को आज यहां बाबाजी नहीं मिलेंगे।''

वेदरा ने हाथ जोडे, बाकी उसे कुछ समझ नहीं आया।

लडके ने कहा ''आप समझ नहीं पा रही है?''

वेदरा ने कुछ जवाब नहीं दिया।

लडका समझ गया उसे कुछ समझ नहीं आ रहा।

लडके ने यहां आने का इशारा किया।

वेदरा ने इशारो से उसे समझाया और कहा ''गोरेबाबा. ..।''

कुछ देर बाद लडका समझ गया की गोरबाबा ने उसे यही भेजा है, और उसने वेदरा को अपने साथ चलने का इशारा किया।

घोडे को गायो के पास छोडकर लडका वेदरा को एक झोपडी में ले गया और इशारे से कहा ''आप यहां आराम किजिए, थोडी देर में बाकी लोग भी आ जाएगे, और बाबाजी को आने में समय लगेगा।''

वेदरा ने अपना सामान रखा और आश्रम में घुमने लगी।

आश्रम बहुत बडा है और पेड के पास वाली झोपडियों के अलावा भी कुछ आगे बहुत सी झोपडियां है ऐसा लगता है जैसे लगभग सभी के रहने के लिए अलग झोपडियां है, खाने के लिए एक बडी झोपडी है और पास में रसोई, जो झोपडियां दुरी पर बनी है वेदरा को बाद में पता चल जाएगा यह जहग ध्यान के लिय है, पुरा आश्रम जंगल से घिरा है और पहाडी के उपरी जगह को समतल करके बनाया गया है, पिछे दुर ऊंची पहाडियां है इसलिए सूर्यास्त जल्दी हो जाता है, सुबह सूर्योदय साफ देखा जा सकता है।

सभी लोग मेले में गए हुए है, कुछ लोग यहां है जो गांव में सामान लेने गए है वे शाम तक आजाएगे, लडके ने वेदरा को बताया जब वह बडे पेड के नीचे आकर बैठ गई।

######

सप्ताह भर बाद आश्रम लोगो से भर गया, गोरेबाबा के साथ जो लोग मेले में गए थे सभी वापस आ गए है, वेदरा ने देखा यहां गोरेबाबा के अलावा भी कुछ विदेशी लोग और भी है जो आध्यात्मिक ज्ञान के लिए आए है।

यहां आश्रम में ध्यान और योग को बहुत महत्व दिया जाता है। वेदरा भी बाकी लोगो के साथ योग सीख रही है, उसने अपनी एक जगह निश्चित कर रखी है, वह वही ध्यान के लिए बैठती है। वेदरा का समय आश्रम में बहुत अच्छा जा रहा है, वह यहां की भाषा सीख रही है और तौर तरीके भी...।

कभी कभी गोरेबाबा वेदरा से बात कर लिया करते है और उसे समझा देते है, जब उसकी कोई उलझन होती है।

शाम की छोटी सैर

केशा को आज यहां इस जगह तीन महीने और कुछ दिन हो गए है। केशा हर रोज सुबह उठता, योग करता, और ध्यान के लिए बैठ जाता। बाबाजी ने उसे ऐसा करने के लिए कहा है, चाहे उसका ध्यान लगे या ना लगे उसे बस बैठना है और वह ऐसा ही करता, सुबह और शाम का खाना भी वही बनाता, रात को हर रोज एक दिया बाहर रख देता और एक अन्दर झोपडी में। बाबाजी दिन में कभी कभी ही वहां रहते अन्यथा बाहर ही रहते है, कहा जाते केशा ने कभी नहीं पुछा, दोनों में बातें कम ही होती, ज्यादातर बाबाजी रात को आंगन में तालाब के किनारे घन्टो बैठे रहते, कभी दोनों मिलकर भजन करते, तो कभी भजन के लिए आश्रम में सभी लोगो के पास चले जाते, बाबाजी को महादेव जी के भजन बोलना अच्छा लगता था, वे अधिकांश उन्हीं के भजन गाते है।

केशा दिन में किताब पडता और कभी ध्यान के लिए बैठ जाता, केशा को यहां का वातावरण बेहद प्रिय है, उसे इस जगह से प्रेम हो गया है, वह मन ही मन कामना करता की वह यही रहे।

आज शाम दोनों टहलने निकले है, वे चलते हुए तालाब के दुसरी ओर आ गए है जहां से सुरज बस अस्त हो ही रहा है और तालाब में संध्या की लालिमा साफ नजर आ रही है।

बाबाजी ने ढलते सुरज की ओर देखकर कहा ''केशा तुम यहां बहुत समय से हो और मुझे खुशी है कि तुम अच्छा कर रहे हो।'' बाबाजी ने एक लकडी उठाई और उसे देखते हुए बोले...

''केशा तुम्हारे मन बहुत से सवाल है, मैं तुम्हे कुछ हद तक समझा सकता हूं, पर सही मायनो में स्वयं ही तुम्हे समझना होगा और समय के साथ तुम समझ भी जाओगे, मुझे पुरा विश्वास है।''

''तुम जिस राह पर हो वहां सिर्फ आत्मा का अनुसरण करके ही पहुंचा जा सकता है। आत्मा के संबंध में या कहु इसके पक्ष में, की यह काम करती है, एक आध्यात्मिक इंसान को समझाने की आवश्यकता नहीं, क्योंकि यह विश्वास की बात है, अब सवाल यह है कि इसे कैसे समझे?''

''जी बाबाजी।'' केशा ने कहा।

''आत्मा जब चाहे हम से बात करती है, हमें संकेत देती है, हमें समझाती है, पर हम कहा तक इसे समझते है यह पुरी तरह हम पर निर्भर करता है, इस जहां में सभी को अपनी खुद की सच्चाई से वाकिफ होना अच्छा लगे यह जरूरी नहीं, ज्यादातर लोग अपनी सच्चाई से भागते है उसे स्वीकार नहीं करते और समस्या शुरूआत में ही आ जाती है या कहु शुरूआत ही नहीं हो पाती है। जब आप अपनी आत्मा की पहली शर्त ही नहीं मानते तो आगे राह कैसे संभव है। अपने आप को स्वीकार करना, चाहे आप जैसे है

या आपको आपकी अन्तरात्मा ने बताया है, वह नहीं जो इस दुनिया ने आपको बताया है। और जो लोग इसे स्वीकार करते है वे आगे बढ जाते है, शुरूआत हो जाती है, और शुरूआत ही जरूरी है।''

''पर अगर बात आत्मा को समझने की है तो इस दुनिया में हजारो लोग हुए है, जिन्होनें हजारों तरीके बताए है इसे समझने के, पर सच्चाई यह है कि सब का अपना तरीका होता है इसे समझने का और शायद इसी लिए सबने अलग अलग तरीके बताए गए है। सब का अपना अपना तरीका।''

अब वे बडे पेडों के पास से गुजर रहे है जिनके नीचे छोटी छोटी बेले चड गई है। एक तरफ पानी और दुसरी ओर बडे पेड और दोनों के चैहरे पर पडती शाम के सुरज की लालिमा, दोनों किसी अलौकिक सफर के राही लग रहे है। बाबाजी ने आगे कहा...

''जब आपकी मंजिल आपका कर्म ही आत्मा से संबध रखता हो जो आपके अन्दर निवास करती है, तो फिर इसे समझना बेहद जरूरी हो जाता है चाहे हालात जो भी हो। और इसके लिए धैर्य और सच्चे हृदय की आवश्यकता होती है।''

हम आत्मा से बन्धे है पर वह हम से नहीं, आत्मा आजाद है पुरी तरह से आजाद, और वह आपको कुछ भी करने के लिए कह सकती है, अब आप करे या ना करे, वह आप पर निर्भर करता है। यहां तक की आत्मा को समझने की बात भी कही ना कही आपके अन्तर मन से आपकी आत्मा की ही आवाज होती है। वे सारे ख्याल जो पुरी तरह से पवित्र है आत्मा से ही आते है, बस इंसान में समझ की

कमी होने की वजह से वह समझ ही नहीं पाता, पर वे सभी वही से आते है, पुरी तरह से....।''

उन्होने पेडो की ओर एक मोड लिया, अब रोशनी कम पड चुकी है पर थोडी रोशनी दोनों की पीट पर पड रही है।

''अगर हम अपनी राह पुरी तरह से अपनी अन्तरात्मा पर छोड दे तो वह हमें सही राह पर ले ही आती है, अपने जीवने के सच्चे लक्ष्य की ओर, क्योंकि आत्मा का सीधा संबंध परमात्मा से होता है और जिसे परमात्मा राह दिखाए वह अपनी राह कैसे भटक सकता है, बस हमें विश्वासा की आवश्यकता है। और आत्मा पर भरोसा करना परमात्मा पर विश्वास करना है, राह तो एक दिन मिलनी ही है।''

''आत्मा को समझने के लिए बस दो शब्द ही काफी होते है, तो कभी सारे तर्क कम पड जाते है, पर इसे समझाया नहीं जा सकता, असल में आत्मा को समझाया ही नहीं जा सकता, ना ही इस पर कोई तर्क कर सकते है, यह तो एक अहसास है और इसे सिर्फ महसूस किया जा सकता है। और जब इसे आप महसूस करते है, इसे समझने लगते है, फिर तर्क नहीं अहसास काम करता है और यह अहसास अलौकिक होता है। यह आपको नई दुनिया से जोडता है, एक नयी दुनिया में ले जाता है जहां सिर्फ प्रेम, और प्रेम ही प्रेम है। इसे शब्दो में बया नहीं किया जा सकता, इसे सिर्फ महसूस किया जाता है अपने अन्दर, अपने बाहर, अपने चारो और हर तरफ यह होता है, आपको बस हर जगह प्रेम और सिर्फ प्रेम ही नजर आने लगता है, हर जगह में, हर चीज में, परमात्मा का अहसास होने लगता है।''

''यह अहसास ही वह दुनिया है जिसे सही मायनो में खोजने की आवश्यकता है, बस उसे खोज लो इसमे बस जाओ और इसी में विलीन हो जाओ।''

बाबाजी द्वारा कहा हर शब्द केशा के लिए जैसे गीता ज्ञान है, इस शाम की इस छोटी सैर में जैसे ज्ञान रूपी अमृत की वर्षा हुई, और केशा इस शब्द रूपी धारा में बह गया, इसे एक नए जहाँ का अहसास हुआ।

वह जगह एक भ्रांति है

लगभग आठ महीने और कुछ दिन हो गए है वेदरा को यहां। शाम का समय है, आज वेदरा बाबाजी से बात करना चाहती है । आश्रम से कुछ दुर पत्थरो से बैठने के लिए एक जगह बनाई हुई है, गोरेबाबा वहां पर अकेले बैठे है तो वेदरा उनके पास नीचे बैठ गई, वेदरा यहां गुरू का सम्मान करना और बहुत कुछ सीख चुकी है।

''बाबा, आज एक व्यक्ति आश्रम आया है, सभी लोग उसकी ही बात कर रहे है। वह किसी जगह की खोज में गया था, शायद किसी गांव की खोज में, पर उसे वह मिला नहीं, उसने बताया कि वह पुरी विधी के साथ गया था और सही समय पर गया था, पर उसे वह जगह मिली ही नहीं, उसका कहना है कि उसने पेड खोज लिया था और आगे भी वह नियम से ही बढा पर उसे वह जगह नहीं मिली वह महीनो भटकता रहा। वह कह रहा है कि ऐसी कोई जगह है ही नहीं। बाबा ऐसी कौन सी जगह है, क्या वहां कोई विशेष बात है।'' वेदरा को जिज्ञासा हुई।

''बेटी वह जगह है भी और नहीं भी, मेरा मतलब वह जगह एक भ्रांति है जिसे मिली उसके लिए है बाकी लोगो

के लिए, जैसा तुम देख ही रही हो उस व्यक्ति को, वह क्या कह रहा है। और यह अकेला नहीं है, ऐसे कहीं लोग आ चुके है यहां पर, उसने यहां लगभग चार से पांच महीने बिताए और एक दिन अचानक उस गांव की खोज में चला गया और आज वह वापस आया है।''

''बेटी वह गांव या वह जगह बेहद पवित्र है, मां गंगा की तरह और उसे वही खोज सकता है जिसे वह जगह खुद वहां के लिए चुनती है, मतलब वह जगह ही आपको वहां बुलाती है आप वहां नहीं जा सकते, उसकी मर्जी के बगेर और पुरी योग्यता होने पर। कहते है वहां शिव और शक्ति एक साथ ही प्रवेश कर सकते है और हरेक व्यक्ति के लिए इसके मायने अलग है, पहले पेड तक जाना होता है पर असली सफर तो उसके बाद ही शुरू होता है, जो उसकी खोज में जाता है उसे सब मिल जाता है, पर इसके मायने सबके लिए अलग है, जैसा कि हर इंसान को कुछ ना कुछ चाहत होती है। वहां उस जगह वह जगह ही चाहत पुरी कर देती है, पर इसके लिए आपकी समझ बेहद सटीक होनी चाहिए, बहुत ही बारीक समझ, तभी आप समझ पाते हो की आप खोज क्या रहे हो। वह जगह एक भ्रान्ती है क्योंकि जब आपके अन्दर एक विशेष तरह का अहसास होता है और जब आप उसे खोजते हो तो आप समझ जाते हो कि वह जगह क्या है और जिसने वह जगह खोजी है वह कभी लौट कर नहीं आया वह कुछ और ही हो गया, मेरा मतलब शरीर से नहीं इसके अन्दर जो है उससे है, यह खोज बाहरी लगती है पर असल में यह अन्दरूनी है और इसके लिए समय, विश्वास और साधना काम आती है।''

वेदरा गोरेबाबा की बातें चुन कर अपने मन में उस जगह की तस्वीर बनाने की कोशिश कर रही है और साथ ही बाबा की बातें समझने का प्रयास कर रही है की आखिर यह जगह है क्या?

''वहां के लिए यात्रा तुम्हे वह देती है जो तुम्हारे लिए आवश्यक है, वह नहीं जो तुम चाहते हो, उसकी खोज एक तरह से अपने अन्दर, अपनी आन्तरीक खोज भी है। और मैं कहु तो आप उस जगह की खोज करो ना करो अपने अन्दर अपने आप की खोज बेहद आवश्यक है। जैसे योग व ध्यान इसको आसान बना देते है। एक तरह से यही मार्ग है जो अपने आप तक ले जाता है खुद से मिलाता है अपने अन्दर चुपे वे राज जानने में मदद करता है जो हम खुद भी नहीं जानते। जबकी वे हमारे अन्दर ही है, वह एक खास अहसास को जगा देता है 'प्रेम' को। ओर जो की किसी से भी हो सकता है चाहे प्रकृति से हो किसी कार्य से या किसी इंसान से, यह एक विशेष अहसास है, बेहद खास अहसास।''

''मेरी बच्ची, तुम्हारा भी कोई कारण है यहां होना, तुम उलझी हो तो इसका भी कोई कारण है, तुम्हारे अन्तरमन ही गहराइयो में कुछ खास है और वह तुम्हारी आत्मा जानती है, बस तुम समझ नहीं पा रही हो, और इसे समझने के लिए तुम्हे प्रयत्न करना होगा और तुम कर भी रही हो। ध्यान इसका सबसे अच्छा मार्ग है, पर इससे आगे भी बहुत कुछ है और तुम समय के साथ समझ जाओगी।''

बाबा कुछ देर रूके शायद वे समझ गए वेदरा का कोई सवाल है।

''बाबा सपनो का क्या मतलब होता है, कोई सपना अगर बार बार आता हो तो....बाबा मेरे साथ ऐसा होता है....मुझे एक ही सपना बार बार आता है।''

''बेटी सपने कई प्रकार के होते है सामान्य हम रोज सपने देखते है और भुल भी जाते है, कुछ याद भी रहते है पर उनका कोई खास मतलब नहीं होता, मेरा मतलब हर सपने की वजह होती है पर कोई खास नहीं होने पर वे भी सामान्य ही लगते है, और होते भी है। पर अगर सपना बार बार दिख रहा हो तो हो सकता है वह सपना न होकर जीवन का ही कोई हिस्सा हो कोई घटना जो जीवन में घटी हो या घटने वाली हो और फिर हमारी अन्तरात्मा भी हमें राह दिखाती है, असल में अगर हम अपनी अन्तरात्मा की सुने तो वह हमें वहां ले जाती है, वह देती है जिसकी सही में हमें आवश्यकता है, जीवन को एक नया आयाम दे देती है। यकीन मानो उसे सब पता है उसकी आवाज तो परमात्मा की आवाज है।''

बेटी तुम अपने आप को बस थोडा समय दो, जैसा कि तुम दे रही है, अपने मन को पुरी तरह से आजाद छोड दो, अपने आप को पुरी तरह से मुक्त कर दो और धिरे धिरे सब समझ में आने लग जाएगा, हर एक चीज का मतलब भी....।''

वेदरा आज गोरेबाबा की वाणी में खो गई, आज की शाम उसके लिए खास बन गई उसका मन बेहद खुश हो गया, उसने मन ही मन बाबा को प्रणाम किया, धन्यवाद किया।

प्रेम सब करवा सकता है

आज केशा को यहां एक साल और कुछ महीने हो गए है वह बाबाजी से लगभग रात को ही मिलता है।

आज दोनों तालाब के किनारे बैठे है, जैसा की वे अक्सर करते है। दोनों का मुंह तालाब की ओर है, पीछे झोपडी के बाहर दीया जल रहा है जिसकी हल्की रोशनी आ रही है।

''केशा तुम जिस राह पर हो वहां बुद्धी से काम लेने की जगह अपने अन्तरमन या कहु अपनी आत्मा की बात माननी होती है, और मुझे खुशी है कि तुम सही कर रहे हो, इस राह पर आत्मा का अनुसरण करने वाले ही आगे जा पाते है।''

बाबाजी ने केशा के सर पर प्रेम से हाथ फेरा, फिर सामने तालाब की और देखते हुए आगे कहना जारी रखा ''मुझे लग रहा है कि हमें जल्द ही बिछडना होगा केशा।''

बिछडने की बात से केशा को अच्छा नहीं लगा वह उदास हो गया। केशा तो अब हमेशा के लिए यही बाबाजी के पास रहना चाहता है और अचानक से बिछडने की बात, केशा की आंखो में उदासी साफ देखी जा सकती है।

केशा ने बाबाजी की और देखा, वह कुछ कहना चाहता है, पर बाबाजी को देख चुप रहा।

बाबाजी ने केशा की और एक पल देखा फिर आगे कहना जारी रखा...

''मैं समझ सकता हूं केशा पर यह जरूरी है, अभी तो तुम्हे बहुत कुछ जानना है, बहुत कुछ समझना और करना है।''

बाबाजी कुछ देर चुप रहे।

केशा बाबाजी के बोलने का इंतजार करने लगा, क्योंकि बाबाजी पहली बार इस तरह बात करते हुए रूके थे।

बाबाजी ने आसमान की तरफ देखा, फिर तालाब की ओर देखते हुए कहा ''किसी को सदियों सेकडों साल इंतजार करना होता है और वह भी तब, जब उसे पता हो उसे इंतजार करना ही पडेगा और इसके सिवाए कुछ नहीं किया जा सकता, तो वह इंसान क्या करे? उसकी याद में।''

''तो वह इंसान जिसका वह इंतजार कर रहा है, वह उसके लिए एक तालाब बना लेता है, कई सालो तक वह यह काम करता रहता है, उसे कई साल लगते है सिर्फ उस दिन के लिए कि वह आएगा और उस तालाब में दोनों एक साथ तैरेंगे जैसे दो हंस तैरते है। उसके इंतजार ने ही उस इंसान को सेकडों साल से जिंदा रखा है और वह ताकत दी की वह इतना बडा तालाब अकेले बना दे। इस आत्मा में बडी ताकत होती है केशा और अगर यह आत्मा आपको प्रेम का अहसास करवाती है तो आप सब कुछ कर सकते है, प्रेम ही वह ताकत है जो लोगो को सदियो तक इंतजार करने की ताकत देता है, अगर हम अपनी आत्मा

की सुने तो वह हमें हमारे सच्चे प्रेम तक ले जाती है, जीवन के सही लक्ष्य तक ले जाती है। और जब प्रेम सच्चा हो तो लोग सदियो बाद भी मिल ही जाते है चाहे वे हजारो मील दुर हो तब भी।''

''प्रेम सब करवा सकता है, वह इंसान को अमर बना सकता है। अगर जमीन पर कोई ज्ञान है तो वह प्रेम ही है, प्रेम ही आत्मज्ञान है। जिसके पास प्रेम है उसे और किसी ज्ञान ही आवश्यकता नहीं रहती, उसे सब मिल गया।''

एक पल के लिए बाबाजी रूके ....उन्होने केशा की और देखा और फिर से तालाब ही और देखने लगे।

''मुझे इस बात की खुशी है कि तुम में वह अहसास है और वह अहसास तुम्हे यहां तक लाया। और ओर आगे ले जाएगा, इस अहसास ने ही तुम्हे साहस दिया है। तुम जितना जल्दी इसे समझे हो बहुत कम लोग समझते है। और यह सब तब होता है जब इंसान प्राकृतिक हो।'' बाबाजी फिर रूके

''जीवन में इंसान सामाजिक बने ना बने वह उस पर है, पर उसे प्राकृतिक जरूर बने रहना चाहिए। प्राकृतिक रूप से आई भावनाए उसे खुशी देती है और उन प्राकृतिक भावनाओ को कभी भी दबाना नहीं चाहिए, और प्रेम वही भावना है।''

''प्रेम तुम्हे तुम्हारी मंजिल तक ले जाता है क्योंकि वह तुम्हारे अन्तरात्मा की आवाज होती है, प्रेम तुम्हे वह बना देता है जिसके तुम सही में हकदार हो। जिसके मन में प्रेम नहीं उसका सारा ज्ञान व्यर्थ है उसका ज्ञान किसी काम का नहीं वह ज्ञान आगे बुराई और नफरत ही लाएगा, इससे

लोगो को हमेशा हानी ही होगी, चाहे वह किसी भी तरह से क्यों न हो।''

''इस जीवन का अर्थ ही प्रेम है, अगर प्रेम है तो इस जीवन में ही हम सब पा लेते है। यहां इसी जीवन में हम स्वर्ग का निर्माण कर लेते है। आज तक प्रेम ही वह वजह है जिसकी वजह से यह संसार चल रहा है।''

''प्रेम सब कुछ बदल देता है वह इंसान को पवित्र बना देता है, एक चोर भी संत बन जाता है। बंजर पडी भूमी को एक सुन्दर बगीचा बना देता है जहां हमेशा सुन्दर और खुश्बूदार फूल खिलते है।''

प्रेम में बडी ताकत है केशा, प्रेम बेहद शक्तिशाली और सुन्दर अहसास है।''

''केशा परमात्मा तुम्हे जरूर कामयाब बनाएगे, तुम्हे तुम्हारे सारे सवालो के जवाब मिल जाएंगे, मेरा आशीर्वाद सदा तुम्हारे साथ है।''

दोनों तालाब में हिलते पानी को देखते रहे...। कुछ देर बाद बाबाजी ने केशा से सवाल किया...

''केशा तुम कल रात अचानक से उठ गए थे, क्या हुआ था?''

बाबाजी मैंने फिर वह सपना देखा और इस बार मुझे बहुत कुछ काफी साफ नजर आया, उस औरत को में पहली बार इतना साफ देख पाया और इस बार बेचैनी भी ज्यादा हो रही थी, मेरा मतलब इतनी बेचैनी मुझे पहले कभी नहीं हुई, शायद इसी वजह से रात को में उठा और फिर ठीक से सो नहीं पाया।''

बाबाजी कुछ देर चुपचाप बैठ गए और कुछ सोचने लगे।

''केशा अब तुम जाकर सो जाओ....।''

केशा जाकर अपने बिस्तर पर सो गया।

वह सोते हुए सोचने लगा, झोपडी में लगे दो पलंग, बाहर वह तालाब और दो लोगो जितनी जगह क्यों है। और बाबाजी की उस अलौकिक बातो के बारे में...।

वह सोचने लगा...उसने आज तक बाबाजी को उससे पहले सोते हुए नहीं देखा और सुबह उससे पहले ही वे उठ जाते है , चाहे वह कितना ही जल्दी क्यों न उठे, कभी कभार तो सुबह बाबाजी मिलते भी नहीं है जब वह उठता है।

केशा को बाबाजी पर बहुत विश्वास है वह बाबाजी की हर बात मानता है।

केशा की आंखें धिरे धिरे बंद होने लगी....।

तुम साधु तो नहीं लगते

आज बाबाजी केशा को जडी बूटियों की जानकारी के लिए दुर पहाडो पर ले गए थे। आने में देर हो गई है तो दोनों ने खाना खाया और बाबाजी रोज की तरह तालाब के किनारे बैठे है, केशा थका हुआ था इस लिए सो गया, उसे बिस्तर पर लेटते ही नींद आ गई।

केशा को सोए हुए कुछ ही समय हुआ होगा की वह झटके के साथ उठ गया, केशा का शरीर पसीने से भीगा है और उसे बहुत बेचैनी हो रही है। वह कुछ देर तक अपने बिस्तर पर बैठा रहा फिर उठ कर बाहर आ गया।

कुछ देर टहलने के बाद, तालाब के किनारे जहां बाबाजी बैठे है वहां कुछ दुरी पर आकर बैठ गया।

''क्या हुआ, केशा?'' क्या फिर वही सपना देखा तुमने।

''हां, बाबाजी।''

केशा की बेचैनी बाबाजी साफ देख सकते है।

''आज फिर वही सपना देखा बाबाजी, पर आज कुछ और भी था, पुरी तरह से साफ एक बडी झील के किनारे बसा गांव।''

''केशा, क्या तुमने बर्फ की चोटीयो से घिरा गांव देखा।''

''हां बाबाजी, बर्फ की चोटीयो के बीच एक बडी झील थी और कुछ झोपडियां।''

''केशा तुमने जिस जगह को देखा, वह जगह बहुत पवित्र है। लोग वहां की सिर्फ कहानीया सुनाते है, आज तक किसी ने देखा नहीं है। कुछ खास लोग ही वहां जा सकते है, तुमने उस जगह को सपने में देखा, इसका मतलब तुम वहां जाने योग्य हो।''

''बाबाजी उस जगह में ऐसी क्या विशेषता है।''

''वह जगह अलौकिक है केशा, वहां का वातावरण पुरी तरह पवित्र और आध्यात्मिक है। केशा में उस जगह की जितनी बात करू वह कम ही होगी और इस लिए उस जगह को जानने के लिए वहां होना ही सबसे सही तरीका है, उसे महसूस करने का, उसे समझने का।''

''और मुझे खुशी हो रही है केशा कि तुम वहां जा सकते हो, यह पुरी तरह से तुम पर है कि तुम जाना चाहते हो या नहीं, पर यह सपना तुम्हारी वहां की योग्यता बता रहा है।''

केशा कुछ सोच में पड गया।

बाबाजी ने उसकी तरफ देखा और थोडी देर शांत बैठ गए, वे जानते है केशा को कुछ समय देना बेहद जरूरी है।

कुछ देर दोनों शांत बैठे रहे।

''बाबाजी मैं आप से और इस जगह से बिछडने के ख्याल से ही निराश हो जाता हूं।''

''केशा, मैं जानता हूं मेरे प्रति तुम्हारा स्नेह बहुत है और इस जगह से भी, पर शायद यह तुम्हारे लिए कुछ

खास हो, तुम अपने जीवन मे कई सवालो के जवाब चाहते हो, कई उलझने सुलझाना चाहते हो, उस गांव की खोज में जाने का फैसला पुरी तरह से तुम्हारा होना चाहिए।''

''अपनी अन्तरात्मा से सवाल करो, असल में उसी ने तुम्हे यह गांव दिखाया है, मैं भी यही चाहता हूं कि तुम इस गांव की खोज में जाओ केशा, यह खोज तुम्हारा जीवन बदल देगी।''

केशा ने बाबाजी की ओर देखकर हां में सिर हिलाया।

''जब कोई बात इंसान की आत्मा से जुडी हो तो फैसला लेने में दो पल भी नहीं लगते।''

''बाबाजी मेरा मन तो यही कह रहा है कि मैं जाऊं और आप ने कहा है तो फिर बात समाप्त हो गई बाबाजी। आप मुझे बताइए, मुझे कब निकलना है यात्रा पर।''

बाबाजी ने केशा की ओर प्रेम से देखा, उसके सर पर हाथ फेरा।

''उस गांव का सफर आसान नहीं है, किसी के लिए भी नहीं, पर जिसे जाना है, उसके लिए कोई मुश्किल भी नहीं। पहाडो में उपर की ओर पैदल चौदह या पंद्रह दिन का मार्ग है, पर गांव जाने से पहले कुछ नियम है।''

''गांव को खोजने से पहले दुर पहाडों पर जहां जंगल के पेड समाप्त होने लगते है और बर्फिले पहाड और बडे हो जाते है, वहां जंगल के अंतिम छोर पर एक विशाल पेड है, वही से उस गांव का रास्ता है, उस पेड तक पहुंचने पर गांव का मार्ग मिल जाएगा।''

''वह पेड इतना विशाल और ऐसा सुन्दर है कि तुम उसे देखते ही समझ जाओगे। पेड से आगे का सफर पूर्णिमा की अगली सुबह से ही किया जा सकता है, मतलब पूर्णिमा

की रात तक उस पेड तक पहुंचना जरूरी है, अगर वह अगला दिन निकल जाए तो फिर पूर्णिमा तक इंतजार करना होता है। पेड से आगे दो से तीन दिन का सफर है और जहां तुम्हे रात को चमकने वाले फुल दिखे समझ जाना गांव पास ही है।

केशा बाबाजी की और देखे जा रहा है, उसके मन में जहां सफर का उत्साह है, वही बाबाजी से बिछडने का दुख भी।

''हमारे पिछे जो पहाड है जहां संत तपस्या और ध्यान के लिए जाते है, एक पगडंडी है, वह सीधी पहाडो से होते हुए उस पेड तक जाती है, रास्ते में तुम्हे तपस्या ने लीन संत दिखे तो समझना तुम सही जा रहे हो।''

''उस पेड तक पैदल सफर दस या बारह दिन का है। और अच्छी बात यह है कि आज से ठीक बारह दिन बाद ही पूर्णिमा है, मतलब अगर तुम सुबह सूर्योदय के साथ सफर शुरू करो तो सही समय पर पहुंच सकते हो केशा।''

''परमात्मा तुम्हे सही राह दिखाएंगे बेटा, कोई साधारण इंसान हो या असाधारण, वहां वही पहुंच सकता है जिसे सुना गया है। पर नियम सबके लिए वही है पूर्णिमा की अगली सुबह सफर की शुरूआत करना उस पेड के वहां से।''

'' उस गांव तक जाने के लिए, उस पेड का बहुत महत्व है । केशा जब तुम उस पेड से आगे का सफर शुरू करो और तुम्हे वह चमकता फुल दिखाई दे तो तुम एक फुल तोड कर अपने पास रख लेना, यह आगे जाने के लिए जरूरी है।''

''केशा तुम अपना सामान बांध लेना और कुछ जडी बूटियां और यात्रा के लिए पर्याप्त खाना और पानी अपने झोले में रख लेना और सुबह जल्दी तैयार रहना।''

''जी बाबाजी। बाबाजी इस तरह आप से अचानक बिछडना मुझे अच्छा नहीं लग रहा।''

केशा का बाबाजी के प्रति स्नेह, बाबाजी को केशा के प्रति मोह में डाल रहा है और बाबाजी भी केशा से बिछडना नहीं चाहते, पर केशा के अच्छे के लिए उसे यहां से जाना ही होगा। केशा को इस सफर पर जाना ही होगा, यह बाबाजी जानते है।

''केशा तुम जैस शिष्य मिलना भी भाग्य की बात है और फिर हम कहां बिछड रहे है। याद रखना, मैं हमेशा तुम्हारे साथ हूं जब भी तुम्हे मेरी जरूरत होगी। और फिर तुम एक नई रोशनी की और जा रहे हो अब तुम्हे रूकना नहीं है आगे बढना है।''

केशा ने बाबाजी को हाथ जोडकर हामी भरी।

''समय आ गया है केशा कि तुम नई चीजों को जानो, अपनी उलझन सुलझाओ, एक अलौकिक जीवन को जानो।''

''केशा, मैं तुम्हे सूर्योदय के समय वहां तक छोडने आऊंगा, जहां से वह रास्ता शुरू होता है। अब तुम जाकर आराम करो।''

######

केशा सुरज की पहली किरण के साथ ही तैयार है, उसने अपना सामान ले लिया है और बाबाजी के साथ जाने के लिए तैयार है,। उसने मोटे कपडे से बनी हल्की केशरीया धोती पहनी है और उपर उनी शाल डाली है, गले में केशरीया गमचा है। उसके बाल अब और बडे हो गए है और दाढी भी, पर सफर के लिए उसने दाढी थोडी छोटी करली है।

उसने एक बार झोपडी को प्यार से देखा, फिर तालाब को और हरेक उस चीज को जिसे वह जानता है।

बाबाजी आ गए है। ''केशा, बेटा समय हो गया है चलो... ।''

केशा बाबाजी के पिछे पिछे चलने लगा...। झोपडी के पिछे जो पहाडी है उसे पार करके वे एक पगडंडी तक पहुंचे।

''बेटा यही वह पगडंडी है जो तुम्हे तुम्हारी मंजिल तक ले जाएगी।''

केशा ने घुटनो पर बैठकर बाबाजी के चरण स्पर्श किए। कुछ देर तक वह बाबाजी के पैरो पर अपना सर टिकाए वैसे ही बैठा रहा, जैसे वह बाबाजी के पैरो को छोडना ही नहीं चाहता हो। बाबाजी ने उसे खडा किया और अपने गले लगा लिया। केशा बाबाजी से लिपट गया और उसकी आंखो से आंसुओ की धारा निकल आई, केशा जब अपना घर छोडकर आया था तब भी उसे दुख नहीं लगा था पर आज बाबाजी से बिछडना उसे दुखी कर गया। वह बाबाजी का बहुत सम्मान करता है उन्हे अपना गुरू अपना सब कुछ मानता है, आज तक केशा ने अपनी मां के

बाद अगर किसी पर इतना विश्वास किया है तो वे बाबाजी ही है।

बाबाजी ने उसके आंसू पोसते हुए कहा ''बेटा तुम जीवन में वो सब पाओगे जिसके तुम हकदार हो, परमात्मा सदा तुम्हारे साथ है और वे ही तुम्हे सही राह दिखाएंगे।''

बाबाजी ने केशा को दोनों हाथो से आशीर्वाद दिया, केशा ने हाथ जोडे और उस पगडंडी की और चल दिया।

बाबाजी ने केशा को पुरा रास्ता समझा दिया है।

बहुत घने पेडो के बिच एक पगडंडी है जिसे देख कर लगता है यहां से लोग गुजरते है पर ज्यादा नहीं। केशा आगे बढ रहा है कभी सीधी चढाई आ जाती है तो कभी लम्बी ढलान।

कुछ घन्टो के सफर के बाद उसे कुछ ग्रामीण लोग सामने आते हुए दिखाई दिए, कुछ लकडहारे है जो लकडीया काट कर वापस उनके घर की ओर जा रहे है।

उन लोगो में से एक केशा के पास आकर रूक गया और उसने कहा... ''राम राम।''

केशा ने भी कहा..... ''राम राम।''

''क्या तुम पहाडो में तपस्या के लिए जा रहे हो?''

केशा ने कहा ''नहीं, मैं....।''

लकडहारे ने केशा की बात सुने बिना आगे कहना जारी रखा ''पर तपस्या के लिए तुम्हारी उमर अभी थोडी कम लग रही है।''

''जी मैं एक गांव की खोज में जा रहा हूं, जो वहां शायद बर्फिले पहाडो के आस पास कही है।'' केशा ने कहा।

''यहां से आगे एक चरवाहो का गांव है। बस आगे वही एक गांव है। पहाडो के पास कोई गांव नहीं है, वहां तो कोई जाता भी नहीं, यहां हमेशा हमें साधु संत जरूर मिलते है जो ध्यान और तपस्या के लिए उपर घने जंगल में जाते है, पर वहां गांव नहीं है यह बात पक्की है, वरना हमें पता होता हम यहां कई पीढियों से रह रहे है।'' उस लकडहारे ने कहा।

''देखने में तुम साधु तो नहीं लगते, फिर यहां जंगल में क्यों भटक रहे हो।''

केशा के कपडे पहनने का तरीका सामान्य था, और वह साधु संतो के साथ रहा था और कपडे भी उनके पहन लेता था पर पहनने का तरीका सामान्य ग्रामीणो जैसा ही था।

''आप का धन्यवाद। पर मैं सही राह पर हूं।'' केशा ने कहा।

उसने हाथ जोड कर प्रणाम किया और आगे बढ गया। लकडहारे ने भी प्रणाम किया और अपने साथीयो के साथ कुछ फुस फुसाते हुए आगे बढ गया।

केसा को पहले दिन लकडहारे और चरवाहे रास्ते में मिलते रहे।

कुछ राम राम करते तो कोई चुप चाप केशा को देखते हुए गुजर जाते।

शाम होने को है, पर जंगल इतना घना है कि कभी से रोशनी काफी कम होने लग गई है। दुर कही धुआ नजर

आ रहा है शायद कोई गांव हो, जैसा उस लकडहारे ने कहा था। अंधेरा होते होते केशा उस गांव में पहुंच गया। यह पंद्रह से बीस घरो वाला चरवाहो का गांव है। केशा आज रात यही रूकने का निर्णय करता है और गांव में एक आदमी से पुछता है ''क्या मैं रात यहां रूक सकता हूं।''

''हां क्यों नहीं, आप मेरे साथ आइए।

''क्या आप ध्यान के लिए जा रहे हो।'' उस आदमी ने पुछा।

केशा ने हां कहना ही ठीक समझा।

लोगो ने बाहर से आए मेहमानो के लिए एक मंदिर के पास झोपडी बनाई है, यहां से अक्सर कोई साधु संत गुजरते है और रात यहां रूकते है तो गांव वालो ने उनकी सेवा के लिए झोपडी बनाई है।

''आपके लिए रात्रि भोजन हम गांव वालो की तरफ से है कृप्या आप भोजन ना बनाए।''

''जैसा आप ठीक समझे।'' केशा ने कहा।

केशा ने रात इसी झोपडी में बिताई और सुबह के भोर के उजाले के साथ ही ग्रामीणो को धन्यवाद कहकर अपनी यात्रा प्रारंभ की...।

आगे उसे कोई गांव नहीं मिला, कभी रात अस्थाई झोपडी बनाकर बिताई तो कभी जगह नहीं मीलने पर पेड पर सो कर। केशा जंगल में बाबाजी के साथ जडी बुटियो के लिए कभी कभी जाता था और कभी वे जंगल में ही रात बिताते थे, तो केशा जंगल से काफी हद तक वाकिफ था। केशा रात को आग जलाता, उस पर खाना पकाता और पुरी रात आग जलने देता, पानी उसे पहाडों पर कही ना

कही मिल ही जाता, और जंगल में फलो की भी कमी नहीं थी, पर इतना होने के साथ जंगल और उपर से पहाडी क्षेत्र, चढाई बेहद मुश्किल थी और जंगली जानवरों का खतरा हमेशा बना रहता है।

अब चलो

वेदरा का समय यहां बहुत खुशनुमा बीत रहा है। कभी कभी उसे घर की याद आती है, पर उसे लगता है अभी घर जाने का समय नहीं आया है, ऐसे ही पता नहीं कब साल भर से भी ज्यादा समय बीत गया। दो दिन से वेदरा को कुछ अजीब लग रहा है, बेचैनी हो रही है। आज रात ध्यान करने का मन नहीं है इस लिए वह जल्दी सो गई।

"वेदरा, तुम सो क्यों रही हो?"

"अरे, तुम शाल फोलोवर, तुम तो पता नहीं कहा थी। तुम्हारे कहने पर ही तो मैं यहां इस यात्रा पर आई हूं।"

"हां तुम सही कह रही हो, पर वह तुम्हारे आत्मा की आवाज थी मेरी दोस्त और अब तुम्हे आगे जाना है, वक्त आ गया है। तुम्हारी बेचैनी तुम्हे शायद समझ नहीं आई पर वक्त आ चुका है। वक्त आ चुका है जब तुम अपने आप को जानो अपने जीवन का सही मतलब पहचानो, वह पाओ जो तुम्हारा है और इसके लिए तुम्हे उस गांव की खोज में जाना है या कहु उस जगह की खोज में।"

"क्या मुझे वही गांव खोजना है जिसकी तलाश में पहले भी लोग......।"

''हां, वही गांव जिसकी खोज में साल भर पहले वह आदमी गया था।''

''मैं कहा से शुरू करू?''

''रास्ता आसान है। और मैं पुरे रास्ते तुम्हारे साथ ही हूं, बाकी तुम्हारे गुरू तुम्हे समझा देंगे। तुम बस तैयार हो जाओ, तुम्हे कल ही निकलना है।''

''ठीक है, मैं तैयार हूं।''

सुबह मुर्ग की बांग के साथ ही वेदरा उठ गई, जैसा कि आश्रम का नियम था, सुबह की पुजा के बाद वेदरा गोरेबाबा के पास आई ''बाबा प्रणाम।''

''खुश रहो बेटी।''

''बाबा मैं उस गांव की यात्रा पर जाना चाहती हूं, कृप्या मेरा मार्गदर्शन करें।''

''क्या तुम उस गांव को खोजना चाहती हो बेटी, तुम्हे विश्वास है?''

''हां बाबा, मुझे कुछ दिनो से बेचैनी हो रही है और मुझे लगता है मुझे यह करना चाहीए।''

''ठीक है बेटी अगर तुम ऐसा ही चाहती हो तो मेरा आशीर्वाद तुम्हारे साथ है, और खुशी की बात है कि कोई और भी तुम्हारी मदद कर रहा है। मेरे साथ आओ बेटी।''

गोरेबाबा उसे अपने साथ आश्रम के पिछे अंतिम दीवार तक ले गए, जो कि सिर्फ नाम मात्र की दीवार है और सिर्फ पत्थरो को एक के उपर एक रखकर बनाई गई है। यह दीवार एक सामान्य इंसान की कमर तक भी नहीं आती है। बाबा उसके पास आकर खडे हो गए, उसके नीचे सीधी ढलान है। गोरेबाबा ने हाथ से इशारा करते हुए कहा....

''सामने जो पहाड देख रही हो यहां इन जंगल के बीच में से एक छोटी पगडंडी है जो इन पहाडो से होते हुए सीधी वही जाती है, जिस जगह की तुम्हे तलाश है। एक बहुत विशाल पेड की खोज के बाद तीन दिन का मार्ग है।'' गोरेबाबा ने उसे वह सब कुछ समझा दिया जो उस यात्रा के लिए जरूरी है, सारी विधी और जाने का तरीका सब कुछ पूर्णिमा तक पहुंचना और आगे का सफर।

''यहां से दस से पंद्रह दिन का मार्ग है उस पेड तक पहुंचने के लिए, बस व्यक्ति किस गति से चलता है उस पर निर्भर करता है। पर पंद्रह दिन में वह पहुंच ही सकता है, जैसा मैंने बताया पूर्णिमा से पहले पहुंचना जरूरी है और आगे का सफर उसके अगले दिन से ही शुरू करना होता है, जब रोशनी वाले फुल दिखे समझ जाना तुम पहुंच गई और एक फुल अपने साथ ले जाना वहां उस गांव के लिए. ... ।''

''मुझे यकीन है तुम पूर्णिमा से पहले वहां पहुंच जाओगी। बेटी तुम्हे एक बात समझनी होगी यात्रा शिव और शक्ति की शक्ति के बिना अधुरी है। और सब के लिए इसके मायने अलग अलग है।

गोरेबाबा ने वेदरा के सर पर हाथ रखा और आशीर्वाद दिया। ''परमात्मा तुम्हे सही राह दिखाए।''

खाने पिने का सामान लेकर वेदरा अपने घोडे के साथ यात्रा के लिए तैयार है।

सफर

पांच दिन के सफर के बाद पगडंडी नाम मात्र की रह गई है। इतने घने जंगल मे, इस मार्ग मे किसी इंसान का होना बहुत खास है। केशा सूर्योदय के साथ सफर शुरू करता है, दोपहर को खाने के लिए रूकता है, आराम कभी कभार ही करता है अन्यथा रात्रि में ही आराम मिलता है। केशा का हर दिन उसे पेड के और नजदीक ले जा रहा है।

रहस्यमय दोस्त का साथ

आज दोनों के सफर का सातवां दिन बीत चुका है, रात हो चुकी है, जंगल घना है। पगडंडी लगभग लगभग है ही नहीं, बस लगता है कि यहां होनी चाहिए, ऐसा आभास होता है।

दोनों एक जगह रूक जाती है। उनके सामने पेडो के बिच से एक चट्टान निकली हुई है, और एक पेड शायद हवा से टुटकर उस पर गिरा हुआ है, पेड का मोटा तना चट्टान पर से अटका हुआ है इस वजह से नीचे बैठने के लिए काफी जगह बन गई है। जली हुई लकडिया बताती है कि कोई कभी यहां जरूर रूका होगा, दोनों ने जगह को साफ किया और सामने आग जला दी।

खाना दोनों खा चुकने के बाद चट्टान का सहारा लेकर बैठी है। उपर पेड का मोटा तना है और आसमान में चांद की वजह से तने की परछाई बन रही है तो कभी आग तेज होने से परछाई कुछ पल के लिए गायब होती है फिर आ जाती है। आग की रोशनी से दोनों के चेहरे चमक रहे है। दुर कही कोई झरना है जिसकी हल्की आवाज आ रही है जो रात के इस चन्नाटे में साफ सुनाई दे रही है।

वेदरा की दोस्त ने वेदरा की तरफ देखा...

''वेदरा मेरी दोस्त तुम्हे लगता था मैं हमेशा रात में आती हूं, एक अनजान की तरह या शायद एक रहस्य की तरह, पर देखो में सात दिन से तुम्हारे साथ सफर कर रही हूं। अब तुम मुझे क्या कहोगी।''

वेदरा थोडी सी मुस्कुराई ''तुम हो तो रहस्य ही, पर मेरी दोस्त हो यह मैं जानती हूं।''

''ओह, तो शायद हमारी पहली मुलाकात की वजह से तुम्हे ऐसा लगता होगा।''

''नहीं, मुझे हमारी हर मुलाकात पर ऐसा ही लगा, यहां तक कि मुझे अभी भी ऐसा ही लग रहा है।''

''तो तुम ही बताओ मैं ऐसा क्या करू की तुम्हे यकीन हो।''

''यकीन..., यकीन तो मुझे पहले दिन से ही है। और तुम्हे कुछ करने की आवश्यकता नहीं है, जो तुमने मेरे लिए किया है वह भी बेहद खास है।''

''ऐसा कुछ भी नहीं है, तुम बस जीवन में कुछ ओर करने के लिए हो या कहु तुम एक विशेष, एक खास इंसान हो। मुझे यह अहसास था तो मैंने तुम्हे राह चुनने में थोडी सी मदद की, बस और कुछ नहीं।''

''मैं विशेष हूं?'' वेदरा थोडी मुस्कुराई।

''हां, तुम हो, अभी बस तुम्हे पता नहीं है, और समय के साथ वह भी समझ आ ही जाएगा।''

उसने वेदरा का हाथ पकडा और थोडा आराम से कहा ''हर इंसान किसी ना किसी के लिए खास होता है बहुत ही खास, समझी मेरी दोस्त।''

वेदरा ने हां में सिर हिलाया। पर वह सोचती रही ऐसा उसने क्यों कहा।

"समय मेरी दोस्त, समय, समय तुम्हे सब समझा देगा और फिर तुम दुनिया के एक कोने से दुसरे कोने तक आ सकती हो तो तुम कुछ भी कर सकती हो, बस आगे जो हो अपनी अन्तरात्मा की आवाज सुनना।"

"तुम्हारी रहस्यमय बातो में मैं उलझ जाती हूं।"

तुम्हे उलझने की आवश्यकता नहीं है, बस अपनी आत्मा की सुनो।"

"मेरी दोस्त असल में मैं तुम से यह कहना चाहती हूं कि यह सात दिन तुम्हारे साथ बेहद अच्छे गुजरे।"

"मेरे भी।" वेदरा ने कहा।

"यहां से आगे चार दिन का मार्ग और शेष है, और तुम्हे कल से जंगल कम होता हुआ महसूस हो जाएगा, बर्फिले पहाड सामने है, मुझे पुरा यकीन है तुम चौथे दिन उस पेड तक जरूर पहुंच जाओगी। पूर्णिमा से पहले।" उसने चांद को देखते हुए कहा।

"तुम क्या कहना चाहती हो?" वेदरा ने सवाल किया।

"यही की मैं सात दिन तुम्हारे साथ चली, यहां तक आई, पर अब आगे मैं नहीं आ सकती। यहां से आगे का सफर तुम्हे खुद तय करना होगा और अब से आगे तुम्हे हर फैसला अपनी खुद के अन्दर गहराई से, अपनी आत्मा से लेना होगा।"

"तुम्हारे गुरु सही थे, वह जगह जहां तुम जा रही हो खुद चुनाव करती है, कौन आएगा और कौन नहीं। मैं तुम्हे यहां लाई क्योंकी मैं जानती हूं तुम्हारी आत्मा पुरी तरह से साफ और पवित्र है और वहां जाने के लिए यह सबसे जरूरी है।"

अचानक वेदरा की दोस्त बहुत गंभीर हो गई, शायद इसे आने वाले दिनो में होने वाली घटानाओ का आभास हो।

''तुम्हारे जीवन में बहुत कुछ बदलने वाला है, मेरी दोस्त।''

वेदरा कुछ नहीं बोल पाई, वह उसकी दोस्त की बातो पर गौर कर रही है।

''जीवन बेहद सरल है, अगर इसे सही से समझा जाए, पर सब के लिए यह सरल नहीं होता, क्योंकी वे इसे समझना ही नहीं चाहते। हालांकि उन्हे लगता है वे जीवन को समझते है पर असल में ऐसा होता नहीं है, पर एक चीज ऐसी है जो परमात्मा ने सबके लिए बनाई है और इससे हर किसी का जीवन सरल हो सकता है। प्रेम, प्रेम ही वह अहसास है जो सब ठीक कर सकता है, अगर इंसान के अन्दर परमात्मा है तो वे प्रेम के रूप में ही विराजमान है, प्रेम ही परमात्मा है, बाकी सब कुछ इसके बाद है, सब कुछ।''

कुछ देर खामोशी रही, लकडी जलने से उसके चटकने की आवाजे बीच बीच में आ रही है और झरना अपना मधुर संगीत सुना रहा है, चांदनी रात इस ठंडी रात को और शीतल बनाए जा रही है। घोडो के हिनहिनाने की आवाज इस लय को कुछ क्षण के लिए तोड देती है, पर प्रकृति अपना कार्य बडी कुशलता से कर रही है।

''वेदरा हम जीवन में फिर जरूर मिलेंगे, पर इस वक्त तुम्हे अपने जीवन को बेहतर बनाना है, जीवन की सही राह खोजनी है।''

वेदरा कुछ नहीं बोली, बस उसकी दोस्त का हाथ अपने हाथ में पकड लिया।

''मेरे आज तक के जीवन में तुम्हारे और मेरी वो दोस्त, तुम्हारे जैसा इंसान आज तक मुझे नहीं मिला, असल बात तो यह है कि मेरे जीवन में अब तुम ही दो दोस्त हो....और कुछ है ही नहीं।''

''तुम्हारी वह दोस्त, वह तो बहुत अच्छी है, दिल की साफ है और तुम्हारे जानवरों का भी खुब ख्याल रखती है बिल्कुल तुम्हारे जैसा।''

''क्या सचमुस...तुम्हे पता है मेरे जानवर, वे सभी ठीक है।''वेदरा की आवाज मे एक उत्साह आ गया।

''ठीक, वे बिल्कुल ठीक है, तुम्हारे जैसे।''

वेदरा को अचानक अपने घर की, अपने जानवरों की याद सताने लगी।

''क्या हुआ वेदरा?''

''कुछ नहीं, बस वहां की याद आ गई।''

''वे सब ठीक है, तुम्हारे जैसा ही वह तुम्हारी दोस्त उनका ख्याल रखती है, तुम बेफिक्र रहो, और आने वाले सफर के बारे में तैयार हो जाओ।''

''वह तो मैं हूं, मेरी दोस्त।''

दोनों जोर से हंसने लगी।

उलझन सुलझ गई?

केशा की यात्रा का आज आठवा दिन है जंगल बेहद घना है आगे देख पाना भी मुश्किल है। अब तो पगडंडी ऐसी है कि बस सिर्फ लगता है यहां से कोई गुजरा होगा। लंबे पेडो की वजह से जंगल इतना घना है कि दिन में भी सुरज की रोशनी यहां पुरी तरह नहीं आ रही है। केशा को आगे बढने में बहुत तकलीफ हो रही है, उसकी गती रोज के मुकाबले कम हो गई है।

कुछ दुर चलने पर कुछ खुली जगह दिखाई दी, घ्यान से देखने पर केशा को एक संत दिखाई दिए जो घ्यान में लीन है। केशा उनके सामने जाकर खडा हो गया, झुक कर प्राणम किया और आगे बढ गया।

आज केशा को बडी खुशी हुई कि उसने ऐसे जंगल में किसी संत को देखा।

दो दिन ओर केशा का सफर ऐसे ही मुश्किलो भरा रहा। वह बहुत धीरे हो गया है। उसे फिक्र है कही उसे देर ना हो जाए, वह सही समय पर पहुंच पाएगा या नहीं।

आज ग्यारवा दिन है और दोपहर के खाने के बाद उसने फिर सफर शुरू किया है, कुछ समय चलने के बाद केशा को अहसास हुआ कि जंगल पहले के मुकाबले थोडा कम घना हो रहा है।

और बरहवें दिन केशा को अहसास हुआ अब जंगल कम होता जा रहा है। अब पेड इतने पास पास नहीं है। उसे कई खुली जहग भी मिली जो छोटे मैदान लग रहे थे, उसे दुर बर्फिले पहाड दिखाई दे रहे है।

''लगता है मेरी मंजिल अब ज्यादा दुर नहीं है।'' उसने खुद से कहा।

जब इंसान ज्यादा अकेला रहता है तो खुद से बातें करना सामान्य है।

पेड अब कम हो रहे है, और पहाड अब और ज्यादा विशाल हो गए है।

''मुझे आज शाम तक उस पेड तक पहुंचना है, आज पूर्णिमा है। जैसा बाबाजी ने कहा था जंगल कम होने लगे और बर्फिली चोटियां नजदीक दिखे तो समझ जाना तुम पेड के नजदीक ही हो।

केशा ने अपनी गती और थोडी तेज कर दी, वह जानता है आज पेड तक कैसे भी पहुंचना है।

शाम ढलने लगी है दुर पहाडों में सुरज डुबने लगा। केशा ने अपनी पुरी कोशिश की पर वह उस पेड तक आज नहीं पहुंच पाया। केशा कुछ देर के लिए रूक गया, उसने देखा एक तरफ सुरज डुब रहा है दुसरी और चांद निकल रहा है।

''पूर्णिमा की रात प्रारम्भ हो गई, मैं नहीं पहुंच पाया।''

वह एक चट्टान पर बैठ गया और सोचने लगा ''मैंने बाबाजी को निराश किया, मैं समय रहते नहीं पहुंच पाया।''

केशा को लगने लगा उसकी सारी मेहनत बेकार चली गई, वह हार गया, वह निराश हो गया।

उसके अन्तर मन से आवाज आई ''पेड से आगे का सफर पूर्णिमा की अगली सुबह से करना है, अभी तो पुरी रात पडी है सफर के लिए।''

केशा एकदम से झटके से खडा हो गया ''हां मैं रात को सफर कर सकता हूं, मैं अभी हार नहीं मान सकता अभी मेरे पास समय है।''

केशा ने अपने झोले से फल निकाले शांति से बैठ कर उन्हे खाया और सफर के लिए फिर से तैयार हो गया।

जैसा कि पूर्णिमा की रात है चांद पुरा निकला है और उसकी रोशनी में आगे बढा जा सकता है।

केशा ने अपना सफर जारी रखा...।

वह आसानी से जंगल में रास्ता भटक सकता है, किसी खाई में गिर सकता है, पर इस वक्त केशा को सिर्फ एक ही बात समझ आ रही है, उस पेड तक सुबह होने से पहले पहुंचना।

केशा रात भर चलता रहा, वह पुरे दिन भी चला था। वह थक गया है, पर वह रूक नहीं सकता।

रात का चौथा पहर हो गया है पर केशा ने कही आराम नहीं किया, जंगल के पेड अब काफी कम हो गया है। अब कुछ कुछ दुरी पर बडे पेड है बाकी झाडिया ही दिख रही है, चांद केशा के पीछे था वह अब आगे हो गया है और कुछ देर में डुब जाएगा। कुछ देर में सुबह होने वाली है।

केशा पर थकान हावी हो रही है, पर उसका ध्यान चांद पर है जो लगभग डुब चुका है। सुरज नहीं निकला पर रोशनी होने लगी है।

केशा पानी पीने के लिए रूका, बेहद ठंड है पर केशा को गर्मी लग रही है वह बहुत तेज चला है।

एक चट्टान पर बैठकर वह पानी पी रहा है, पुरी रात चलने के बाद वह अभी रूका है।

"कुछ ही देर में सुरज निकल जाएगा, रोशनी काफी हो चुकी है। बाबाजी ने जैसा कहा था उसके लिहाज से तो पेड अब नजदीक ही होना चाहिए।"

वह चट्टान से उठा और अपने कदम आगे बढाए, वह आगे बढता लेकीन दो कदम पर ही रूक गया।

"हां यही है।" केशा के मुंह से जोर से निकला।

#####

एक बहुत ऊंचा विशाल पेड जिसका तना लगभग बीस लोग मिलकर भी नहीं पकड सकते, एक विशाल चट्टान पर खडा है जो बीच में से टुटी हुई है और पेड वही से उगा है, पेड की जडे उस चट्टान के उपर से जमीन तक आ गई है, चट्टान को जडो ने घेर लिया है। पेड बडी चट्टान पर होने से और उचा हो गया है जिसे बहुत दुर से देखा जा सकता है। पेड के पीछे बेहद खतरनाक गहरी खाई है। और वही से एक पगडंडी जा रही है। खाई से आगे बेहद ऊंचे बर्फिले पहाड है और पहाडो का दुसरा छोर कही नजर नहीं आता। पेड के सामने तीन पगडंडीया आकर मिलती है और पेड के यहां समाप्त हो जाती है। पगडंडीया जो नाममात्र की है। पेड बहुत पुराना है जैसे सदियो से खडा है, बेहद सुन्दर और पवित्र, देखने से ही लगता है। पेड इतना घना है कि अगर तेज बारिश भी हो तो पानी नीचे बैठे व्यक्ति को नहीं भीगो सकता।

पेड ने ना जाने कितने लोगो को राह दिखाई है, कितने साधु संत इसके नीचे विश्राम कर चुके है, रह चुके है। ऐसी पवित्र जगह पर पूर्णिमा की रात विश्राम करना वेदरा के लिए किसी वरदान से कम नहीं है, वह इस दिव्य वातावरण में पुरी तरह खो चुकी है। वेदरा की रात बेहद सुन्दर और सुहानी रही।

सुबह वह तैयार है अपने अगले सफर के लिय, सुर्योदय के साथ ही वह सफर शुरू करना चाहती है।

वेदरा सुर्योदय होते हुए देख रही है, नजारा बेहद सुखद और सुन्दर है, तभी उसे कोई दुर आता हुआ नजर आया। वह देखना चाहती है, कौन है? क्योंकि ऐसी जगह किसी का दिखना आम बात नहीं है।

सुरज की पहली किरण के साथ ही केशा को दुर वह पेड दिख गया, केशा धिरे धिरे इस विशाल और पवित्र पेड की ओर बढ रहा है। इस पेड ने सबको राह दिखाई है।

''आखिर मैं तुम्हारे पास आ ही गया मेरे पेड।'' केशा ने पेड की और देखकर कहा।

केशा और कुछ कहने वाला था, पर वह रूक गया।

पेड के नीचे कोई खडा है। दुर से साफ नजर नहीं आ रहा पर कोई है जरूर।

वह सोचते सोचते और नजदीक आ गया।

''कोई औरत है।''

''उसके पास तो......घोडा........''

''क्या मैं सपना देख रहा हूं?''

केशा अब इतना नजदीक आ गया है कि जितनी दुरी से किसी को भी आसानी से पहचाना जा सकता है।

केशा ने अपने आप से फिर कहा ''क्या यह एक सपना है?''

केशा यही रूक गया।

केशा की धडकने बहुत तेज हो गई।

आप का मन किसी के लिए बेचैन है, पर आप नहीं जानते, किसके लिए? पर आपकी आत्मा को पता है, किसके लिए और अचानक वह सामने आ जाए तो क्या हो, उस वक्त उस पल को शब्दो में बया किया ही नहीं जा सकता, जब तक वह घटना आपके खुद के साथ ना हो, केशा जैसे जैसे उस औरत के नजदीक जा रहा है, उसे यकीन हो गया है कि जिस औरत को उसने अपने सपनो में देखा था यह वही है, वह वैसी ही दिख रही है। वैसा ही रंग सब कुछ उसके सपने जैसा ही है, केशा तो ठीक से समझ ही नहीं पा रहा कि, यह सपना है या हकीकत, यकीन नहीं हो रहा है उसे, जो आज तक उसे परेशान किए जा रहा था, जो बेचैनी थी आखिर वह किस लिए थी उसे पल भर में समझ आ गया, उसे बाबाजी की कही बात याद आई, प्रेम सब कुछ करवा सकता है। वेदरा को देखते ही केशा के मन प्रेम की वह दबी भावना जाग गई, असल में उसे प्रेम तो कब से था पर समझ आज आया की यह वही औरत है जिसके लिए वह बेचैन था। आज जब वह सामने है सब कुछ कितना साफ है, यह प्रेम उसके मन में कैसे पैदा हुआ? कैसे क्या हुआ ऐसा संभव है या नहीं केशा को कोई परवाह नहीं है, वह जो महसूस कर रहा है वही सत्य है। वह इस औरत से प्रेम करता है यही सत्य है। वह इसी के लिए यहां आया है या परमात्मा द्वारा लाया गया है। आज परमात्मा

से केशा का प्रेम और गहरा हो गया, अब तो बस केशा इस औरत को बताना चाहता है।

''यह वही औरत है जिसे मैंने सपनो में एक बार नहीं कई बार देखा है, और आज वह मेरे सामने है। परमात्मा आपका बहुत धन्यवाद, पर मैं इसे कैसे समझाऊ की मैं इसे जानता हूं और इसके लिए क्या महसूस करता हूं। यह तो यहां की भी नहीं है क्या मेरी भाषा यह जानती है।''

''मैं इससे क्या कहु? कैसे बात करू, कहा से शुरूआत करू। बाबाजी मुझे राह दिखाईए।''

केशा वेरदा के कुछ नजदीक आकर रूक गया।

वेदरा एक टक केशा को देखे जा रही है।

''यह क्या हो रहा है, इस लडके को मैंने देखा है अपने सपनो में कई बार, यह घटना पुरी तरह से सपने जैसी ही लग रही है वह सामने से आ रहा है, क्या यह इस पेड का कोई जादु है, या इस जगह का, ऐसा हो सकता है आखिर यह पेड जिसकी हर कोई खोज करना चाहता है, इसमे ही कोई जादु है। पर यह लडका तो जीता जागता मेरे सामने है और मुझे ही देखे जा रहा है, यह तो ऐसे देख रहा है जैसे वह मुझे जानता है, यह सब क्या हो रहा है मैं किसी नशे में तो नहीं हूं।''

जहां केशा के मन मैं उलझन की जगह प्रेम ने ले ली वही वेदरा के मन में अजीब सी शंका पैदा हो गई, वेदरा को शंकाओ ने घेर लिया और इस शंका ने प्रेम की भावना को कही दबा लिया।

वेदरा विश्वास करना चाहती है, वह जानती है इस लडके को उसने सपने में देखा है। पर उसे वह अहसास

नहीं हो रहा है उसे तो अचानक कुछ हो गया है, शायद ऐसे अचानक किसी को सामने देखकर जिसे सपनो में देखा हो अजीब महसूस हो रहा है, वह तो समझ ही नहीं पा रही। प्रेम तो वेदरा को भी है पर उसे समझ नहीं आ रहा है, आत्मा की आवाज को आज शंका ने कही रोक लिया है।

केशा को बात तो करनी ही होगी।

''क्या आप मेरी भाषा समझ सकती है।''

जब वेदरा ने केशा की आवाज सुनी, उसके मन की गहराईयो में कुछ महसूस हुआ ''हां समझ सकती हूं।''

वेदरा को यहां साल भर से ज्यादा हो चुका है वह यहां कि भाषा लगभग समझ सकती है और थोडी कोशिश कर बोल भी सकती है।

''आप विश्वास नहीं करोगी, पर शायद मुझे लगता है मैं आपको पहले से जानता हूं।'' वेदरा के लिए केशा का प्रेम केशा की आखो में साफ देखा जा सकता है।

''हां मुझे भी लग रहा है, पर यह संभव नहीं है, क्योंकि मैं तुम से पहली बार मिल रही हूं।''

''हां मैं भी असल में पहली बार मिल रहा हूं, आप शायद मुझे पागल कहे पर...।'' केशा कुछ पल के लिए रूका और खुद से सवाल किया 'क्या मुझे इसे अपने सपने की बात बतानी चाहिए, शायद नहीं, पर यह वही औरत है इसे नहीं तो फिर किससे बात करू।'

वेदरा केशा के बोलने का इंतजार कर रही है।

''मैं बताना चाहता हूं, मैंने आपको पहले भी देखा है, ऐसे नहीं, सपने में देखा है, जैसे आप अब खडी है कुछ कुछ वैसे ही।''

वेदरा को झटका लगा ''इसने भी सपना देखा और....
और क्या इसने मुझे देखा, और मैंने इसे, यह इत्तेफाक नहीं
हो सकता' वेदरा के मन में विचारो की झडी लग गई 'पर
यह संभव कैसे है?''

वेदरा का मन तर्क करने लगा और जहां तर्क होते है
वहां प्रेम का गुण छुप जाता है।

''मैं यहां खुद को सुलझाने के लिए आई थी, अपनी
उलझन दुर करने, और यहां तो और उलझने वाली बात हो
रही है। यह सब क्या हो रहा है...नहीं...नहीं यह सब ठीक
नहीं हो रहा है, कुछ भी ठीक नहीं है।'' वेदरा तो अपने में
ही कही खो गई है, जबकी उसके हर सवाल का जवाब
उसके सामने है।

केशा वेदरा के और कुछ नजदीक आया।

''देखिए मैं समझ सकता हूं इस बात को समझना थोडा
मुश्किल है, पर यह सत्य है मुझे नहीं पता कैसे, पर यह
हुआ है। मुझे नहीं पता मैं क्या खोज रहा था, पर आपको
देखकर में समझ गया कि वह आप ही थी, आप को देखकर
मुझे लगता है मेरी सारी उलझने दुर हो गई है।''

केशा इस घटना में इतना खो चुका है कि उसे पता
नहीं कब वेदरा का हाथ उसने अपने हाथ में पकड लिया।

वेदरा एक कदम पिछे हटी और हाथ छुट गया।

केशा को भी अजिब लगा ''मुझे माफ कर दिजिए, मेरा
इरादा ऐसा नहीं था।''

वेदरा कुछ बोल नहीं रही है, और उसकी खामोशी
केशा को परेशान कर रही है। केशा चाहता है वह बात करे,
वह उसे बात करते हुए सुनना चाहता है, वह जानना चाहता
है वह क्या सोच रही है या सोचती है।

''शायद मैंने सपने कि बात कर इसे हैरान कर दिया है, शायद नाराज भी। पर अगर में नहीं कहु तो भी ठीक नहीं है। यह कुछ जवाब क्यों नहीं दे रही है।'' केशा के मन में तरह तरह की बातें आने लगी, उसने आगे अपने आप से कहा ''शायद मुझे सीधे इसे इस तरह से बात नहीं करनी चाहीए थी, तो इसे क्या कहु?''

''क्या आप ठीक है। मेरे इस व्यवहांर के लिए मे माफी चाहता हुं, यह बस गलती से हो गया।''

''नहीं, कोई बात नहीं, सब ठीक है, मैं ठीक हूं।''

''देखिए मैं यहां एक यात्रा पर हूं और आप मिल गई और घटना ऐसे हुई कि मैं अपने आप को आपसे बात करने से और आप को बताने से रोक नहीं पाया। मैं पत्थरो वाले आश्रम से यात्रा कर रहा हूं और मेरा नाम केशा है।''

''मैं पवित्र नदी के उपर की और पहाडी पर जो आश्रम है वहां से यात्रा पर हूं। पर मे असल में रोम से यात्रा कर रही हूं।''

''क्या आप किसी खास वजह से यात्रा कर रही है?''

''हां शायद, पर मैं समझ नहीं पा रही हूं कि अब आगे यात्रा करू या नहीं।''

अचानक वेदरा का सिर चकराने लगा, उसे अपने घर की याद आने लगी, अपने जानवरों की, अपनी दोस्त की, खेत की उसे सब कुछ साफ सामने दिखने लगा, वेदरा को ना शोल फोलोवर की कुछ बात याद आ रही है ना गोरेबाबा की, वह तो बस अपनी पुरानी यादो में खो गई, इस अलौकिक घटना का वेदरा पर अलग असर हुआ, वह अब भी अपने दिमाग से सोच रही है अन्तरमन से नहीं।

वेदरा को अचानक लगा जैसे वह नींद से जाग गई, उस पर नशे का असर खत्म हो गया, उसने देखा सामने खडे लडके को वह कैसे जान सकती है वह तो हजारो मिल दुर से आई है।

जिसे वह नशा या नींद समझ रही थी वह आध्यात्मिक आवरण था जो वेदरा की बुद्धी ने हटा लिया।

''मैंने भी तुम्हे देखा है सपने में, पर मुझे इस तरह यह होना कुछ समझ नहीं आ रहा है, देखो मैं समझती हूं, पर मुझे इस तरह के इत्तेफाक पर विश्वास नहीं है।''

''मुझे नहीं समझ आ रहा मैं तुम से क्या कहु, मुझे इस तरह से कुछ भी महसूस नहीं हो रहा है की मैं तुम्हे जानती हूं, मुझे विश्वास नहीं हो रहा इस तरह, मैं कुछ नहीं कह सकती शायद मेरी यात्रा यही समाप्त होती है। अब शायद मुझे जाना चाहिए, अलविदा।''

केशा ने हाथ जोडकर प्रणाम किया।

वेदरा ने अपने घोडे की ओर मुडी...।''

केशा इसे बहुत कुछ बताना चाहता है पर नहीं अब बात करना बेकार है वह उसे कभी समझा नहीं पाएगा।

वेदरा केशा से बडी है पर शायद इस समझ में वह पीछे रह गई, वह प्रेम को समझ ही नहीं पाई वह समझ ही नहीं पाई की प्रेम का तो मतलब ही असंभव का संभव होना है, अब शायद वक्त ही वेदरा को समझाए।

केशा वेदरा को जाते हुए देखता रहा, वेदरा पिछे मुडकर देखती तो केशा की आखों में आसू साफ दे पाती।

#######

केशा के अन्दर जैसे कुछ बिखर गया, वह दर्द जो आज तक उसने महसूस नहीं किया था, आज उसके रूबरू हो गया, वह अन्दर से इतान दुखी महसूस करने लगा कि वह जहां खडा है वहां से हिलना भी नहीं चाहता है।

केशा उस विशाल पेड के नीचे एक जड का सहारा लेकर बैठ गया, उसे कुछ भी साफ नजर नहीं आ रहा है, आंखो के सामने अंधेरा सा रहा है, उसने अपनी आंखें बंद कर दी।

जब केशा की आंखें खुली रात को चुकी है, वह बहुत देर तक सोया था । वह उठना नहीं चाहता, जैसा नहीं होना था वह हो गया है।

''क्या मुझे गांव खोजना है, नहीं जो मैं ढूंढ रहा था वह तो मेरे सामने था, पर वह तो समझ ही नहीं पाई मैं बाबाजी के पास वापस चला जाता हूं शायद यही अच्छा होगा।''

केशा के अन्दर बहुत गहराई में चोट लग गई है, उसे कुछ भी सही नहीं लग रहा है कुछ भी समझ नहीं आ रहा है 'मुझे गांव नहीं खोजना।'

केशा ने ना समय देखा ना कुछ और सोचा, बस वापस आश्रम के लिए रवाना हो गया।

रात भर वह चलता रहा, सुबह हो गई पर रूकने के बजाई वह चलता रहा, बेहद ठंड है पर उसे परवाह नहीं वह तो बस चलता ही जा रहा है ना कुछ खाने का उसका मन है ना ही आराम करने का, उसे तो किसी के मिलने की उम्मीद ही नहीं थी, फिर वह औरत इसे क्यों मिली।

यही बात उसे परेशान करने लगी और जब मिल गई और वह भी वही सपना देखती है जो मैं देखता हूं पर फिर भी वह समझ ना सकी, ऐसे चली गई जैसे मुझसे उसका कोई वास्ता ही नहीं है, ऐसा मेरे साथ क्यों हुआ मेरे परमात्मा।

केशा बेहद थक चुका है उपर से उसने कुछ भी नहीं खाया है। केशा कल रात से और आज पुरा दिन चला है। वह अपने शरीर को शायद तोड देना चाहता है, वह ना चाहते हुए भी एक जगह बैठ गया और वही उसे नींद आ गई। उसने तीन दिन का सफर दिन और रात में तय कर लिया है। उसकी आंख खुली और वह फिर रवाना हो गया। वह अविश्वसनीय तरीके से दुसरी पुरी रात भी चलता रहा, शायद वह अपने आप को तकलीफ देना चाहता है, दोपहर वह एक छोटे पानी के श्रोत के पास पानी पीने के लिए रूका और वही बैठ गया। उसने बहुत ज्यादा दुरी तय कर ली है, घना जंगल देखकर लगता है कुछ ही समय में एक गांव आ जाएगा जिसे केशा ने आते समय देखा था।

उसने पगडंडी छोड, पानी की धारा जहां से आ रही है इसके साथ साथ चलने का निश्चिय किया। हुए थोडी देर में एक मामुली सी खुली जगह पर आ गया, उसे नहीं पता उसने ऐसा क्यों किया। केशा का मन हुआ कि वह यही रूक जाए, चारो तरफ बहुत ऊंचे लम्बे पेड है और बीच में थोडी सी जगह खुली है, पानी यहां एक पत्थर से नीचे गिर रहा है तो यहां एक छोटा झरना बन गया है। केशा को यहां कुछ अच्छा लगने लगा।

''मैं वापस नहीं जाहुंगा, बाबाजी मुझे माफ कर दिजिए मैं आपको इस तरह नहीं मिलना चाहता और फिर मैं आपसे क्या कहु, की मैं गांव खोजने गया ही नहीं और जिस प्रेम

की परिभाषा आप ने मुझे सीखाई थी उसके करीब आकर फिर दुर हो गया, मुझे माफ कर दिजिए मेरे बाबाजी।''

उसने एक पेड के नीचे थोडी सफाई कि, अपना झोला पास में रखा और पेड का सहारा लेकर बैठ गया, वह इस जगह को अच्छी तरह से देख रहा है, उसे एक एक चीज आज बारीकी से दिख रही है। कैसे पानी गिर रहा है, पेड किस तरह के है उसका तना कैसा है वे कैसे बडे हुए होंगे, पानी का बहना और सब कुछ।

''मैं वापस नहीं जाना चाहता, ना आगे जाना चाहता हूं। बस मैं यहीं रूक जाता हूं शायद मेरे जीवन में बस एक यही जगह रह गई है बाकी कुछ नहीं है। मैं यहां अपनी झोपडी बनाऊंगा यहां एक छोटा पानी का कुंड होगा झरने के पास, यहां आग जलाऊंगा, मेरी दुनिया अब तुम ही हो मेरे जंगल तुम ही मेरा परिवार हो।''

केशा अन्दर और बाहर दोनों जगह से पुरी तरह खाली हो चुका है। अब इसे कुछ नहीं चाहीए, ना वह कुछ लेना चाहता है ना किसी को कुछ देना चाहता है, ना उसे कुछ पाना है ना ही कुछ खोने का डर है, यहां तक की अपना जीवन भी नहीं।

कुछ दिन वह उस पेड के नीचे ही सोता रहा और आस पास से फल ले आता, अब उसके पास खाने के लिए सिर्फ फल है। उसका बाकी सारा सामान खत्म हो चुका है। केशा ने कुछ दिन सिर्फ पेड के नीचे सोकर अपना समय व्यतीत किया, कुछ दिनो के बाद उसका मन शांत होने लगा।

कुछ दिन बीतने के बाद केशा ने जंगल से जैसी लकडीयां मिली उससे झोपडी और आस पास के पत्थरो से

कुंड बना लिया है। उसने उस पेड के चारो तरफ भी पत्थर जमा कर बैठने के लिए बना लिया जहां वह पहले दिन बैठा था।

जब केशा का मन पुरी तरह शांत हो गया तो वह उस पेड के नीचे ध्यान के लिए बैठने लगा, केशा पुरा पुरा दिन और देर रात तक वही बैठा रहता, उसका शरीर अब लम्बे समय तक बैठने के लिए तैयार होने लगा।

कुछ ही महिनो में अब केशा दिन में सिर्फ नित्यकार्य और फलाहार के लिए ही उठता, समय के साथ साथ दिन हफ्तो में बदलने लगे, उसका शरीर बेहद कमजोर हो गया है पर उसे अपने शरीर की कोई फिक्र नहीं है। केशा अपने कार्य में पुरी तरह लगा रहा, उसका कोई उद्देश्य नहीं है वह बस निःउद्देश्य ध्यान कर रहा है। समय चलता रहा.......
.... ।

######

लगभग पांच साल बाद केशा के बाल बहुत लम्बे हो गए है और दाढी भी बहुत बढ गई है कपडे पुराने होने से जगह जगह से फट गए है, एक रात केशा ध्यान में बैठा है और उसे कुछ महसूस हुआ, बेहद तेज रोशनी और सब कुछ अलौकिक लगने लगा, पुरे शरीर में कंपन महसूस हो रहा है उसे, अपना शरीर हवा जैसे हल्का महसूस होने लगा, यह अलौकिक घटना कुछ देर ही चली और केशा को यह समझने में बहुत वक्त लगा की वह जिंदा है। उसे लगा शायद मृत्यु ऐसे ही आती हो और शायद वह सही भी है क्योंकी ऐसी अलौकिक घटना इंसान को मृत्यु से परे ले जाती है और सारी गलत चीजो की मृत्यु हो जाती है।

केशा का शरीर पुरी तरह से स्वस्थ हो गया हांलांकि उसका शरीर अभी भी पतला ही है पर अन्दर से उसके आश्र्यजनक रूप से बदलाव आ गए, एक तरह से कहे तो दिव्यता आ गई।

और इस दिन के बाद केशा को ध्यान में बैठने की आवश्यकता नहीं रही, हालांकि वह बैठता है पर वह हर वक्त ध्यान में ही रहता है जागते सोते हर वक्त। और धिरे धिरे केशा का शरीर भी पहले से भी ज्यादा सही हो गया, चेहरे पर एक अलौकिक तेज आ गया जबकि अब भी वह सिर्फ फलाहार ही ले रहा है।

सब कुछ अच्छा चल रहा है केशा खुश है इस शांत और एकांन्त वातावरण में, पर कभी कभी जब पूर्णिमा की रात जब पुरा चांद होता है तो उसका मन बेचैन हो जाता है, और केशा जानता है यह बेचैनी उस औरत के लिए है

जो अब शायद सिर्फ उसकी यादो में ही है, उससे प्रेम तो हुआ पर मिलना शायद भाग्य में ही नहीं था।

केशा को अब अपना जीवन लोग कल्याण के लिए लगाना है और इस वजह से वह जडी बुटिया इकट्ठा करने के लिए दुर तक जंगल में जाता है, वह कुछ औषधिया बनाना चाहता है जिससे लोगो की बीमारियां ठीक की जा सके।

सुबह का सुहावना मौसम है केशा एक चिडिया को देख रहा है जिसने उसकी झोपडी में घोसला डाला है ''आज मुझे यहां आए पता नहीं कितना समय हुआ होगा, शायद छह साल तो हो गए होंगे, मैंने इतने समय से किसी इंसान को नहीं देखा, तुमने देखा है मेरे अलावा, बताओ.....।'' केशा चिडिया को पुछने लगा, वह अक्सर यहां जानवारों से बातें करता है, यह जंगल ही उसका परिवार है, उसे अपने शब्द याद है।

''ना किसी इंसान से बात की....। आज में किसी गांव में जाना चाहता हूं अगर कोई जरूरतमंद मिला तो उसकी मदद करना चाहता हूं और यह घुमने से ही पता चलेगा, मुझे पहले पास के गांव से ही शुरूआत करनी चाहिए ''तुम क्या कहती हो चिडिया रानी, जब मैं यहां ना होऊंगा ख्याल तो रख लोगी ना इस जगह का। आज पहली बार जा रहा हूं और तुम्हे अकेला छोड रहा हूं, इस जगह का नहीं तो अपना ख्याल तो तुम रखना, ठीक है।'' केशा ने अपनी झोली उठाई उसमें कुछ बनाई गई औषधिया डाली और पैदल रवाना हो गया।

केशा ने जैसे ही गांव में कदम रखा गांव के बीचो बीच लोगो की भीड जमा थी, केशा सीधे वही चला गया। लगभग पैतीस से चालीस साल के दो व्यक्तियों को बांध के रखा गया है और चारो और से ग्रामीणो ने उन्हे घेर रखा है।

केशा ने जैसे ही उन दोनों को देखा...उसे उन दोनों की मजबुरी साफ नजर आने लगी, खुद केशा भी अचंभित था कि यह क्या हुआ, उन दोनों के मौत का डर केशा साफ महसूस कर रहा है।

केशा ने ग्रामीणों की तरफ देखा तो महसूस किया कि उन में से ज्यादातर लोग इन दोनों को मारना ही चाहते है, केशा को जो अलौकिक दिव्यता प्राप्त हुई है आज वह उसे समझ रहा है। उसे लगा की उसका मन शांत और कोमल हुआ है पर आज अहसास हो रहा है उसे बहुत कुछ प्राप्त हुआ है। और वह चाहता है की इसका वह भलाई के लिए प्रयोग करे, केशा ने महसूस किया कि लोग बीमार बाहर से नहीं है आन्तरीक रूप से है, और इलाज भी आन्तरीक ही होना चाहीए।

''यहां क्या हो रहा है, इन लोगो को क्यो बांधा गया है।'' केशा ने ग्रामीणों से सवाल किया।

एक आदमी आगे आया ''तुम कौन हो, तुम्हे पहले यहां नहीं देखा।''

''जी मैं अपना परिचय दे दुंगा, पहले आप यह बताए इन लोगो का कसुर क्या है।''

केशा की वाणी सुनकर वह थोडा शांत हुआ, जब उसने केशा की तरफ ध्यान से देखा तो उसे एक तेज दिखाई दिया केशा के चैहरे पर, उसने प्रणाम किया और बोला।

''आप कोई साधु लगते है, आप इन सब में मत पडीए यह दोनों चोर है, इन्होने अपराध किया है और कुछ ही देर में सैनिक आते ही होंगे दो लोग उन्हे कल से बुलाने के लिए गए हुए है।''

''इनका क्या कसुर है।'' केशा ने दोनों की तरफ देखा, उन की आंखो से मायुसी और डर था।

''इन लोगो ने राजा के महल में चोरी की है, रानी के जैवरात चुराए है, इन को तो मौत की सजा ही होनी चाहिए, रानी के जैवरात चुराने की हिम्मत की इन लोगो ने।''

दुसरा ग्रामीण पास आया ''यह व्यक्ति बहुत सालो से महल में काम करता था और कुछ दिन पहले मौका पाकर इसने रानी का हार और कुछ जेवरात चुरा लिए और अपने साथी के साथ भाग गया, सैनिको ने हर गांव में जाकर बताया की दो लोग और इसका हुलिया।'' उसने उस बांधे गए एक आदमी की तरफ इशारा करते हुए कहा की ''महल में से चोरी कर भागे है, यह लोग यहां चरण लेने के लिए आए और हम लोगो ने इन्हे पकड लिया, इनको लगा होगा इतने दुर गांव में कौन पहचानेगा, पर देखो यह पकडे गए।''

केशा कुछ सोचने लगा तब वह पहला आदमी जिसे बांधा गया है बोला ''मेरी मजबुरी थी और मेरे भाई का इसमे कोई हाथ नहीं है, इसे छोड दो।'' दुसरा व्यक्ति कुछ नहीं बोला, उसने एक पल के लिए केशा की तरफ देखा फिर वापस नीचे देखने लगा।

केशा ने ग्रामीणों से कहा ''क्या आप लोग इनकी बात नहीं सुनेंगे, इन लोगो की मजबुरी आप नहीं सुनंना चाहते।''

''यह कोई मजबुर नहीं है, चोर है। और इन्हे सजा मिलनी ही चाहिए।''

केशा पुरे गांव को कैसे समझाए।

तभी दो लोग सैनिको के साथ आ गए, पांच सैनिक है और हथियारो के साथ, सारे ग्रामीण पिछे हट गए और फुसफुसाने लगे...सैनिक आ गए..., सैनिक आ गए....।

एक सैनिक ने रस्सी पकडी जिससे वे बन्धे है ''चलो खडे हो जाओ, हम लेते है तुम्हारी खबर।''

दोनों खडे हो गए।

दुसरे सैनिक ने अपना हाथ उपर किया और कहा ''सभी ग्रामवासीयो, तुमने बहुत बढिया कार्य किया।''

सभी ग्रामीण भी फुसफुसाने लगे ''हां बढिया हुआ..., हां सही किया।''

सैनिक जिसने रस्सी पकड रखी थी उसने जोर से झटका दिया ''अब चलो यहां से।'' दोनों लडखडाए और आगे बढ गए।

''रूक जाओ, क्यों ले जा रहे हो इनको।'' केशा ने कहा।

सारे सैनिक पिछे मुड गए और जिसने रस्सी पकड रखी थी बोला ''तुम कौन हो?'' वह दो पल रूका उसने केशा को देखा फिर बोला ''देखो तुम कोई साधु लग रहे हो इस लिए माफ कर देता हूं, पर हमें आदेश देने ही गलती मत करना।''

''मैं तुम से यह कहना चाहता हूं कि यह लोग मजबुर है, इन लोगो को मत ले जाओ छोड दो इन्हे।''

सारे ग्रामीण केशा को देखने लगे।

''अब तुम हमारे कार्य में बाधा डाल रहे हो, अब अगर तुम ने और एक शब्द भी बोला तो इन दोनों के साथ तुम्हे भी बांध कर ले जाएगे।''

''ठीक है, मुझे मंजुर है। पर इन लोगो को छोड दो।

उस सैनिक ने रस्सी दुसरे सैनिक को पकडाई और तेजी से केशा की ओर बढा.....और केशा का हाथ जोर से पकडते हुए बोला ''चल......।''

आगे उसके मुंह से एक शब्द भी नहीं निकला, वह जैसे केशा के पास बुत बनकर खडा हो गया।

बाकी सैनिक और ग्रामीण उसकी प्रतिक्रिया का इंतजार करने लगे...।

''इन लोगो को छोड दो।'' केशा ने उसकी तरफ देखकर कहा।

वह पिछे मुडा और अपने हाथो से दोनों के हाथो की रस्सीया खोल दी, बाकी सैनिको ने प्रतिक्रिया दी पर उसने सभी को शांत रहने का इशारा किया।

सारे ग्रामीण चकित रह गए ऐसा देखकर।

केशा उन दोनों के पास गया और कहा ''इन सैनिको को वे जेवरात दे दो।'' पहले व्यक्ति ने छुपाए हुए जैवरात सैनिक के हाथ में रख दिए।

''आप लोग राजा से कुछ भी कह सकते हो, जैवरात तुम्हारे हाथ में है।''

''ठीक है।'' सैनिक वहां से चले गए।

ग्रामीणों ने केशा को घेर लिया, सब बाबा बाबा कहने लगे।

केशा ने कहा ''मैं बाबा नहीं हूं। मेरा नाम केशा है, और मैं वहां उपर पहाडों में रहता हूं। मैं गांव में लोगो की मदद करने आया था पर मैं क्या देखता हूं आप लोग किसी का दर्द नहीं समझते, यह देख मुझे बहुत दुख हुआ, बहुत तकलीफ हुई।

लोगो ने अपने सर झुका लिए।

''बाबा हमें माफ कर दो।'' कोई जल्दी से केशा के बैठने के लिए चारपाई लेकर आ गया।

''बैठने की आवश्यकता मुझे नहीं उन दो लोगो को है, इस पर उन्हे बैठाओ, आप लोगो ने इन्हे तकलीफ दी, अपमान किया है इनका। बिना यह जाने कि असलियत क्या है, क्या मजबुरी रही होगी इनकी, और फिर राजा के महल से कुछ सोना चुराया है, उस राजा के जिसके पास ऐसे सोने के ढेर है और आप जैसे लोगो की कोई परवाह नहीं, वह राजा आप जैसा नहीं है यह लोग, यह साधारण लोग यह आप जैसे है, इन से प्रेम कीजिए सम्मान कीजिए इनका।''

दोनों लोगो को बिठाया गया, दोनों केशा को हाथ जोड रहे है पर केशा ने ऐसा करने से मना किया।

वह व्यक्ति एक ओर चारपाई लेकर आया और केशा को उस पर बैठने के लिए हाथजोड कर निवेदन किया।

कुछ देर बाद जब दोनों को पानी पिलाया गया और कुछ शांति हुई, पहले व्यक्ति ने बताया कि उसका भाई छोटा मोटा लोगो के वहां कार्य कर घर चलाता है और वह महल में सप्ताह में एक दिन के लिए सफाई का कार्य करने जाता है। ''परिवार में हम दोनों ही है, कुछ समय से कुछ भी कार्य ना होने से घर में खाने के लिए कुछ भी नहीं था तो हमें यह कदम उठाना पडा। सोचा इसे बेचकर कही दुर चले जाएगे, वही शांति से रहेंगे किसी गांव में खेती कर लेंगे या कुछ भी बस हम शांति से रहना चाहते थे।''

सभी ग्रामीणों को अब अहसास हुआ कि वे कितना गलत करने जा रहे थे।

केशा अब जाने के लिए उठा तो सभी ग्रामीणों ने निवेदन किया ''आप आज रात यही रूक जाए और भोजन गांव में ही करे।''

''नहीं, मुझे रात होने से पुर्व अपनी रहने की जगह वापस जाना होगा।'' आज पूर्णिमा है। और पूर्णिमा की रात केशा एक विशेष जगह जाकर चांद को उगता हुआ देखता है और लगभग रातभर वही बैठा उसे देखता है और वही सो जाता है।

''मैं आप के यहां गांव में फिर आहुंगा, मैं ज्यादा दुर नहीं रहता हूं, बस आप इन लोगो का ख्याल रखना इन्हे भोजन करवा लेना और रहने की व्यवस्था कर लेना।''

सभी ग्रामीणों ने हाथ जोडकर हामी भरी, ग्रामीण आपस में बात करने लगे की हमारे नजदीक इतने पहुंचे हुए बाबा रहते है और हमें पता ही नहीं, देखने में बडे साधारण। क्या नाम था उनका 'केशा' .नहीं हमें उन्हे सम्मान से बुलाना चाहिए 'बाबाकेशा'।''

''नहीं'' एक बुर्जुग ने कहा ''बाबाकेशव, हां, बाबाकेशव।'' सभी ने कहा। केशा का जो असली नाम था वह आज जाने अनजाने सामने आ गया, पर बाबा के साथ।

#####

दो दिन बाद केशा उन दोनों की खबर लेने गांव आया, सभी लोगो ने केशा का बहुत प्यार से स्वागत किया।

वे दोनों व्यक्ति केशा के सामने आए और बोले ''आप ने हमारा जीवन बदल दिया हमें जीवन दान दिया है बाबा।'' वे केशा के पैरो में झुक गए।

केशा एक कदम पीछे हटते हुए बोला ''कृप्या ऐसा ना करे और मैंने आप से कहा मुझे बाबा ना कहे।''

''नहीं आप कोई साधारण इंसान नहीं है।'' उन्होने कहा।

''आप मुझे गलत समझ रहे है। मैं ना कोई साधु हूं ना ही कोई संत, मैं एक साधारण इंसान हूं और मुझे बाबा ना पुकारे मेरा नाम केशा है। मैं और आप सभी समान है, मुझे आप अपना मित्र समझे।'' केशा ने आगे कहना जारी रखा।

''मुझे खुशी है कि आप दोनों यहां खुशी से है, आप यहां अपना नया जीवन शुरू करे और खुश रहे।''

''पहले हम भी यही चाहते थे, पर हमें शांति की आवश्यकता है और वह हमें आपके साथ मिल सकती है, कृप्या हमें अपने साथ, आपके वहां आने की इजाजत दीजिए।''

केशा के लिए यह एक सोचने वाली बात हो गई, वह उन्हे मना नहीं कर सकता वे जहां चाहे वहां रह सकते है और अपने साथ भी नहीं रख सकता।

वे दोनों हाथ जोड खडे हो गए ''देखिए अब हमारे जीवन में कुछ भी नहीं है, यह जीवन आप की देन है। हमें यह नया जीवन मिला है हम इसे व्यर्थ नहीं करना चाहते। जीवन में जितना समय अब शेष है वह अगर आप जैसे किसी इंसान के साथ बीते तो हमारा जीवन धन्य हो जाएगा।''

''देखिए ऐसा मत कहिए अभी तो आप को बहुत कुछ करना है, देखना है। और अगर आप मेरे साथ वहां पहाड पर रहना चाहते है तो ठीक है पर मेरे एकांत रहने की कोई खास वजह है, हो सकता है तुम्हे वह एकांत ज्यादा समय अच्छा ना लगे और वहां खाने के लिए सिर्फ फल ही है। मेरा कार्य तो इनसे चल जाता है पर आपके लिए ऐसा जीवन बेहद मुश्किल होगा।''

''हम कैसे भी हालात में रह लेंगे और आप जैसा कहेंगे वैसा ही करेंगे आप हमें अपने साथ ले चले, हमें सीखाए, शिक्षा दीजिए, हमें अपना शिष्य बना लीजिए।''

केशा ने कुश जवाब नहीं दिया।

कुछ ग्रामीणों ने निवेदन किया कि अगर आप इन्हे अपने साथ ले जाते है तो इन्हे कुछ महीनो का राशन तो हम दे सकते है और आप कहे तो समय समय पर देने भी आ जाएंगे।

''देखो आप वहां रहना चाहते हो तो मुझे कोई आपत्ति नहीं है और फिर गांव वाले आपका सहयोग कर रहे है यह देखकर मुझे बडी खुशी हुई।''

कुछ ग्रामीण सामान के साथ उनके साथ हो लिए।

केशा चाहता है वे उसकी झोपडी से कुछ दुरी पर अपनी झोपडी बनाए जिससे केशा को वही एकांत मिले जो वहां सदा था।

अब वहां कभी कभार गांव के लोग आजाते है और आस पास के गांव से भी लोग आने लगे है। लोगो ने मिलकर जहां उन दोनों की झोपडी है वहां बैठने के लिए बहुत सारी जगह साफ कर दी और मिटटी से लेपन करके बैठने के लिए बहुत अच्छे से तैयार कर लिया। जब कभी कोई आता है दोनों भाई लोगो की सेवा करते, जैसा उपलब्ध होता खिलाते पिलाते है। उन्होन केशा को पहले दिन से ही अपना गुरू मान लिया था।

जब भी वहां मेहमान होते है केशा सभी लोगो के साथ नीचे बैठता है और सभी को समान रूप से समय देता है। केशा की बातें सुनना लोगो को अच्छा लगता है, असल में केशा के साथ बैठने भर से ही लोगो को राहत मिलती है ऐसा लोगो का कहना है।

केशा को अब पता चला है कि दोनों जो केशा के साथ इतने समय से रह रहे है उनका नाम निर्मल और हंसराम है। वे केशा को अपने गुरू की तरह ही प्रेम करते है और केशा उन्हे अपने मित्र की तरह ही इनका ख्याल रखता है और साथ गुरू की तरह योग ध्यान और जडी बुटीयो के बारे में सीखा रहा है।

कुछ ही समय में दोनों को जडी बुटीयो के साथ योग और ध्यान की बारीक जानकारी होने लगी है, वे धिरे धिरे सब कुछ सिख रहे है। वे तीनो इस एकांत और शांत वातावरण में खुश है और केशा को अब वह सपना नहीं आता है पर जब वह गहरे ध्यान में होता है तो एक बार

वह औरत उसे अवश्य दिखती है। केशा ध्यान द्वारा शांत हो गया है पर उसे भुला नहीं है।

सात साल बाद

वेदरा को हिन्द से वापस आए सात साल हो चुके है। वह अपनी यात्रा के सम्बन्ध में कम ही बातें करती है, वह भी सिर्फ अपनी दोस्त से। यहां ज्यादा कुछ नहीं बदला है सब कुछ वैसा ही है बस वेदरा के शरीर में कुछ बदलाव आए है जैसे उमर के साथ आते है। पर असल बात शरीर की नहीं अन्दरूनी है, आन्तरीक है।

दिन का चौथा पहर है वेदरा और ऐमेली दोनों घर के बाहर टेबल पर चाय के कप के साथ बैठी है।

''आज मुझे इस समय बुलाया, कोई खास वजह है क्या।'' वेदरा की दोस्त ने पूछा।

''हां बहुत खास वजह है। मुझे तुम्हे बहुत कुछ बताना है।''

''हां, और तुम मुझे अपने हिन्द के सफर के बारे में भी कुछ बताओ, मैं जब भी पूछती हूं तुम थोडा कुछ बताकर बात टाल देती हो, मुझे जानना है वहां आखिर तुमने क्या किया, कैसे रही वहां, जगह कैसी है, वहां के लोग कैसे है?''

''असल में मैंने तुम्हे इसी लिए बुलाया है कि मैं तुमसे वह सब बता सकु जो मेरे मन को बहुत बैचेन किए जा रहा है।'' वेदरा अचानक गंभीर हो गई।''

''बेचैन तो तुम कापी समय से हो या कहु सालो से....
.।''

''तुमने सही कहा, मैं असल में अपनी बेचैनी की वजह से ही इस यात्रा पर गई थी, पर और ज्यादा उलझन के साथ वापस आई। मैं यह बात किसी से नहीं कहना चाहती थी पर अब बात अलग है, अब फैसले का समय है।''

''कैसे फैसले का?'' उसकी दोस्त ने कुछ चौक कर कहा।

''तुम्हे पता है मैंने तुम्हे एक बार अपने सपने के बारे में बताया था जो मुझे बार बार आता था।''

ऐमेली ने हां में सिर हिलाया।

''मैं इस सफर पर गई और यकीन मानो वह समय मेरे जीवन का बेहद खूबसूरत समय था।''

वेदरा ने बताया कैसे उसने यात्रा की, कैसे और कहा रही।

''पर मेरे जीवन की सबसे.... उस घटना को मैं क्या कहु...हहह.... उस घटना को अलौकिक कहना ही ठीक रहेगा, मेरे गुरूजी जिनका नाम गोरेबाबा है, वे गोरे है तो वहां लोग उन्हे गोरेबाबा कहते है। वे यही के है हमारे पडोसी राज्य के, मैंने उनसे आज्ञा ली और उस पेड की खोज में निकल गई, मेरी एक दोस्त ने मेरी मदद की जो खुद भी किसी रहस्य से कम नहीं है कब आती है कब जाती है पता ही नहीं चलता, पर सात दिन वह मेरे साथ रही यात्रा के दौरान और एक दिन जब में पेड के करीब

थी अचानक वह चली गई, पर मैं पेड तक पहुंच गई।'' वह रूकी एक लंबी सांस ली और आगे कहा ''उसने मेरी काफी मदद की थी सही मायनो में।''

वेदरा फिर कुछ देर रूकी और सोचने लगी जैसे वह उसे ठीक से कैसे बताए।

''मैं पेड तक पहुंच गई, वह जगह.... यकीन मानो बेहद खूबसूरत है और बहुत ही पवित्र, वहां उस जगह आपके होने भर से आपको वह अहसास हो जाता है। मैं रात वही रही वह पूर्णिमा की एक खूबसूरत रात थी।'' वेदरा ने एक लंबी आह भरी....''बेहद खूबसूरत।'' उसने उपर देखा आसमान की ओर।

''आज जब मैं उस रात के बारे में सोचती हूं तो लगता है, काश उस रात सुबह नहीं हुई होती और मैं वह गलती नहीं करती, काश मैंने वह गलती नहीं की होती।'' वेदरा के चेहरे पर निराशा की झलक उसकी दोस्त साफ देख सकती है।

ऐमेली ने वेदरा का हाथ पकडा और इशारो से कहां सब ठीक है।

''मैंने एक सपना बार बार देखा और उस सपने में एक लडके को देखा और जब मैं सुबह अपने आगे के सफर की तैयारी कर रही थी तभी मैंने एक लडके को आते देखा, और मैं क्या देखती हूं.....।''

वेदरा ने अपनी दोस्त का हाथ जोर से दबाया ''वह लडका जो सामने से आ रहा है वह भी यात्रा पर है और वह वही लडका है जिसे मैंने अपने सपनो में देखा था। और इससे भी अजिब बात तो यह थी कि उसने भी मुझे सपने में देखा था। ऐसा उसने मुझसे कहा।'' वेदरा ने पहले अपने

मुंह पर हाथ फेरा फिर बालो में ''वह मेरे सपने था जिसे मैंने सपनो में देखा था, उसने मेरा हाथ पकड कर मुझसे कहा की वह मेरे लिए आया है, प्रेम करता है वह मुझसे, मैं उसकी आंखो में साफ देख सकती थी, वह आंखें मैं आज तक कभी भुल नहीं पाई दोस्त....... उसने मुझे समझाने की कोशिश की कि हमारा मिलना तो भाग्य ने तय किया है। पर मैं कुछ समझ ही नहीं पाई या शायद डर गई, मुझे नहीं पता मैं बेवकुफ थी जो उस समय ऐसी बातो तो बेवकुफाना समझ रही थी, मुझे अब समझ आया मैंने क्या खो दिया।''

''मेरी दोस्त मैंने तो अपना जीवन वही खो दिया था, यह शरीर यहां जरूर है पर मेरी आत्मा वही हिन्द में ही रह गई और पिछले दो साल से तो मुझे पुरा यकीन हो गया की मैं ही पागल थी जो उस समय उस लडके को जिसका नाम केशा था, हां उसका नाम केशा था, कितना प्रेम था उसकी आंखो में मेरे लिए और मैंने उसे क्या दिया, सिर्फ दर्द। जब मैंने उसे पहचानने से मना किया और अपना हाथ छुडवा लिया तो उसके चैहरे पर और उसकी आंखो में दर्द साफ देख सकती थी मैं, पर उस समय मैंने अपने दिल की अपनी आत्मा की नहीं सुनी और उसका अफसोस आज मुझे हो रहा है।''

वेदरा ने एक लम्बी सांस ली और आगे कहा......

''पर अब मैं अपनी गलती को ठीक करना चाहती हूं....मैं उसे गले लगाना चाहती हूं और अब मैं सिर्फ अपनी आत्मा की सुनना चाहती हूं, सिर्फ आत्मा का अनुसरण करना चाहती हूं। एक सही मायनो में शाल फोलोवर बनना चाहती हूं, और इसी वजह से मैंने तुम्हे यहां बुलाया है। मैं चाहती हूं कि तुम मेरा घर और मेरे सारे जानवर रखलो।''

''यह तुम क्या कह रही हो वेदरा?''

''हां, हां मैं सही कह रही हूं, मेरा यह जीवन यहां है ही नहीं मैं यहां और रही तो शायद जी ही नहीं पाहुंगी या शायद पागल हो जाऊंगी। मैं उसे खोजने जा रही हूं और खोज ही लूंगी, उससे माफी मांगुगी और उसे अपने गले लगा लुंगी चाहे वह मुझसे कुछ भी कहे। मैं जा रही हूं मेरी दोस्त, मैंने फैसला कर लिया है और मैंने सब तैयारी कर ली है।''

वेदरा ने एक कागज अपनी दोस्त को पकडा दिया।

''तुम कुछ मत कहो, मैं वापस नहीं आहुंगी। मैं उसे खोजे बिना अब ऐसे तो रह ही नहीं सकती, अब मेरे जीवन में चाहे जो हो पर अब मुझे वही करना है जो मेरी आत्मा कहती है।''

वेदरा की दोस्त ने उसे गले लगा लिया, वह जानती है वेदरा जो कहती है वही करती है। शायद यह कल सुबह यहां मिले ही नहीं, एक तरह से यह विदाई का गले लगना ही है, वे बहुत समय तक गले लगी रही।

######

लगभग एक महीने बाद वेदरा गोरेबाबा के आश्रम के मुख्य दरवाजे पर खडी है। उसने भारतीय वेशभुषा पहन रखी है पुरी तरह से हिन्दवासी लग रही है गले में रूद्रास की माला और माथे पर चंदन की बिंदी लगी है। उसके भुरे बाल ओढनी से बाहर लटक रहे है और उसकी खूबसूरती को ओर बढा रहे है।

वेदरा पहले से कई जल्दी हिन्द पहुंच गई है उसने ऐसे लोगो से मदद ली है जो सिर्फ पैसो के बदले सफर करवाने का काम करते है।

आश्रम पहले जैसा ही है बस कुछ लोग नए दिख रहे है, पर यहां तो यह आम बात है लोग आते जाते रहते है आज भी वेदरा को वही लडका मिला जो पहले दिन जब वेदरा आई थी तब मिला था।

"तुम कैसे हो?" वेदरा ने पूछा।

"मैं ठीक हूं, पर आप यहां कई सालो के बाद आई हो, आखिर आप कहा थी?"

"यह बहुत लंबी कहानी है।" तुम मुझे यह बताओ गोरेबाबा कहा है।"

लडके ने वेदरा की तरफ देखा "गोरेबाबा अब नहीं रहे।"

"क्या...?" वेदरा को एक धक्का सा लगा।

"हां, लगभग दो साल हो गए है। वह रही उनकी समाधी।" लडके ने हाथ का इशारा कर आश्रम के पिछे वाली जगह बताई।

वेदरा सीधी वही चली गई और समाधी के पास आकर बैठ गई।

"मुझे माफ कर दिजिए गुरुजी, मैं आपके बताए रास्ते पर चल नहीं पाई और शायद समझ भी नहीं पाई। और जब कुछ समझ आने लगा तो आप यहां है ही नहीं। मुझे राह दिखाइए गुरुजी, मुझे राह दिखाईए....।"

वेदरा ने हाथ जोडे और कुछ समय वही बैठी रही।

कुछ देर बाद वेदर उस लडके के पास आई "क्या तुम जानते हो पत्थरो वाला आश्रम कहा है।"

''हां मैं जानता हूं।'' लडके ने वेदरा को बता दिया वहां कैसे जाना है।

वेदरा ऋषिकेश के लिए रवाना हो गई......।

दुसरे दिन वह आश्रम पहुंच गई, उसे ज्यादा समस्या नहीं हुई आश्रम खोजने में। लगभग सभी लोग इस आश्रम के बारे में जानते है।

वेदरा को आश्रम में आते ही दिव्य और अलौकिक महसूस होने लगा, साथ ही उसकी दिल की धडकन तेज हो गई।

''क्या वह यही होगा? उसने तो इसी आश्रम का नाम लिया था। मैं क्या कहुंगी उसे, मैं क्या कहुंगी केशा को।''

''प्रणाम, मैं आप की कुछ मदद कर सकता हूं।'' एक लगभग तीस वर्षीय साधु ने आकर वेदरा से पूछा।

''प्रणाम, मैं किसी को खोज रही हूं।''

उस व्यक्ति को आशा नहीं थी कि वह इस तरह से साफ भाषा में बात करेगी, उसे अचंभा हुआ।

पर वेदरा के लिए यह नयी बात नहीं थी लोग अक्सर एक गोरी औरत को यहां की भाषा बोलते देख थोडा अचंभे में आजाते है।

''आप यहां की भाषा जानती है। बहुत ही खुब...।''

''जी मुझे किसी की तलाश है, उनका नाम केशा है। क्या वह यहां है?''

''देखिए मैं यहां काफी समय से हूं और लगभग सभी लोगो को यहां जानता हूं और जहां तक मुझे याद है यहां केशा नाम का शिष्य कोई नहीं है। पर हो सकता है मेरा मतलब मेरी चुक हो सकती है, तो आपको आश्रम के मुख्य गुरूजी के पास ले चलता हूं शायद उन्हे कुछ पता हो।''

लडका मुख्य गुरूजी के पास ले गया....वे पेडो को पानी पीला रहे है।

''प्रणाम गुरूजी।''

''प्रणाम...।'' गुरूजी ने कहा। वे सफेद बाल और दाढी वाले लगभग सत्तर साल के बाबाजी है।

गुरूजी यह केशा नाम के किसी व्यक्ति को खोज रही है, मुझे पता नहीं है कि ऐसा कोई है यहां, तो मैं आपके पास लेकर आ गया।'' वह प्रणाम कर चला गया।

वेदरा ने गुरूजी के चरण स्पर्श किए।

''खुश रहो बेटी।''

''मुझे लगभग उससे मिले सात साल हो गए है। उसने मुझे बताया कि वह इसी आश्रम से आया है और उसका नाम केशा है।''

''मैं केशा को जानता हूं।'' यह कहते हुए गुरूजी बगीचे में चलने लगे।

वेदरा भी उनके साथ चलने लगी।

''मुझे याद है वह लडका, बेहद शांत और सभ्य लडका था वह, मेरे गुरूजी की आज्ञा थी कि मैं उसको अपने साथ ले चलूं और हमने हरिद्वार तक साथ सफर किया और मैं पहले दिन ही समझ गया था कि उस लडके में कुछ खास है। फिर वह यहां आश्रम आ गया और मेरे गुरूजी के साथ ही रहने लगा। वे आश्रम के पीछे रहते है, गुरूजी ने उसे बहुत कुछ सीखाया और एक दिन वह लडका एक यात्रा पर चला गया, पर वह वापस नहीं आया। मुझे अच्छी तरह से पता है मैंने गुरूजी से पूछा भी था कि वह कहा है, तो गुरूजी ने इतना ही कहा...वह अपनी राह खुद खोज रहा है।''

वेदरा को बहुत निराशा हुई, यहां नहीं है तो वह कहा होगा।

''गुरूजी, वह अब कहां हो सकता है?''

''देखो वह जिस गांव की तलाश में गया था अगर वह उसे मिल गया होता तो गुरूजी को जरूर पता होता और आश्रम में भी, क्योंकि यह बहुत बडी बात होती, पर जहां तक मुझे लगता है उसे वह नहीं मिला। तो अब वह कहा है, कैसा है, नहीं पता कुछ भी नहीं, और यह भी संभव है कि वह अपने घर चला गया हो, ऐसा हो सकता है।''

''गुरूजी मेरा उसे खोजना बेहद जरूरी है। अगर ऐसा नहीं हुआ तो मेरी खोज ही नहीं मैं भी अधुरी रह जाहुंगी।'' वेदरा अचानक से बोल गई फिर थोडी शरमा गई।

''मुझे माफ कर दिजिए गुरूजी....मेरा मतलब....मैं उसे खोजना चाहती हूं, कुछ गलत हुआ है उसे सही करना चाहती हूं।''

''देखो बेटी तुम्हारे अहसास को मैं समझ सकता हूं, तुम्हारी वाणी में प्रेम है। मैं तुम्हे उसके गांव का पता बताता हूं, शायद तुम्हे वह वहां मिल जाए।

''जी गुरूजी।'' वेदरा ने प्रणाम किया और बगीचे से बाहर मंदिर के पास आ गई।

वेदर रात आश्रम में रूकी और सुबह केशा के गांव के लिए रवाना हो गई।

कुछ दिनो के सफर के बाद वह केशा के शहर पहुंची, वह शहर किसी गांव जैसा ही है छोटा सा शहर।

बहुत से लोगो को पूछने के बाद अखिर किसी ने वेदरा को एक आदमी केशा के काका के पास ले गया।

''आप किसकी बात कर ही है, केशा की, पर यह संभव नहीं है।''काका ने कहा।

देखते देखते काका की दुकान पर लोगो की भीड जमा हो गई, एक गोरी औरत केशा को ढूंढ रही है।

''पर मैंने उसे देखा है और वह जहां रहा था वहां के गुरूजी ने मुझे यहां का पता दिया है।''

''यह संभव ही नहीं है, पता नहीं आप हमारी भाषा कैसे जानती है पर केशा के साथ बहुत बडी दुर्घटना हुई थी, वह रात को खाना देने खेत पर गया था और जब लोट रहा था तो चुडैलो ने उसका पीछा किया और उसे खा लिया। बेचारा मेरा केशा।'' काका दुख जाहिर करने लगे।

लोगो ने चुडैलो की बहुत सी कहानीया बना ली थी की कैसे केशा का पीछा किया, कैसे केशा भागा और भी बहुत सी कहानीया जैसी लोगो ने कल्पना की वैसी कहानी बन गई।

''आप सभी को गलतफहमी हो रही है, मैंने खुद उसे देखा है।'' वेदरा ने जोर देते हुए कहा।

''देखिए हम नहीं जानते आप कौन है और यहां क्या कर रही है और ऐसे इंसान को क्यो खोज रही है जो मर चुका है। और अगर आपने उसे देखा है तो इतने साल हो गए आखिर कहां है केशा?, वह अब नहीं रहा। केशा की उस घटना के बाद तो लोग वहां दिन में भी जाने से डरते है, अकेला तो वहां कोई जाता ही नहीं है।''

वेदरा को लगा केशा की ओर यहां बात करना ठीक नहीं रहेगा, यहां बात करने का कोई मतलब ही नहीं है।

वेदरा ने सबको प्रणाम किया और घोडा लेकर रवाना हो गई।

जब वेदरा चली गई लोग केशा के बारे में बात करने लगे और अरे यह औरत कौन थी जो मरे हुए इंसान को खोज रही है कभी देखा नहीं इसे.....।

किसी ने कहा ''कही यह भी कोई उन चुडैलो मैं से तो नहीं थी।''

लोग अचानक डर गए ''अरे चुडैल जिसने केशा को खाया था आज उसके काका की दुकान पर आई थी।'' और जल्द ही बात आग की तरह पुरे शहर में फैल गई।

######

कुछ दिनो बाद वेदरा हरिद्वार के वहां गंगा किनारे बैठी है और बहती हुई इस पवित्र नदी को देख रही है।

''मां गंगा मैं अब उसे कहा ढूंढू, कहां जाऊं, मैंने गलती की और उसे खो दिया और अब उसे खोज नहीं पा रही, आखिर कहां होगा वह? काश वह मुझे मिल जाए...। मां गंगा मुझे राह दिखाइए।''

''उसके अपने लोग तो उसे मरा हुआ समझते है, कैसे पागल लोग है।

शाम हो चुकी है और नदी के दुसरी तरफ गंगा आरती प्रारंभ हो चुकी है।

''मेरा जीवन, यह आखिर है क्या? कुछ समझ नहीं आता, शायद प्रेम ही जीवन का असली मतलब है। केशा तुम मुझे नहीं मिलोगे तो भी मैं तुम्हारा इंतजार करूंगी, जीवन भर।''

''मैं उस आश्रम चली जाती हूं जहां केशा पहले रहता था, मैं वही रहुंगी, केशा वहां जीवन में एक बार तो जरूर आएगा, वह मुझे अभी तक नहीं मिला, कही उसे कुछ हो ना गया हो.....नहीं नहीं ऐसा नहीं हो सकता, मुझे अब कोई जगह नजर नहीं आती जहां मैं उसे ढूंढू। अगर ढूंढ नहीं सकती तो इंतजार तो कर सकती हूं, मैं वही पत्थरो वाले आश्रम चली जाती हूं।''

वेदरा के मन में तरह तरह के ख्याल आ रहे है। वह दो पल रूकी और अपने आप से कहा...

''मैं उसे जहां अंतिम बार मिली थी वहां उस पेड के वहां उसे जहां खोया था, वही मुझे जाना चाहिए, शायद वहां कुछ हो सकता है, शायद वह आज भी वही हो मुझे वहां देखना चाहिए।''

''मुझे उस पेड के पास जाना चाहिए, मुझे अब बस यही एक अंतिम आशा है कि वह वहां मुझे मिल जाए वरना फिर मैं आश्रम आ जाऊंगी और उसके इंतजार में वही अपना जीवन बिता दुंगी।''

वेदरा ने अपने मन में प्रण ले लिया, अब वह पुरी तरह से साफ है उसे क्या करना है, कोई उलझन नहीं, कुछ भी दुसरा विचार नहीं, उसका मन प्रेम से भर चुका है, और जहां प्रेम है वहां परमात्मा है।

वेदरा आरती में शामिल होने नदी के दुसरी और चली गई।

सुबह उसने अपना घोडा लिया और अपने पुराने आश्रम की और बढ गई, वह जानती है मार्ग कहां से है।

वेदरा ने आश्रम से कुछ दिन का राशन लिया और अपने घोडे पर सवार हो गई।

घोडे की वजह से रास्त जल्दी कट गया और पांच दिन का सफर लगभग दो दिन में तय हो गया, पहली रात किसी गांव में ठहरने को मिल गया और आज वह बहुत घने जंगल से गुजर रही है, वह पहले भी यहां आ चुकी है तो उसे लगभग पता है रात कैसे बितानी है और सफर में कैसे आगे बढना है।

कुछ ही दिनो में वेदरा पेड के वहां, उस सुन्दर पेड के सामने खडी है। पर वहां कोई नहीं है वह पेड के पास घुटनो के बल बैठ गई और उसके हाथ प्रार्थना के लिए जुड गए। उस पर हल्की हल्की बर्फ गिर रही है, यह इस मौसम की पहली बर्फ है।

बहुत देर तक प्रार्थना करने के बाद वह वही बैठ गई। ''मैं आज रात यही रहुंगी।'' उसने कुछ निराश होकर कहां ''सुबह वापस चली जाहुंगी।'' पेड की एक जड से अपनी पीठ टिकाकर उसने अपनी आंखें बंद कर दी।

शाम होने में अभी समय है।

सुबह सूर्योदय के साथ ही वेदरा वापस जाने के लिए तैयार है। वह वहां से जाएगी जहां से केशा आया था, ऐसा करने का उसका मन है उसकी अन्तरात्मा उसे ऐसा करने के लिए कह रही है और फिर केशा का आश्रम भी इसी मार्ग पर है जहां से केशा आया था। तो वह चाहती है कि वापसी की यात्रा इसी मार्ग से हो, उसने पेड को हाथ जोडे और रवाना हो गई।

वेदरा को कोई जल्दी नहीं है, वह घोडे पर धिरे धिरे चलते हुए सोच रही है कि केशा यहां से गया होगा, जहां वह रूकती सोचती शायद केशा ने भी यही आराम किया होगा। एक जगह तो वह सिर्फ इस लिए रूक गई की एक चट्टान के नीचे कुछ जली हुई लकडिया उसने देखी, उसने सोचा केशा यहां रूका होगा, मैं भी रूक जाती हूं। वैसे ऐसा होनां संभव था, हांलाकी बहुत साल हो चुके है और कई बारिशे भी हो चुकी है इस जगह पर, फिर भी उसे लगा और वह रूक गई। वेदरा ने तर्क करना छोड दिया है।

वेदरा ने सोचा हो सकता है केशा जब वापस जा रहा हो और किसी गांव में रूक गया हो और अब वही रह रहा हो, मुझे जाते हुए रास्ते में जितने गांव आते है देखते हुए जाना है। पर आज मुझे चौथा दिन है और अभी तक तो एक भी गांव नहीं दिखा है। खैर ऐसे जंगल में तो गांव कैसे होंगे, कुछ दिन के सफर के बाद गांव जरूर दिखेंगे। वेदरा खुद से ही बात करती हुई अपने घोडे पर जा रही है, कई वह उतर जाती है जहां पगडंडी ज्यादा खराब है या पेड पुरा रास्ते पर आ गए है। शाम होने में अभी समय है पर उसे लगता है ऐसे जंगल में आज रात कोई सही जगह मिल जाए तो ठीक रहेगा, उसे और घोडे को आराम की आवश्यकता है। पर शाम तक तो धिरे धिरे चलाना ही है जैसे ही कोई बढिया जगह दिखेगी वह वही रूक जाएगी। उसने जब उपर देखा तो आसमान लाल दिखा, शाम ढल रही है और उसे पता ही नहीं चला, उसे जल्दी ही सही जगह की तलाश करनी होगी। उसने घोडे को थोडा तेज किया, कुछ ही दुरी पर वेदरा रूक गई। उसने एक और

पगडंडी देखी जो उसके दाई और जा रही है। ''देखकर लगता है आगे कोई बस्ती या गांव जरूर होगा'' उसने अपने आप से कहा। पगडंडी का बार बार इस्तमाल होने से थोडा अंदाजा मिल जाता है। ''रात हो रही है, इस तरफ जाना सही रहेगा और मुझे केशा की खबर भी मिल जाएगी अगर वह यहां आया होगा।'' वेदरा ने अपना घोडा उस तरफ मोड लिया।

वह धिरे धिरे आगे बढ रही है और सोचने लगी ''कही केशा को कोई और मिल गया होगा तो मैं क्या करूंगी... नहीं ऐसा तो मुझे सोचना नहीं चाहीए, बस वह मिल जाए तो... पर कई मेरी बात सही हुई तो मैं.....।'' वह ऐसे ही विचार लिए आगे बढ रही है।

केशा हर पूर्णिमा को अकेला रहता है और देर रात तक चांद को देखता रहता है वह पूर्णिमा की रात पहाडी के उपर चला जाता है जहां से चांद उगते हुए साफ नजर आता है।

केशा के मना करने के बावजुद भी निर्मल और हंस पूर्णिमा से एक या दो दिन पहले उस जगह की सफाई करने पहुंच जाते है, जिससे उनके गुरूजी को वहां किसी तरह की तकलीफ ना हो। चार दिन बाद पूर्णिमा है।

आज रात तीनो, निर्मल और हंस के झोपडे के बाहर जहां लेपन किया गया है वहां बैठे है।

चारो तरफ चार दिए जलाए गए है और बिच में आग जला दी गई है जहां वे बैठे है। पुरी जगह हल्की रोशनी

में बेहद खूबसूरत लग रही है, वे केशा से कुछ जडी बुटीयो की बातें कर रहे है। वे बातें ही कर रहे थे की चुप हो गए, सामने से कोई आ रहा है और उसके पास घोडा है। हल्की रोसनी में पहचानना मुश्किल है, केशा खडा हो गया, निर्मल और हंस उसका स्वागत करने आगे बढ गए, वह एक औरत है और विदेशी है, वह घोडे से नीचे उतर गई।

"आपका स्वागत है।" निर्मल ने कहा। उसने भी हाथ जोडे "प्रणाम...।" और थोडी आगे बढ गई।

वेदरा की नजर उस व्यक्ति पर अटक गई जो आग के पास खडा है।

दुसरी ओर केशा उस औरत को पहचानने की कोशिश कर रहा है, जो धिरे धिरे रोशनी में आ रही है। केशा के शरीर में एक अजीब सी कपकपी लगी, एक झंझनाहट। केशा को लग रहा है यह वही औरत है, पता नहीं कैसे? पर यह वही है।

वेदरा के पैर थम गए, उसने केशा को पहचान लिया, अब वह इतनी पास आ चुकी है कि उसे आग की रोशनी में पहचान सकती है जिसे उसने हर रोज याद किया, जिसके लिए यह जीवन है। उसके पैर काप रहे है, उससे आगे नहीं बढा जा रहा, जैसे उसके शरीर की शारी ताकत खत्म हो गई हो, वह तो बोल भी नहीं पा रही है। वेदरा को समझ नहीं आ रहा वह अब केशा को क्या कहे।

केशा उसे कुछ कहना चाहता है और वह कुछ कदम आगे आया।

वेदरा को कुछ समझ नहीं आ रहा तो उसने वह किया जो उसने मन में आया, वह सीधी केशा के नजदीक आई और उसे गले लगा लिया। केशा कुछ बोलता पर अब शायद

बोलने की आवश्यकता नहीं है। केशा ने भी उसे कस के पकड लिया, दोनों कुछ भी नहीं बोलना चाहते ना एक दुसरे को छोडना चाहते है इतने वर्षो से दुर ये दो लोग अब कैसे दुर हो सकते है, बहुत देर तक दोनों ऐसे ही गले लगे रहे।

यह अहसास कैसा होगा जब कहीं आपको वह मिल जाए जिसकी आपको वहां मिलने की अपेक्षा ना हो। वैसे तो इस पल को शब्दो में बया करना मुश्किल है पर अगर कहना ही चाहे तो यह ऐसे होगा जैसे किसी साधारण इंसान की ईश्वर ने सारी तमन्नाए पुरी कर दी हो, जीवन का वह पल जब शब्दो की आवश्यकता ही नहीं रहती, जब कोई आपकी बात बस आपको देखने भर से समझ जाए, बस छूने भर से सब कुछ साफ हो जाए, यहां से जीवन की एक नई साखा, एक नया अवतार शुरू होता है।

निर्मल और हंस को कुछ समझ नहीं आ रहा है तो वे दोनों चुप है।

जब केशा को अहसास हुआ कि वेदरा की आंखो से आंसु बह रहे है, उसने अपनी बाहे ढीली की और वेदरा के आंसु पोछे वह अब भी कुछ नहीं बोल रही है ना ही केशा, दोनों चुपचाप हाथ पकडे आग के पास आकर बैठ गए। उन्हे कुछ कहने की जरूरत ही नहीं पडी वे जैसे गले मिले सब समझ गए।

बहुत समय बाद लगभग दो घंटे बाद उन्हे महसूस हुआ वे कहां है और उनके आस पास कोई और भी है।

''तुम्हे ढुंढने के लिए मैं हर जगह गई, जहां तुम.....।'' वेदरा बोल ही रही थी कि केशा ने वेदरा के मुंह पर हाथ रखा और कहा ''तुम मेरे पास हो...बस और कुछ नहीं।''

दोनों बहुत देर तक पास बैठे रहे, फिर केशा ने वेदरा का हाथ पकडा और कहा ''मेरे साथ चलो।''

केशा की झोपडी के पास से होकर जहां से पानी की धारा आ रही है, उसके पास चलने के लिए जगह है। कुछ देर पहाड की चढाई पर एक खाली जगह है, पीछे पहाडों की श्रंखला है और वह पहाड भी उसी का हिस्सा है, सामने पुर्व की और खाली जगह है जहां से सूर्योदय और पूर्णिमा का चांद उगते हुए देखा जा सकता है। चांद थोडा उपर आया है और लगभग पुरा है जैसे पूर्णिमा से पहले होता है, चांद की रोशनी में पीछे पहाड दिख रहे है। एक बडे पत्थर को सीधा करके जमाया गया है बैठने के लिए। पास में पत्थरो से गोलाकार बनाया गया है आग जलाने के लिए। बहते पानी की आवाज इस शांत वातावरण में साफ सुनाई दे रही है, साथ ही जुगनुओ की आवाज संगीत का काम कर रही है। यह वही केशा की विशेष जगह है जहां वह हर पूर्णिमा को आता है, आज केशा वेदरा को अपने साथ यहां लेकर आया है अपनी इस खास जहग पर, जहां बैठ कर वह इस औरत को याद करता था और आज वह इसके साथ यहां है, वेदरा को पत्थर पर बिठाकर केशा ने आग जला दी और वेदरा के पास आकर चांद की और मुंह कर दोनों बैठ गए। आग दाहिनी और जल रही है और हल्की रोशनी केशा के चैहरे पर पड रही है और वेदरा के बालो में जो केशा की ओट मे बैठी है।

चांद की रोशनी में यह जोडा बेहद खूबसूरत और किसी और ही दुनिया का लग रहा है।

केशा ने चांद की और इशारा करते हुए वेदरा से कहा ''पता है तुम्हे यह चांद और इस रोशनी ने मुझे हमेशा

तुम्हारी याद दिलाई है, तब भी जब मैंने तुम्हे देखा भी नहीं था, पर मेरे सपनो में तुम हमेशा थी, मुझे सब पागल कहते थे यहां तक कि मैं खुद भी नहीं समझ पा रहा था कि यह क्या हो रहा है, पर मेरे अन्तर मन की गहराईयो में शायद मैं जानता था कि तुम हो, कही ना कही तुम हो। पर तुम कौन हो कहां हो और हम दोनों का क्या संबंध है, मैं नहीं समझ पाता था, पर जब मैंने तुम्हे देखा तो मैं समझ गया कि तुम मेरे लिए क्या हो, तुम्हारे मेरे लिए क्या मायने है।''

''मेरा भी हाल कुछ ऐसा ही था, मुझे सपनो पर यकीन नहीं था पर जब तुम मुझे बार बार सपने में दिखे तो मैं समझ गई कि कुछ तो बात है जो तुम मुझे बार बार दिखते हो और जब मैं कुछ समझ नहीं पाई तो मेरी दोस्त ने मेरी मदद की और मुझे यहां हिमालय आने के लिए कहा, मुझे यहां सब अच्छा लग रहा था पर जब मैंने तुम्हे देखा, पता नहीं क्यों मैं घबरा गई, मुझे समझ नहीं आ रहा था कि मेरे तुम्हारे साथ क्या संबंध है। फिर मैं तुमसे बडी थी शायद यह भी एक कारण रहा हो उस वक्त, मैं कुछ समझ नहीं पाई पर जब मैं वापस गई और जैसे जैसे समय बीतता गया मुझे अहसास होने लगा कि तुम्हारा मेरे जीवन में क्या स्थान है और समय के साथ मैं समझ गई तुम मेरे क्या हो या यह कहु तुम ही मेरे सब कुछ हो।''

दोनों अपनी एक एक बात बताना चाहते है और एक दुसरे की हर एक एक बात सुनना चाहते है, किसने कैसे एक दुसरे को याद किया हर एक बात....।

इस चांदनी रात में किसी खूबसूरत एकांत जगह पर, किसी अपने विशेष, जो अपने लिए सब कुछ है। उसके साथ बैठकर अपने दिल की बातें करना....। वह आपकी बातें

सुने और आप उसकी, वह वही महसूस करे जो आप कर रहे है उसे भी वही अहसास है जो आपको हो रहा है। यह पल दुनिया का सबसे खूबसूरत पल है, और वे दोनों दुनिया के सबसे खुशनसीब लोगो में से है या कहे वे दुनिया के सबसे खुशनसीब इंसान है।

रात के साथ ठंड बढती जा रही है केशा ने आग में और लकडीया डाली और आग की तरफ मुंह करके एक शाल दोनों ओड कर बैठ गए। चांद अब उनके दाहिनी ओर आ गया है जो उनके आग की तरफ मुंह होने से फिर सामने हो गया।

जब तुम चली गई उस दिन मैं समझ नहीं पा रहा था मैं क्या करू, मेरे लिए जैसे अब कुछ भी रहा ही नहीं था। मैं कुछ दिन ऐसे ही चलता गया और एक दिन अचानक मुझे लगा मुझे यही रूक जाना चाहिए और मैं इसी जगह रूक गया। बाकी सारा समय मैंने यही बिताया, मुझे लगा मैं तुम्हे भुल गया पर असलियत में मैं तुम्हे कभी भुला ही नहीं था हर रोज तो तुम याद आती थी। फिर कुछ समय पहले मुझे वे मेरे दो मित्र मिल गए जिन्हे तुमने वहां देखा. ...।''

मेरे जीवन की सबसे बडी भुल थी जो उस समय मैं चली गई और इसके लिए मैंने बहुत दर्द झेला है।

बस अब कोई दर्द नहीं...। हमें स्वयं परमात्मा ने मिलाया है, इससे बडी और बात क्या हो सकती है, फिर उस वक्त हम क्या जाने, हो सकता है शायद हमें कुछ समय की और आवश्यकता थी और परमात्मा ने वही किया, हमें थोडा समय दिया और देखो आज तुम मेरे पास हो और क्या चाहिए।''

''हां, सही कहा, मुझे सब कुछ मिल गया है, अब मुझे जीवन से कुछ नहीं चाहीए।'' और वेदरा ने केशा के कंधे पर अपना सिर टिका लिया।

दोनों एक दुसरे से ऐसे मिले जैसे सदियों से एक दुसरे को जानते है। और केशा ने तो अपने पास बैठी इस औरत का नाम तक नहीं पूछा है।

कभी कभी हम किसी के साथ सालो गुजार देते है पर वह अहसास नहीं हो पाता और कभी वह अहसास किसी के देखने भर से या छूने भर से हो जाता है और समझ आ जाता है कि यह वही है जिसकी सदियों से तलाश थी, जिसे हम नहीं आत्मा पहचानती है वही है सच्चा आत्मा का साथी।

रात का चौथा पहर है चांद पश्चिम की ओर चला गया है आग जल रही है, दोनों एक दुसरे पर सिर टिकाएं आंखें बंद किए बैठे है।

सुबह चिडियाओं की चहक के साथ ही दोनों की आंख खुली, वे कब सोए उन्हे नहीं पता। दोनों केशा की झोपडी में आए, केशा ने अपनी दोस्त चिडियाओं के घोसले दिखाए। वेदरा उन्हे और झोपडी आस पास की जगह को देखने लगी। केशा निर्मल और हंस के पास चला गया।

जब योग और बाकी कार्य समाप्त हो गए केशा ने दोनों को पास बिठाया और कहा ''मेरे जीवन का एक नया अध्याय शुरू हुआ है। वह जो औरत रात को आई है वही है जिसकी वजह से शायद मैं यहां था, उसका आना मेरे लिए उपहार है, परमात्मा का उपहार। मैं आगे कुछ भी अभी पक्का नहीं कह सकता हूं हम कहां जाएंगे और कैसे रहेंगे

या शायद यही रहे, पर मैं चाहता हूं तुम दोनों ने जो भी सीखा है और जो तुम कर रहे हो वह करते रहो और दुसरे लोगो तक भी अपना ज्ञान पहुंचाओ। मैं आज जंगल में अन्दर की ओर जा रहा हूं जडी बुटीयो के लिए...।''

''जी गुरूजी।'' दोनों ने प्रणाम किया। वे असल में ज्यादा कुछ समझ नहीं पा रहे है और सवाल भी नहीं कर रहे है, शायद समय के साथ वे भी समझ जाएंगे।

''मैं जंगल में जा रहा हूं कार्य से, क्या तुम चलना चाहती हो?''केशा ने वेदरा से पूछा।

''मैं अब तुम्हे एक पल के लिए भी अकेला नहीं छोडने वाली।

केशा ने झोली ली उसमे कुछ सामान डाला और दोनों जंगल के लिए रवाना हो गए।

दोनों नदी के किनारे आगे बढ रहे है, जो जडी बुटीया केशा को चाहीए वे यही नदी के किनारे ही मिलती है। वे बहुत देर से नदी के किनारे चल रहे है कभी रास्ता छोडना पडता है क्योकी नदी हर जगह एक जैसी नहीं है। केशा आगे चल रहा है और वेदरा पिछे, चलने के लिए इतनी ही जगह है। कुछ देर में वे नदी के किनारे रेत में आ गए जहां नदी बहुत चौडी है, उन्हे नदी पार कर दुसरी और जाना है पर वेदरा चाहती है कि वे दोनों थोडी देर यही किनारे पर धुप में बैठे.....। तो दोनों ने यही दोपहर का भोजन करने का निश्चय किया जो केशा साथ लाया था। फिर दोनों वही लेट गए उस रेत में। कुछ ही देर में दोनों की आंख लग गई।

जब आंख खुली शाम होने को है, अगर अब वे वापस जाते है तो रात हो जाएगी और रात में ऐसी जगह चलना

जहां पगडंडी भी नहीं है सही नहीं रहेगा, दोनों यही रात रूकने का निश्चय करते है। दोनों ने जब तक लकडिया इकड्ठा की, अंधेरा हो गया। नदी से कुछ दुर रेत में आग जलाई है, आग बहुत तेज लगाई है जिससे कोई जानवर पास ना आए, दोनों आग के सामने बैठ गए। दोनों को जंगल में रहने का अनुभव है।

वेदरा को मस्ती सुझी, उसने केशा का झोला लिया, केशा को धक्का दिया और आगे भागने लगी, केशा पीछे भागा....। वेदरा ने झोला एक ओर फेंका और नदी में पानी में चली गई और जैसे ही केशा पास आया उस पर पानी फेंकने लगी, केशा भिगते हुए उसके पास आया और उसे पकडर घुमाने लगा.....दोनों छोटे बच्चो के जैसे खेलने लगे और जोर जोर से हंसने लगे....कभी केशा वेदरा के पीछे भागता तो कभी वेदरा केशा के पिछे.....जब दोनों थक गए, केशा वेदरा को उठाकर आग के पास लेकर आ गया जहां दरी बिछी हुई है वहां केशा ने वेदरा को लेटाया, दोनों कुछ हद तक भिगे हुए है, वेदरा ने केशा को कस कर गले लगा लिया, कुछ देर में दोनों के शरीर पर कपडे नहीं थे और दोनों की सांसे तेज होने लगी, दोनों के होठ एक दुसरे से मिल गए....ऐसा नहीं था कि वेदरा को आज तक किसी ने छूआ नहीं था पर आज केशा के छुने से जो उसे अहसास हुआ वह उसे आज तक कभी नहीं हुआ था। उसे वह मिला जिसका उसे अहसास ही नहीं था...उधर केशा का यह पहला अनुभव था और उसने इससे पहले ऐसा कुछ महसूस नहीं किया था वह किसी अलौकिक अहसास से कम नहीं है केशा के लिए.....वेदरा के बदन की खुशबु केशा अपने अन्तरमन में महसूस कर रहा है और वेदरा को यह खुशबु

किसी गहरे ध्यान का अहसास करवा रही है वह अपनी आंखें खोलना ही नहीं चाहती बस इस अहसास को अपने अन्दर कही गहराईयो में हमेशा के लिए संजो कर रखना चाहती है....दोनों एक दुसरे में गहराई में समा गए.......दोनों एक दुसरे में खो गए जैसे वे अलग थे ही नहीं....असीमित प्रेम, निर्दोश प्रेम, पवित्र प्रेम, गहरा प्रेम, अमर प्रेम सब कुछ प्रेम मय हो गया यह अहसास बेहद गहरा है, इतना गहरा जहां आत्मा बसती है जीवन में इन दोनों ने इतनी खुशी कभी महसूस ही नहीं कि थी, इतने गहरे अहसास के साथ दोनों के शरीर और आत्मा एक हो गए अब कोई भेद नहीं रहा सब बराबर हो गया.....। दोनों एक दुसरे में ऐसे समा गए है जैसे दो नदिया एक दुसरे से मिलकर एक हो जाती है जैसे दो फुलो की खुश्बू मिलकर एक नई खुश्बु बन जाती है ....।

पेडो के बीच से चांद दोनों को देख रहा है और अपनी चांदनी की चादर दोनों पर डाले है, सब कुछ अलौकिक और प्रेम से भर गया है। यह चांदनी रात, सामने बहती नदी, पास जलती आग, पेड, पौधे, पत्तियां, डालिया, नदी कि वह रेत, छोटे पत्थर, कंकड, घास और हवा सब कुछ इस अलौकिक प्रेममय वातावरण में विलीन हो गया है।

दोनों के मिलन से एक अमृत की धारा बही और दोनों उसमे बह गए, आत्मा और शरीर सदा के लिए एक हो गए।

इस रिश्ते को क्या नाम दिया जाए इस प्रेम को क्या कहा जाए, शायद इसे किसी नाम की आवश्यकता है ही नहीं, यह तो आत्मा का अनुसरण करने वाले लोग है इनके लिए आत्मा ही प्रेम है और प्रेम ही आत्मा है और जब रिस्ता आत्माओं का हो तब उस रिश्ते को कोई नाम देना उचित

नहीं है, क्योंकि इस रिश्ते को इस भौतिक संसार का नाम देना बहुत छोटा होगा, बेहद छोटा, इसे तो बस एक अहसास ही रहने देते है एक अलौकिक अहसास और अगर भौतिक संसार में आज तक कुछ ऐसा हुआ है तो वह प्रेम है और प्रेम होना फिर भौतिक नहीं रह जाता है असल में प्रेम कहना भी कुछ हद तक ही ठीक है पर प्रेम अलौकिक हो सकता है......। अगर सही मायनो में देखा जाए तो इस अहसास को, इस रिश्ते को बस जिया जाए बिना किसी नाम के, हमारे अन्तरमन, हमारी आत्मा में इस अहसास के लिए बस इसे जिया जाए......और जिसे सिर्फ दो सच्ची आत्माए ही जी सकती है, ना इसे समझने की आवश्यकता है ना समझाने की और ना ही किसी नाम की.....प्रेम एक अहसास है कोई नाम नहीं, फिर लोग चाहे उसे कोई नाम दे.....। और दो आत्माओं का मिलन, यह अहसास आपको खूबसूरत बनाता है अन्दर से आपको ऐसी दुनीया में ले जाता है जहां उसे शब्दो में बया करना संभव नहीं है ना उस जहां को ना ही उस रिश्ते को, वह तो एक अलग ही दुनिया है, एक अलग ही संसार है, वह संसार जहां सिर्फ सच्ची आत्माए निवास करती है। यह शरीर तो बस दो लोगो के मिलने का माध्यम है और फिर वह दुनिया आती है वहां ना समय की सीमाएं है ना कोई शरीर है वहां सिर्फ अलौकिक अहसास है और इसी लिए यह अमर है सदा है......।

केशा की आंख नदी में किसी के पानी पीने की आवाज के साथ खुली। कुछ दस से बारह हिरन नदी में कुछ दुरी पर पानी पी रहे है, सुरज निकल चुका है चिडियों और नदी के बहते पानी की आवाज से वातावरण संगीत मय हो गया है। केशा जब से यात्रा पर आया है खास कर जब वह आश्रम रहा और इसके बाद उसकी लगभग हर सुबह बेहद खूबसूरत ही रही है। वह जहां रहता था वहां की सुबह भी हमेशा प्यारी और खूबसूरत रहती है, पर आज इस सुबह कि जो बात है वह कुछ और ही है इसे वह खूबसूरत से भी ज्यादा कुछ मानता है क्योंकि आज इस खूबसूरती के साथ एक अलग अहसास है जो किसी के साथ होने से होता है, जो अपना सब कुछ हो चाहे उसे मिले एक दिन हुआ हो, एक साल या कई साल कोई फर्क नहीं पडता।

केशा ने वेदरा को उठाया, वेदरा भी सोते सोते इस छोटे झुंड को देखने लगी। दोनों उठना नहीं चाहते इस लिए सोते सोते आसमान को देखने लगे, इस सुबह को वेदरा कभी भुल नहीं पाएगी। ऐसी सुबह, ऐसा अहसास जैसे जीवन सारे रंगो से भर गया हो।

"तुम मुझे नहीं मिली होती तो मेरा जीवन पता नहीं कैसा होता, पर एक बात पक्की है, मैं जीवन भर तुम्हे याद करता।" केशा ने वेदरा का हाथ पकडते हुए कहा।

"मैं इस अहसास को समझ सकती हु, क्योंकि जब मैं तुम्हे खोज रही थी तब मैं लगभग पागल हो गई थी।"

केशा ने थोडी गर्दन उठाकर वेदरा को देखा जिससे वेदरा से नजर मिल सके, उसकी आंखो ने कहां जैसे, मैं समझता हूं।

वेदरा ने आगे कहा.....

''मैं तुम्हे ढुढते हुए पहले आश्रम गई, वहां तुम नहीं थे तो मैं तुम्हारे गांव चली गई, तुम्हारे काका से मिली वहां से निराश होकर वहां गई जहां हम बिछडे थे, उस पेड के पास....। और मैंने तय कर लिया था कि मैं वापस तुम्हारे आश्रम जाहुंगी और जीवन भर वही तुम्हारा इंतजार करूगी. ....और पता है तुम्हारे वहां गांव में सभी लोग यह समझते है कि चुडैलों ने तुम्हे खा लिया है।''

केशा को हंसी आ गई।

''हां मैंने खुद सुना कि केशा को चुडैलों ने खा लिया है और तुम्हारे काका बहुत दुखी लग रहे थे पर शायद कुछ दिखावा कर रहे थे, मुझे ऐसा लगा....और ऐसा क्या हुआ था कि लोगो ने ऐसी कहानी बनाई है?''

केशा एक बार फिर हंसा और वेदरा को पुरी कहानी बता दी।

वेदरा भी हंसने लगी।

''तुमने मुझे इतना खोज.....इसके लिए मुझे माफ कर दो।''

''नहीं, गलती तो मैंने की थी और माफी तुम मांगो, माफी तो मैं चाहती हूं तुमसे।''

''रुक जाओ कोई माफी नहीं।'' केशा ने फिर वेदरा की आंखो में देखकर कहा।

''तो तुम मेरे लिए हर जगह गई फिर मुझे अपने बारे में कुछ भी बताने की आवश्यकता नहीं है, तुम सब जानती हो.....। फिर ठीक है अपने बारे में कुछ बताओ।''

वेदरा ने कहा.....वह कहां रही, क्या करती थी....असके दोस्तो के बारे में भी और मैं रोम से हूं और एक किसान हूं या कहु थी।

केशा अपना मुंह उसके करीब ले गया और कहा ''तो मेरी किसान साथी, मुझे जानना है कि....।'' वह और करीब गया, केशा के होठ वेदरा के होठो के बहुत करीब है एक दुसरे की सांसे टकरा रही है, केशा ने सवाल किया ''मुझे अपना नाम बताओ।'' ''वेदरा, मेरे प्रिय।'' जवाब के साथ ही केशा ने उसे चुम लिया और यह चुम्बन लंबा रहा, बहुत गहरा और लंबा.... वे फिर एक दुसरे में समा गए........।

######

दोपहर को दोनों वापस आ गए और झोपडे में बैठे है......।

केशा ने वेदरा से पूछा ''तुम आश्रम गई थी, वह आश्रम, वहां मैंने बहुत समय बिताया है, बहुत कुछ सीखा है वहां मैंने मेरे गुरूजी से, मेरे बाबाजी से, मुझे उनसे मिलाने का मन करता है पर मैं वहां नहीं जा सकता।''

''क्यो तुम अपने गुरूजी के पास नहीं जा सकते, ऐसी क्या बात है।'' वेदरा ने कुछ गंभीर होते हुए सवाल किया।

''मैने उन्हे निराश किया है, उन्होने मुझे इस सफर पर भेजा था, असल में यह मेरे फैसला था, मेरा मतलब उन्होने मेरा मार्गदर्शन किया मुझे राह बताई और मैं उस गांव को खोज नहीं पाया। मैं उस गांव की खोज में गया ही नहीं और इसी बात से मुझे बहुत बुरा लगा और मैं उनके सामने जा ही नहीं सका।''

''मैं भी नहीं जा सकी, मेरा मतलब मैं भी उसी गांव की खोज में आई थी पर शायद वह एक बहाना था असल में शायद हमें मिलना था और कुछ नहीं। पर यह बात भी है कि जो मुझे अब समझ आ रही है कि शायद हम दोनों ही उस गांव की खोज के लिए तैयार नहीं थे, शायद आज भी ना हो, पर अब हम दोनों साथ है और मुझे यकीन है हम कुछ भी कर सकते है।''

केशा ने वेदरा का हाथ पकडा ''हां तुम साथ हो तो कुछ भी संभव है मुझे भी यह अहसास है।''

"तो फिर ठीक है, हम एक बार फिर उस यात्रा पर जाएंगे।" वेदरा ने कहा।

"ठीक है, अगली पूर्णिमा से कुछ दिन पहले हम इस यात्रा के लिए निकल जाएंगे।" केशा ने खुशी से कहा।

दोनों लगभग एक महिने बाद यात्रा पर जाना चाहते है।

हंसराम केशा को बुलाने आया "गांव से कुछ मेहमान आए है, कृप्या आप आए।"

वेदरा और केशा उनसे मिलने के लिए झोपडी से बाहर निकले।

दोनों को साथ देख लोगो को अजीब लगा, किसी ने कुछ कहा नहीं पर केशा लोगो की भावना समझ गया।

और उस दिन के बाद लोगो की बातें बढती ही गई, जैसा लोग अक्सर करते है।

लोगो ने अलग अलग और तरह तरह की बातें करना शुरू कर लिया, कुछ लोगो का कहना था कि केशा एक संत है और संतो को अपने साथ औरत को नहीं रखना चाहिए, वे कहते संत प्रेम नहीं कर सकते है और वह औरत वह तो बाबाकेशव से बहुत बडी है और दोनों साथ रहते है, क्या रिास्ता है इनका....। लोगो ने केशा को खुद ही संत बना लिया और खुद ही यह निर्णय भी लेने लगे कि उसे क्या करना चाहिए और कैसे रहना चाहिए। लोग आते और देखते, वापस जाकर ओर लोगो से बातें करते और अच्छी बातो का प्रचार हो ना हो, ऐसी बातो का प्रचार फौरन होने लगता है और ऐसा ही हुआ भी.....लोग आते और निर्मल और हंसराम को भी कहते कि आपके गुरूजी यह क्या कर

रहे है। उन दोनों को केशा पर पुरा भरोसा है पर लोगो से वे परेशान हो जाते।

आखिर एक दिन निर्मल और हंस ने केशा को अकेला देख इस बारे में सवाल किया। केशा ने शांति से दोनों को पास बिठाया और कहा की ''मैं और वेदरा हम दोनों आज से तीसरे दिन परसो किसी यात्रा पर जा रहे है, जब हम वापस आएंगे तब मैं आप दोनों से इस बाबत बात करूंगा, और रही लोगो की बात, तो मेरे पास इतना समय नहीं है कि मैं उन्हे समझाऊ, जिन्हे अच्छा लगता है वे यहां आए अन्यथा नहीं आए, साधारण बात है। बस थोडे दिन, मुझे नहीं पता कितने दिन, इस यात्रा पर कितना समय लगेगा मुझे ठीक से नहीं पता, बस आप दोनों अपना ख्याल रखना, ठीक है।''

''ठीक है गुरूजी।'' दोनों ने प्रणाम किया और चले गए।

यात्रा का दिन आ गया। दोनों ने अपना खाने और दुसरा सामान झोली में रख, एक तुम्बढी ली पानी के लिए और रवाना हो गए.......। वेदरा ने निर्मल और हंस को प्रणाम किया और कहा ''मेरे घोडे का ख्याल रखना, मेरे जीवन में दो ही अनमोल चीजें है।'' और केशा की ओर देखा ''एक तो मैं साथ ले जा रही हूं और एक आपके हवाले है।''

दोनों ने प्रणाम करते हुए कहा ''जी, हम पुरा ख्याल रखेंगे।''

######

दोनों ठीक पूर्णिमा की शाम को इस पवित्र पेड के सामने है शाम ढल रही है, पेड ने सुरज को अपने पिछे चुपा लिया है, डालिया हिलने पर लाल पडे सुरज की किरणें दोनों पर पड रही है। पूर्णिमा की यह शाम जहां सुरज डुब रहा है और चांद उदय हो रहा है और यह प्यारा जोडा पेड के नजदीक पहुंच रहा है।

पूर्णिमा की यह रात इस पेड के नीचे बिता कर दोनों सुबह सूर्योदय के साथ चलने को तैयार है। पेड के पिछे गहरी खाई है और रास्ता भी वही से है, दोनों ने सावधानी से खाई को पार किया और नीचे उतर गए, दोनों ओर बहुत उंचे पहाड है और उन पर बर्फ जमी है, नीचे खाई से ही आगे का मार्ग है पेड धिरे धिरे बहुत कम हो गए है और रास्ते में कई जगह बर्फ है जिससे चलना थोडा कठिन है पर वे बात करते हुए खुशी से आगे बढ रहे है। पहली रात उन्हे लकडियां ढूंढने में थोडी मुश्किल आई पर रात अच्छी कटी, दोनों को एक चट्टान की ओट मिल गई थी जहां थंडी हवा नहीं लगती थी, तापमान आगे बढने के साथ ही घटता जा रहा है, बहुत तेज ठंड है। दुसरे पुरे दिन दो पहाडो की श्रृंखला के बिच खाई में ही दोनों चले और पहली बार उन्हे थोडी सामान्य से ज्यादा थकान महुसस हो रही है, यहां वायु कम मिल रही है शायद यही वजह हो सकती है, दोनों इसी बारे में बात करते हुए जा रहे है।

पहाड इतने बडे है कि दिन के चौथे पहर ही शाम हो जाती है पर अंधेरा नहीं होता, तो वे चल रहे है.....और आखिर दो दिन के सफर के बाद खाई के सामने एक पहाड

है जो आमने सामने के पहाडों को मिलाता है, केशा को याद है बाबाजी ने कुछ ऐसा ही कहा था।

''वेदरा, हम लगभग पहुंचने वाले है।'' केशा ने कहा।

''हां मुझे भी लगता है, गुरूजी ने कुछ ऐसा ही कहा था।''

''आज इस पहाड को पार नहीं किया जा सकता, अंधेरा होने को है, सुबह हम इस पहाड को पार करेंगे आज यही रूक जाते है।''

''ठीक है, हम कोई जगह देखते है जहां रात बिताई जा सके।'' वेदरा ने कहा।

एक खुले मैदान में बडा पत्थर बाहर की और निकला हुआ दिख रहा है, यहां खुली जगह होने से ठंड ज्यादा रहेगी पर इसके अलावा बाकी कोई जगह है ही नहीं, पेड की ओट ले तो पास छोटे छोटे पोधे है और बाकी जगह बर्फ पडी है। यही जगह ठीक रहेगी दोनों के लिए। दोनों वहां चले गए।

यहां सुखी लकडियों का मिलना थोडा मुश्किल है, वे दोनों ढूंढ रहे है और आग बिना यहां रात बिताई नहीं जा सकती, उन्हे थोडी मशक्कत करनी पडी पर लकडियां मिल गई। देर हो गई है और अंधेरा घना हो गया। दोनों आग जलाकर पत्थर के पास दरी बिछाकर पत्थर से पिठ टिकाकर बैठ गए। वेदरा ने खाने के लिए फल बाहर निकाले.....दोनों खा ही रहे है कि उपर बहुत सारे जुगनू उडने लगे, कुछ दोनों के पास उन पर बैठते और उड जाते, चांद की सफेद रोशनी और उसमे जुगनुओ की पीली रोशनी एक तरफ सामने लंबी खाई और तीनो तरफ बहुत ऊंचे

पहाड, एक जोडा जो किसी अलौकिक जगह की तलाश में यहां रात बिता रहा है.....।

वेदरा सामने गई और जुगनुओ के बिच खडी हो गई, और गोल गोल घुमने लगी.....।

''काश में एक चित्रकार होता, तो यह मेरे जीवन का सबसे अनमोल चित्र होता।''केशा ने कहा

वेदरा केशा के पास आई और धिरे से कहां ''तुम तो उससे भी बढकर हो, तुमने तो मेरे इस जीवन में रंग भर दिए है।'' वेदरा और कुछ कहना चाहती है पर रूक गई.....फिर केशा को पिछे इशारा करते हुए बोली ''जुगनू तो यहां हमारे उपर उड रहे है, वहां पिछे देखो वह क्या है?''

''वे तो चमक रहे है, क्या यह वही है?''

दोनों ने साथ कहा ''चमकने वाले फुल, वो रहे।''

दोनों खडे हुए और उन फुलो की तरफ बढ गए, पहाडी की ढलान पर एक चट्टान के कोने में उपर की ओर यह पौधे है जिन पर चमकने वाले फुल है, जैसा बाबाजी ने कहां था। केशा ने दो फुल छोटी डाली समेत तोड लिए। दोनों के लिए एक एक। दोनों चट्टान के पास आए और फुलो को झोली में डाल दोनों पास बैठ गए और चांद को देखने लगे।

आग जल रही है। केशा चट्टान से पीठ टिकाए बैठा है। वेदरा केशा की गोदी में सर रख कर सो रही है और केशा के चैहरे की और देख रही है। सामने उपर पूर्णिमा का चांद है।

केशा का एक हाथ वेदरा के हाथ में है दोनों की उंगलिया मिली है और दुसरा हाथ वेदरा के बालो में है। केशा उसके भुरे बालो में अपनी उंगलीया घुमा रहा है।

वेदरा बस केशा की ओर देख रही है, केशा ने चांद की ओर देखते हुए कहा.....

"वेदरा जब मैं छोटा था मेरे गांव के पास वाले गांव में शरद पूर्णिमा के दिन मेला लगता था, मेरे पिताजी और मां मुझे साथ ले जाते मेला देखने के लिए, लगभग पुरा गांव ही जाता था.....मुझे उस पुरे मेले में वैसे तो बहुत मजा आता था पर मैं देर तक मेले में रूकन की जिद करता था और गांव के लोग जो सबसे अंत में आते उनके साथ ही हम वापस आते। सारे लोग पैदल होते और थोडी रात तो हो ही जाती, सारे लोग लगभग अपने परिवार के साथ आते और आते समय भी लोग आगे पिछे अपने परिवार के साथ चलते, मेरा जो असली मजा था वो हर साल वहां हुआ करता, वह लगभग एक घंटे का सफर जब चांद निकला होता और मैं मेरी मां और पिताजी पैदल चलते, हमारी वह चांद की रोशनी से बनी हल्की परछाई और मैं उन परछाई को पकने की कोशिश करता उनके साथ खेलता कभी उस चांद में बनी आकृति के बारे में पूछता, मेरे पुरे साल का वह समय सबसे खूबसूरत हुआ करता। इस चांद और चांदनी के साथ मेरी बहुत ही खास यादे जुडी है। मेरे लिए यह बेहद खास है। जब मैं इन यादो को भुलने लगा, जब मैं बडा हो गया और पहले मेरे पिताजी चले गए फिर कुछ साल पहले मां भी नहीं रही और मैं जैसे जैसे बडा होता गया मेरी वह यादे धुंधली होती गई और चांदनी से मेरा वह प्रेम वह अहसास भी कम होने लगा, पर जब मैंने वह सपना देखा जिसमे तुम थी, उसके बाद सब कुछ बदल गया। वह चांदनी रात वे यादे फिर ताजा हो गई, असल में तुम्हारे उस अहसास ने मेरे सारे अन्दर के एहसासो को जगा दिया

था और फिर तुमसे मिलने के बाद यह चांदनी रात पहले जैसी खूबसूरत और गहरे एहसासो से भरी होने लगी, ऐसा लगने लगा जैसे मेरा जीवन सिर्फ चांदनी रात में ही है बाकी समय कुछ है ही नहीं और जबसे तुम मिली हो, हर पल खूबसूरत बन गया है, जैसे मैं जीवन हर पल जी रहा हूं, बेहद खास एहसास के साथ... ।''

वेदरा ने केशा को अपने पास नीचे किया और चुम लिया। ''मेरा यह जीवन तुम्हारा है मेरे प्रिय।'' वह खडी हुई और केशा के सामने मुंह करके बहुत नजदीक बैठ गई, उसने अपने गले में हाथ डाला और गले में पडा घोडे वाला लोकेट उतारा और केशा को पहना लिया, केशा ने अपने गले में उस लोकेट को देखा... केशा कुछ कहना चाहता है पर वेदरा ने उसे कुछ कहने नहीं दिया और उसके नजदीक गोद में आ गई और एक लम्बा चुम्बन लिया, बहुत लम्बा और गहरा चुम्बन....... ।

सूर्योदय के साथ दोनों आगे सफर के लिए तैयार है... ..केशा ने वेदरा का हाथ पकडा और मन में कहां ''मैं इसका हाथ पकडकर पुरी जिंदगी चल सकता हूं।'' तभी वेदरा ने कहां ''मैं तुम्हारे साथ ऐसे ही जीवन भर चल सकती हूं।'' दोनों ने एक दुसरे की तरफ देखा, एक ने मन में सोचा और दुसरे की जुबान पर वह बात आ गई, शायद यही दो आत्माओं के मिलने और एक हो जाने पर होता है।

#######

कुछ महीनों बाद

एक सुन्दर घर जो पत्थर और मिटटी से बना है। फूलों की बेल ने इस घर को चारो ओर से ढक लिया है, बाहर बैठने के लिए बहुत सारी जगह है, बीच में आग जलाने की व्यवस्था है, पास बहते पानी की आवाज आती रहती है। यहां से सुबह सूर्योदय और रात को चांद साफ नजर आता है, इस जोडे ने अपना घर वही बनाया है जहां केशा पूर्णिमा को चांद देखा करता था और वेदरा को पहली बार यही लाया था....तब से वेदरा यही चाहती थी कि वे यही रहे, और आज वे यहां बैठे है। यहां घोडे के लिए भी जगह बनाई है जिससे वह भी वेदरा के पास रह सके। दोनों कुछ ही दिन पहले केशा के गुरूजी से मिलकर आ गए है और वेदरा की वह रहस्यमय दोस्त भी यहां एक बार आ चुकी है।

रात का समय है, आग जल रही है और दोनों उसके सामने बैठे, दोनों निर्मल और हंसराम की बात कर रहे है। केशा ने उन्हे यात्रा पर भेजा है, केशा चाहता था की निर्मल और हंस यात्रा पर जाए, वे अलग अलग आश्रम में रहे शहर और गांव घुमे। केशा जो इन्हे समझाना चाहता है वह यह

दोनों नई जगह घुमकर, अलग अलग लोगो से मिलकर ही जान सकते है।

और जहां तक उस गांव की बात है, दोनों को वह गांव मिला या नहीं, वहां वह गांव था या नहीं, इसके कोई मायने नहीं है, वहां क्या था उन्हे वहां जाकर क्या मिला इन सबके भी मायने नहीं है। वहां जो मिला वह बहुत ही असाधारण था वहां इस जोडे को आशीर्वाद मिला एक असाधारण जोडे से, एक योगी और उनकी साथी से और दोनों का मानना है कि वे स्वयं मां पार्वती और शिव थे...... और जीवन में इससे ज्यादा बडी बात क्या हो सकती है। दोनों जो फुल साथ ले गए थे वे शिवलिंग पर चढाएं फिर जल चढाया और कुछ जल उस अलौकिक जोडे के कहने पर अपनी तुम्बढी में साथ ले आए....वे फुल संजीवनी के थे और वह पानी संजीवनी से दिव्य हो गया था, इस पानी से जीवन को बढाया जा सकता है और किसी को जीवन दान भी दिया जा सकता है।

इस जोडे को जो मिलना था वह इन्हे मिल चुका है, एक दुसरे का साथ.....।

जीवन में जो भी आप करते है उसी कार्य से आपकी पहचान बनती है और जब कोई अलौकिक यात्रा करता है तो उसका पुरा जीवन अलौकिक बन जाता है। यह सफर ही इनकी पहचान है इनके जीवन की दिशा है, जब पहली बार यह दोनों अपने घर से निकले थे।   जीवन बेहद खूबसूरत है, इसकी खूबसूरती आप पर है कि आपका नजरिया खूबसूरत है या नहीं। कहते है खूबसूरती देखने वाले की नजरो में होती है, अगर आत्मा आपकी पवित्र है तो खूबसूरती आपकी नजरो में होगी, जैसे बारिश के बाद

सारी जमीन हरी भरी और खूबसूरत हो जाती है, उसी तरह जिस इंसान को किसी के साथ होने का अहसास हो उसका जीवन भी कुछ ऐसा ही हो जाता है....

जैसे जब बारिश होती है तो जल और जमीन एक हो जाते
है और सबकुछ हरा भरा हो जाता है उसी तरह जिस इंसान को किसी के साथ होने का अहसास हो और उसका अहसास ही हमारा अहसास बन जाए दोनों के अहसास एक हो जाए तो सबकुछ खूबसूरत बन जाता है, अलौकिक बन जाता है और यह एक विश्वास है जो सिर्फ विश्वास से ही आ सकता है किसी तरह तर्क से नहीं। और विश्वास अन्दर से महसूस होता है अपनी आत्मा पर यकीन करने से अपनी आत्मा को महसूस करने से....।

परमात्मा सभी को सही राह दिखाएं, सभी अपनी आत्मा का अनुसरण करें........।